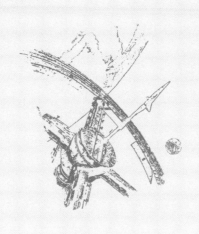

学文丛书

清华大学文学创作与研究中心 组编

想象科学

科幻文学经典撷英

飞氘◎主编

北京大学出版社
PEKING UNIVERSITY PRESS

图书在版编目（CIP）数据

想象科学：科幻文学经典撷英 / 飞氘主编 . —北京：北京大学出版社，2023.10
（学文丛书）
ISBN 978-7-301-34367-8

Ⅰ . ①想… Ⅱ . ①飞… Ⅲ . ①幻想小说－小说研究－世界 Ⅳ . ① I106.4

中国版本图书馆 CIP 数据核字（2023）第 159941 号

书　　　　名	想象科学——科幻文学经典撷英	
	XIANGXIANG KEXUE——KEHUAN WENXUE JINGDIAN XIEYING	
著作责任者	飞　氘　主编	
责 任 编 辑	艾　英	
标 准 书 号	ISBN 978-7-301-34367-8	
出 版 发 行	北京大学出版社	
地　　　　址	北京市海淀区成府路 205 号　100871	
网　　　　址	http://www.pup.cn	新浪微博 @ 北京大学出版社
电 子 邮 箱	编辑部 wsz@pup.cn	总编室 zpup@pup.cn
电　　　　话	邮购部 010-62752015	发行部 010-62750672
	编辑部 010-62767315	
印 刷 者	北京中科印刷有限公司	
经 销 者	新华书店	
	730 毫米 ×1020 毫米　16 开本　18.75 印张　268 千字	
	2023 年 10 月第 1 版　2023 年 10 月第 1 次印刷	
定　　　　价	89.00 元	

"学文丛书"缘起

　　清华中文学科自 20 世纪 80 年代中期复建以来，在各界友朋的关爱和支持下，学科同人乃以继往开来为职志，同心协力、黾勉从事，经过三十多年的耕耘经营，在学科的基本建设方面取得了较大的进展，为进一步的发展壮大奠定了基础。对学界友朋的关爱和支持，同人感荷无似，常思有以报之，而报之之道，唯有潜心学术、认真学文。故此于今筹划刊行以文学研究为主的清华"学文丛书"。

　　"学文"的古典当然是"子曰"的那八个字："行有余力，则以学文。"明清易代之际的顾炎武则对"学"与"行"的关系有更为剀切的提点："博学于文，行己有耻。"对清华同人来说，"学文"还是一个更为亲切的"今典"：20 世纪 30 年代中期，叶公超曾在清华大学主编过一份名为《学文》的杂志，它为清华以及北大的中外文系师生们提供了一个发表文学创作与文学研究的阵地。据参加编务的闻一多说，刊物之所以取名《学文》，是因为这样"在态度上较谦虚"。《学文》杂志停刊后，原定编者之一的梁实秋又在《世界日报》上开办了《学文周刊》以继之，其谦虚学文的态度一以贯之："我们注重的是'学'字，表示我们是在学习着……我们希望不断的学习，不管年纪到多么大，永远的做'文学的学生'。"在市场力量日渐冲击着文学和道德的今天，先贤们关于学文以至为人的遗教无疑是值得我们特别记取的。作为后来者，我们也非常钦佩先辈们对待文学的那种谦虚朴实而又认真执着的态度。清华"学文丛书"之刊行即兼寓纪念与赓续之意。我们自知能力有限、经验不足，但在严肃地学为文与学为人方面则不敢自我宽假，而愿意学行兼修、勤恳努力，庶几不辜负先贤的遗教，不辱没先辈的垂范。

清华"学文丛书"既刊行清华同人有关古今中外文学的研究论著，也适当吸收海内外学界同行的相关成果。丛书成辑推出，每辑约五六种，希望假之以年，积少成多，次第刊行，渐成规模。本丛书由"清华大学文学创作与研究中心"的王中忱、格非教授负责审定，具体编务工作则由中心执行主任贾立元负责。

目 录
CONTENTS

前 言

◎ 飞 氘

这套"学文丛书"，最初拟定的名称是"经典新读"，即经典常读常新之意，因此本书最初拟定的题目是《科幻经典新读》。

科幻文学已诞生两百多年，中国科幻亦有一百多年的历史。今天中国科幻备受关注，各方都在积极支持，各类活动非常丰富，但科幻兴旺延绵的根本，还是优秀作品的不断问世。这离不开对卓越经典的学习，正是这些经典为科幻读者带来了阅读的乐趣和创新超越的冲动。所以，如果能有 ·本书，跟读者分享中国科幻作家心目中的世界科幻经典，记录他们在当今世界里重温这些经典的体会，一定会是件有意义的事情吧。

以下就本书的有关情况做一点简要说明。

一、请中国作家谈世界经典，旨在强调中国科幻对世界科幻的学习与借鉴，我们尤其欢迎作家谈谈经典对自身创作的影响。如此，这些文章不仅有助于激发读者阅读经典的兴趣，也能为了解当代作家的阅读史、写作史提供线索。换言之，我们期待本书既是一份有益的书单，也是一份珍贵的档案。

二、最初的组稿计划，是在 2020 年年初提出的，当时的希望是：作家们能结合近年来的心境，谈谈经典对于当代读者的启示。因此要求大家提交新的文章。那时并不知道 2020 年会如此不同寻常。不久后，新冠疫情暴发，它给整个世界带来的冲击持续至今。因此，最终收齐的稿件中，有不少文章都传达了科幻作家们对今日世界的忧思，带有相当鲜明的当下印记。

三、为了尽量按时收齐稿件，我们只给了几个月的交稿时间。大部分受邀的作家都慷慨应允并按时交稿。本书初稿很早就已收齐，但受疫情等因素影响，整套丛书的组稿、编辑、出版工作进展缓慢。如今，丛书第一辑终于出版，可以向等待许久的作者们致谢并致歉了。

四、本书汇聚了 30 位科幻作家对 31 部科幻经典的阅读心得。其中，外国经典以美、英、日科幻为主，兼及苏联和法国作品，在一定程度上反映了外国科幻对中国科幻的影响。

五、书中文章写法各异：有的是当随笔来写，有的是当论文来写，它们呈现了作家们对于该如何谈论小说的多样理解，读者亦可从中体会不同的文风和个性。但为了统一体例，删去了个别文章所附脚注和参考文献。

六、全书文章，以所谈经典作品的问世时间为序排列。

七、书中有两个特例。一是考虑到刘慈欣老师事务繁忙，我们请他授权本书收入三篇已发表的文章，它们都写于 2020 年之前，但其中推荐的三部作品都属于灾难题材，相信对当今读者亦能有所启发。此外，由刘慈欣老师来推荐三位常被与他相提并论的中国作家，也使得本书的结构更为完善。二是考虑到美籍华裔科幻作家刘宇昆先生在中外科幻交流方面做出的巨大贡献，我们特别请他授权本书收入他新近的一篇书评。该文不但使本书内容更为丰富，也对"科幻之于今日世界的价值"这一问题提供了精彩的回答。

所谓的经典，并非与今天无甚关系的文化古迹，而应该是那些在我们提出问题、寻找答案时会想到的作品。当然，科幻经典浩如烟海，本书只是一份十分有限的书单。我们期待更多的读者能够自己去发掘优秀作品，并从中获得乐趣、智慧和勇气。

2022 年 10 月 24 日

以玛丽·雪莱之名
——《弗兰肯斯坦》人物命名背后的隐含信息

程婧波

玛丽·雪莱（Mary Shelley）是科幻小说之母。

至少大部分人都是这样认为的。少数人——某些考据学派的历史学家——则认为科幻小说的起点最早可以追溯到公元2世纪的《一个真实的故事》，这部作品描绘了太空漫游和某种类型的星际战争；或者至少可以把起点追溯到文艺复兴时期，以托马斯·莫尔（Thomas More）的《乌托邦》（1516）

玛丽·雪莱

和弗朗西斯·戈德温（Francis Godwin）的《月中人》（1638）为代表。

然而如果要发起一场广泛的投票的话，凭借《弗兰肯斯坦》这部具有浓郁哥特风格、阴森诡异又极具大众流行度的作品，玛丽·雪莱依旧能够坐稳她"科幻小说之母"的位子。虽然提笔创作这部作品时，她才19岁，那时她的名字还不叫玛丽·雪莱，而是玛丽·沃斯通克拉夫特·古德温（Mary Wollstonecraft Godwin）。

　　无论如何，玛丽·雪莱这个名字，已经和弗兰肯斯坦紧紧地连在了一起，成为科幻史上有迹可循的一个原坐标。

　　科幻小说的起点是一个耐人寻味的问题，尤其是如果这一显然是由男性掌控的文学类型，诞生于一位女性之手。

　　如果不是女儿夭折之后在阿尔卑斯山脚下的一个梦，如果不是1815 年 4 月 15 日印尼森巴瓦岛（Sumbawa）上的坦博拉火山（Mount Tambora）爆发，如果不是珀西·比希·雪莱（Percy Bysshe Shelley）那浪漫又不顾后果的私奔邀约，如果不是如同《十日谈》般、文学史上堪称奇迹的那场讲故事比赛……也许任何一个微小因素的改变，都会导致科幻史被改写，《弗兰肯斯坦》将不可能诞生，第一部真正意义上的科幻小说可能完全是另一副样子。

　　然而我们何其幸运，在这个确定的宇宙中，拥有玛丽·雪莱和《弗兰肯斯坦》。

　　据不完全统计，这个故事已经被翻译成超过 100 种语言，以《弗兰肯斯坦》为背景的舞台剧也已有近百部，而电影则超过 70 部。"弗兰肯斯坦"一词甚至被收入各大英文字典，意为作茧自缚之人或毁掉自身创造者的怪物。在英语世界《最具影响力的 101 位虚构人物》榜单上，"弗兰肯斯坦的怪物"高居第 6 位，紧追哈姆雷特，遥遥领先排在第 38 位的哥斯拉和第 74 位的金刚。我曾在《科学怪人：怪癖与闲谈》一文中将虚构人物中的"科学怪人"做了一个排名，"弗兰肯斯坦"作为科学怪人的鼻祖，亦榜上有名。

　　两百年来，后世对《弗兰肯斯坦》进行了无数的加工和解读，它已经不仅仅是一部哥特小说或者鬼故事，甚至已经不仅仅是文学史上第一部真正意义上的科幻小说，而是一部探讨了人类与造物、教化与灵魂、欲望与执念、智慧与蒙昧、爱与毁灭、科学与宗教、道德与伦理的神奇之书。

　　过往对《弗兰肯斯坦》的解读林林总总、蔚为大观，而受编者所托，既然是"新解"经典，就要有"新"意。本文将从《弗兰肯斯坦》一书中提及的几个关键名字入手，以求解开这些名字背后的隐含信息，借名字之"新管"，窥科幻之"奇书"。

1
普罗米修斯
Prometheus

也许"弗兰肯斯坦"这个名字的象征性与流行的世俗文化羁绊太深，很少有人注意到《弗兰肯斯坦》这本书的全名是《弗兰肯斯坦——现代普罗米修斯的故事》（*Frankenstein, Or The Modern Prometheus*）。

在古希腊神话中，普罗米修斯这个名字有"先见之明"（forethought）的意思。传说他用黏土按照自己的身体造出了人类，却并没有对这些造物进行教化。黏土小人儿们毫无智识，与走兽无异，直到被智慧女神雅典娜注入了灵魂，才算得上"人"。

"弗兰肯斯坦"的所作所为，自然是一个"现代普罗米修斯"的样子：他频繁出没于藏尸间，尝试用不同尸体的各个部分拼凑成一个巨大的类人怪物。他迷恋着电击的力量，幻想着为拼凑出的死尸注入生命。然而当这个面目可怖的怪物终于获得生命睁开眼睛时，弗兰肯斯坦却吓得弃之而逃。他给了自己的造物以生命，却没有承担教化的职责。

以上只是普罗米修斯这个名字在表面上与弗兰肯斯坦的对照和呼应。

如果对比一下珀西·雪莱和玛丽·雪莱这对夫妻对"普罗米修斯"所持的态度，就会发现一件更有意思的事情：前者赞扬普罗米修斯"仿佛是道德和智识本性最高完美的典范，在至纯至真动机的驱使下向着最美好、最高贵的目的"。而他的妻子玛丽显然持有不同的看法。

普罗米修斯被视为"西方文化的一个基础神话"，这个角色本身就具备深刻的复杂性。随着时间的推移，他的形象不断发展、变化、完善，在赫西俄德、埃斯库罗斯、但丁、弥尔顿等文学家的笔下越来越具有浪漫主义色彩。尤其是1789年法国大革命爆发之后，普罗米修斯神话在欧洲各国浪漫主义者中间广泛流行，歌德、布莱克、拜伦和雪莱等人从前人那里继承并且发扬了这种浪漫主义的联结。比如拜伦曾肯定地指出，普罗米修斯影响了他笔下的每一部作品；与拜伦并称英国浪漫主义诗歌"双子星"的雪莱对普罗米修斯亦持有热情讴歌的态度，就不难理解了。

1816年的那个无夏之年（year without a summer），是自1400年以后，北半球最寒冷的一年。因为受头一年坦博拉火山爆发的影响，北半球的夏天出现了罕见的低温。1816年7月，雪莱携玛丽前往拜伦在瑞士的别墅与拜伦等人会合，却遭遇了400年一见的反常天气。拜伦曾这样形容道："我们周围尽是些水汽——雾水——雨水——而且又稠又密，没完没了。"在无法外出的日子里，为了排遣时间，拜伦提议举行一场比赛，比比谁能写出最恐怖的故事。

结果我们已经知道了，拜伦和雪莱没有完成这个比赛，玛丽却构思出了《弗兰肯斯坦》，并且于1817年春天完稿，次年出版。在那个阴雨连绵的无夏之年，玛丽被困在日内瓦的大房子里，终日与两个世界上最浪漫的诗人比赛着讲述恐怖故事——令人惊叹的是，这个克制而内敛的年轻女性选择了塑造一个完全不同于传统的"现代的普罗米修斯"。

诚然，弗兰肯斯坦继承了普罗米修斯身上那种悲剧色彩，他们的相同点都是创造了"人"却没有教化它们怎么成为"人"。而隐藏在"普罗米修斯"这个名字之后的，才是玛丽·雪莱真正的野心——没有热情洋溢的赞颂，没有荡气回肠的讴歌，只有不动声色的批判。

她在序言里固执地写道："我不认为自己仅仅在编织一系列超自然的恐怖。"亦在书里借怪物之口向造物者发问："可恶的创造者！你为什么要做出连你自己都厌恶背弃的可怕怪物？"

即使身处19世纪初欧洲浪漫主义文学的温床之中，即使身边就是两位普罗米修斯的歌颂者，她依然把自己对普罗米修斯的批判态度写进了《弗兰肯斯坦》，并且开启了"科学普罗米修斯主义"的源头。在其之后的很多科幻小说都开始关注和思考科学伦理的问题。

你越了解玛丽·雪莱，就越能理解这种隐藏而深层的反叛。

2
古德温
Godwin

在《弗兰肯斯坦》的扉页上，写着一行字：献给威廉·古德温。

此人是谁？表面上，这是玛丽父亲的姓名；而从更深层来看，这或许是与雪莱结婚前的玛丽自己——玛丽·古德温。

玛丽·雪莱的父亲威廉·古德温（William Godwin）是一位小有名气的作家和哲学家。

威廉·古德温最好的小说名为《凯莱布·威廉斯》（*Caleb Williams*, 1794），被认为是最早的悬疑小说——不要吃惊，这一家人几乎每个人都创造了"最早的""第一的"这样的历史。批评家哈罗德·布鲁姆（Harold Bloom）认为，玛丽·雪莱关于弗兰肯斯坦追踪怪物以及怪物对人类社会的毁灭性报复的叙述，均以《凯莱布·威廉斯》为参考，深受其影响。从这个角度来看，把《弗兰肯斯坦》献给父亲古德温，似乎理所当然。

另一方面，威廉·古德温被认为是效益主义最早的解释者之一和无政府主义的提出者之一，还娶了一位已经生育过的女权主义者（玛丽的生母）为妻——不过即便思想开明至此，他还是不能容忍自己的女儿跟随雪莱私奔的行为。

大部分人都认可，《弗兰肯斯坦》扉页上的"威廉·古德温"就是玛丽的父亲。玛丽用这种方式来向她的父亲宣告一种带有讽刺意味的和解，因为她的父亲曾经把"自由恋爱"挂在嘴边，却因她随雪莱私奔而

《弗兰肯斯坦》手稿

大为光火。

随着这条表面线索继续挖掘，就又能发现一些有趣的事情。

《弗兰肯斯坦》诞生在一个奇特的时间点：它最初是 1815 年的少女玛丽的一个梦境；接着又是 1816 年与有妇之夫雪莱私奔时的少女玛丽的一个构思——彼时她还没有冠上"雪莱"这个夫姓，而是保留着父姓"古德温"，并且正因为私奔、怀孕、流产等一系列事件而与自己的父亲交恶；在无夏之年的尾声，雪莱的妻子自杀，雪莱与玛丽完婚，玛丽从玛丽·古德温变成了玛丽·雪莱；1817 年春天，新婚燕尔的她即刻开始动笔写作《弗兰肯斯坦》；1818 年 1 月 1 日，这本书以匿名的形式第一次出版。

在书出版时，扉页引用了《失乐园》的一段话：

我有要求吗，造物主，

要求取我的泥

塑造我为人？

我有请求吗，

请求将我从黑暗中提升为人？

其后一页写上了"献给威廉·古德温"，再之后是雪莱为其写的序言。对于玛丽·雪莱来说，这本凝结了她心血的作品得到了某种形式的对仗与完整——失乐园、古德温、雪莱——她所珍视的名字一一在列，然而作为作者本人她却不能有姓名。

所以，从 1818 年的初次出版，到 1823 年她成为雪莱遗孀之后选择公开自己的作者身份，出版第二版《弗兰肯斯坦》的这五六年间，玛丽·雪莱的心中，是否曾把扉页上的"古德温"视作自己呢？

那是献给婚前的玛丽、那个时光洪流中一去不复返的少女玛丽的一本书。

3
玛格丽特·萨维尔
Margaret Saville

"玛格丽特·萨维尔"这个角色从来没有出场，却成就了这部小说被评论家们探讨了 200 年的一种精巧的"三重叙事"结构：以书信体的格式，以在北极探险的航海家罗伯特·沃尔顿（Robert Walton）的口吻，给远在英国的姐姐玛格丽特·萨维尔写信，转叙弗兰肯斯坦讲述给沃尔顿的故事。而在转述之中，还嵌入了一层结构：弗兰肯斯坦讲了怪物对他讲的故事。就如同梦中之梦一样，三重叙事环环相扣，构成了一种叙事奇观。

当我读到沃尔顿的信中，称姐姐"你长期以来不问俗事，一直沉浸在书本的熏陶之中，所以你或多或少有些清高孤傲"时，突然有些恍然大悟。这位不露声色却又是第一听众的重要角色，会不会就是作者玛丽·雪莱本人呢？

玛格丽特（Margaret）其名，与玛丽（Mary）肖似。而玛丽（Mary）这个名字背后，则又藏着许多故事。

婚前的玛丽全名叫作玛丽·沃斯通克拉夫特·古德温，这个名字与她的亡母一模一样。

玛丽的母亲并非泛泛之辈，而是世界女权主义第一人、《女权辩护》（A Vindication of the Rights of Woman）一书的作者。不幸的是，她在生下玛丽 11 天后就因产褥热而逝世。玛丽的生伴随着母亲的死，这似乎也成了《弗兰肯斯坦》这部作品绕不开的主题：生从何来？死向何去？

玛丽 4 岁时，她的父亲娶了另一个"玛丽"——玛丽·简·克莱蒙特（Mary Jane Clairmont）。他们带着各自的孩子组成了一个复杂的家庭，玛丽就是在这样缺乏关爱的环境中长大的。她与母亲唯一的联结，似乎就只剩下一模一样的名字了。

1831 年，玛丽·雪莱在《弗兰肯斯坦》的前言里写道："作为两位著名作家的女儿，我早年就应该想到写作，这并不奇怪。"

事实上，只有她的父亲活着看到了这本书。一如玛格丽特从未在书中露面，却在建构《弗兰肯斯坦》中不可或缺一样，当玛丽写下这句话的时候，内心也许也在呼唤着那个从未曾谋面却建构了她生命的名字吧。

4
维克多·弗兰肯斯坦
Victor Frankenstein

虽然弗兰肯斯坦是男性，但他深感兴趣的可怖的、离经叛道的事情，也有女性感兴趣过。比如埃及艳后克丽奥帕特拉七世（Cleopatra VII）就是个科学怪人，她兴趣广博，写过谈论医药、魔法和化妆品的书，设计了亚历山大城的庞大建筑体系，还研究过人类胚胎的发育。很难说科学怪人弗兰肯斯坦和文艺女性玛丽·雪莱之间隔着多么巨大的鸿沟——玛丽·雪莱创造了他，如同普罗米修斯创造了人类；玛丽·雪莱甚至比普罗米修斯做得更好，她给了弗兰肯斯坦生命，更给了他人性、血肉和灵魂，使他从一个仅仅存在于梦境中的"脸色苍白的学者"变成了流传后世的"科学怪人鼻祖"。

关于弗兰肯斯坦本人的各种解读即使谈不上浩如烟海，也可谓汗牛充栋了。这里只谈一些新的发现（或者比较少被人注意到的地方）。

首先，"维克多"曾是雪莱出版首部少年诗集时采用的笔名。

其次，关于"弗兰肯斯坦"这个姓氏，人们也普遍认为可能是来自德语区的名字。"弗兰肯"（Franken）是一个古老的日耳曼部落，而"斯坦"（stein）则是石头的意思。

这里就不得不提到 17 世纪一个叫作约翰·康拉德·迪佩尔（Johann Konrad Dippel）的德国人。

约翰·康拉德·迪佩尔于 1673 年出生在德国达姆施塔特附近的一座城堡里。他有着哲学家、炼金术师和解剖学家等各种头衔，而他所热衷的事情，和弗兰肯斯坦一样，正是偷盗坟墓里的尸体。他还制造了一台"灵魂导入机"，看起来就是用漏斗、胶管和润滑油将不同的尸体连接起来——他认为这样就可以引导灵魂从一具尸体转入另一具尸体。

后来，由于他的盗墓行为，人们将他驱逐出了城堡。

而城堡的名字，就叫作弗兰肯斯坦。

在小说中，弗兰肯斯坦最初正是看了一些"早已过时"的书籍，而开始痴迷于将尸体复活的。他所做的事情和 17 世纪的炼金术师、解剖学家无异。弗兰肯斯坦潜入墓地，偷来东拼西凑的肢体；而约翰·康拉德·迪佩尔也正是因为盗墓而被驱逐出了名叫弗兰肯斯坦的城堡。

玛丽·雪莱本人从未承认过《弗兰肯斯坦》和弗兰肯斯坦堡之间存在任何联系，虽然 1814 年她曾经到离城堡很近的莱茵地区游历过。也正是在那一年她初次体会到了生育的恐惧。

1815 年，在第一个女儿夭折之后，玛丽·雪莱做了一个悲伤的梦："我的小宝宝又活过来了，她只是有点冷，我们在火前搓热她，她活过来了。这时候我醒了，发现没有宝宝。一整天我的脑子都空荡荡的，精神萎靡不振。"

这个梦，加上后来私奔过程中的怀孕、流产、孩子夭折等，一直折磨着她。直到无夏之年时，她把这个梦魇口述成故事，在瑞士的那栋大房子里讲出来："一位脸色苍白的学者，正跪在他所创造的怪物身边。显然，他所从事的工作是亵渎神明的。我见到一个可怕的幽灵躺在那里，一架功率强大的引擎正在开动；那幽灵开始颤动了，显现出生命的迹象。"

这两个带着死亡气息的场景中，盼望孩子复活的玛丽·雪莱，和亵渎神明想要制造生命的维克多·弗兰肯斯坦的身影重叠到了一起。可以说，作为故事的主角，维克多·弗兰肯斯坦就是玛丽·雪莱自己。

5
威廉·弗兰肯斯坦
William Frankenstein

说维克多·弗兰肯斯坦这个角色就是玛丽·雪莱自己，还有一个强有力的佐证：1815年2月22日，玛丽·雪莱诞下早产两个月的女婴，如预料般夭折。1816年1月24日，她诞下了第二个孩子，取名威廉（William），是以她父亲的名字命名的。这个孩子后来也夭折了。如同对"玛丽"这个名字的态度一样，玛丽家族的人似乎对"威廉"这个名字也情有独钟。她的父亲叫威廉·古德温，父亲续弦后生的儿子叫威廉，父亲的代表作叫《凯莱布·威廉斯》。

由于玛丽故意损毁了自己的日记，人们对于她1815年到1816年间的经历认知不多。但雪莱曾经写到过威廉死后，"内科医生的技术曾经复活了我们的儿子，当时他确实死了。随后他多活了4天，最终永远离开了我们"。也许这一悲伤的插曲，让玛丽曾经笃信人真的可以起死回生。

也正是因为这样，玛丽·雪莱在《弗兰肯斯坦》中，为维克多·弗兰肯斯坦安排了一个名叫威廉的弟弟，他最终被弗兰肯斯坦的造物杀死，让弗兰肯斯坦体会到了剜心般的疼痛。

在无夏之年的夏天之前，她就这样不停地经历着怀孕，生产，失去。玛丽·雪莱一生中一共怀孕五次，流产一次，生育四次，三个孩子夭折，只有一个儿子活了下来。她对于"生育"的恐惧，是与"死亡"紧密相连的。正如她笔下的弗兰肯斯坦，从拼接的尸体里创造出生命。这是两种互文式的生育恐惧。

玛丽的经历是给予新生，又眼睁睁看着新生凋零；弗兰肯斯坦则是从坟墓中找出那些死者的尸体，将这些残肢拼凑到一起，并赋予其生命。

玛丽和弗兰肯斯坦，是一枚硬币的两面。

6

怪物

Monster

和弗兰肯斯坦一样，"怪物"已经被诠释得太多。因此在这里也只拣相对较少有人留意到的隐含信息讲。

相对于其他人物名字的确定性，在小说中，玛丽·雪莱从来没有"命名"过怪物。他被人们称为"悲惨的怪物""可怕的魔头""堕落的恶棍""卑鄙的虫子""脏东西""魔鬼"等等。正是因为这种含糊其词的污名化，后世甚至错把"弗兰肯斯坦"这个名字嫁接到了"怪物"头上。

事实上，恰恰是这个被污名化的怪物，与玛丽·雪莱最为"心灵相通"。

弗兰肯斯坦给予了怪物生命，却在他睁眼的那一刻立刻逃走了，任由怪物寻找自己的成长道路；母亲给予了玛丽·雪莱生命，却在不久后撒手人寰，任由玛丽寂寞地长大。

他们都是世间的孤儿。玛丽曾写道："在我还是婴孩时，没有父亲关注我，也没有母亲以微笑和呵护祝福我。"也许正是这一点带着悲剧色彩的共同之处，让玛丽·雪莱为怪物丑陋的外表赋予了一丝潜在的温情——怪物虽然连续杀害了弗兰肯斯坦的弟弟、挚友和新娘，但他却是一个素食者，正如玛丽本人。

怪物对玛丽来说有着非常重要的意义，还因为他和她的成长教化过程太像了。他们都是在"孤儿"（缺少关爱和帮助）这个身份之下，通过阅读书籍来摸索自我成长的道路的。

在怪物的自述中，他在被弗兰肯斯坦遗弃之后，不得不栖身森林，受尽人们的冷眼和驱赶。最后，他只好藏身在德拉西（De Lacey）家屋外的棚子里。每天他都从墙缝中偷偷地观察一家人的生活，渐渐地，他学会了阅读文字，通过书完成了（不完全的）自我成长：《失乐园》《名人传》《少年维特之烦恼》和弗兰肯斯坦的日记。

除了弗兰肯斯坦的日记是玛丽·雪莱虚构的之外，《失乐园》《名人传》《少年维特之烦恼》都是真实存在的书，并且恰恰也是玛丽·雪莱个人非常喜爱的书。

从某种程度上来说，玛丽·雪莱正是怪物这样单向式"自学"的天才。虽然她小时候曾经领受过父亲的教导，但父亲并没有给她足够的关照。

因为家里常有诸如激进的散文家威廉·哈兹里特（William Hazlitt）、画家托马斯·劳伦斯（Thomas Lawrence）、化学家汉弗莱·戴维（Humphry Davy）和诗人塞缪尔·泰勒·柯勒律治（Samuel Taylor Coleridge）这样一些知识分子造访，她就像孤独的怪物那样，常常藏身在客厅的墙壁后面或沙发底下，偷听着父亲和那些鸿儒高谈阔论，借此吸收知识的养分，自我教化和成长。

当她很小的时候，她就已经明白去哪里寻找自己的母亲了。在父亲与玛丽·简·克莱蒙特再婚以后，紧张的家庭关系迫使她常常独自去母亲的墓园。她在那里阅读自己父母的作品，仿佛他们就以这样的方式陪伴在她的身边。

也许正是那些在阴森幽暗的墓园中读书的日子，那些假装有父母陪伴，实则对他们一无所知的日子，让玛丽·雪莱非常明白作为一个被遗弃在人间的"怪物"是什么感觉。最后,她借怪物之口把这段往事和盘托出,与扉页上的"献给威廉·古德温"一样,也许正是和父亲、和过去的少女玛丽的一种带着讽刺意味的和解。

7
伊丽莎白
Elizabeth

在智识与教化之外,玛丽·雪莱作为一个有血有肉的人的成长,则更为可怖,也更与怪物"惺惺相惜"。

前面提到过,维克托是雪莱出版首部诗集时采用的笔名。这本诗集除了雪莱的作品外,还收录了他妹妹伊丽莎白(Elizabeth)的诗作。

伊丽莎白正是弗兰肯斯坦的新娘的名字。她死亡的时间和地点也具有较为特殊的意味。

由于弗兰肯斯坦不愿意为怪物制造一个女性伴侣,怪物提出要向他复仇:"在你的新婚之夜,我会来找你的!"

新婚之夜,怪物果然动手了。但是他杀死的却不是弗兰肯斯坦,而是弗兰肯斯坦的新娘伊丽莎白。而他动手的地点,则是他们的婚床。

"伊丽莎白一动不动地横卧在床上,呼吸已经停止了。她的头垂在床沿上,脸色煞白,五官已经变了形,头发披散着,遮住了半张脸。现在,无论我的头转向哪里,眼前都总是浮现出同一幅画面——那双毫无血色的手臂,和被杀害后丢弃在床上的软绵绵的身体。"

怪物把新婚之夜变成了血色婚礼,把婚床变成了墓床。而这种转变,恰似玛丽·雪莱个人经历的倒转。

玛丽和雪莱于1814年开始在圣潘克拉斯教堂墓地里散步聊天,玛丽被"狂野、聪明、超凡脱俗"的雪莱深深吸引了。根据玛丽·雪莱的传记作家马丁·加勒特(Martin Garrett)的说法,那年6月,这对情侣宣布彼此相爱,此后不久,他们在墓地里第一次发生性关系。

阅读、写作以及做爱，玛丽成长道路上的重要时刻，似乎都在阴森沉寂的墓地完成了。墓床对玛丽来说，是她初尝禁果、被引向性的奥秘的地方。而在《弗兰肯斯坦》中，她笔下的怪物则在婚床上掐死了弗兰肯斯坦的新娘。

"性"与"死亡"，如同"生命"与"死亡"一样，在书中又完成了一次反转与映射。

结语

有意思的是，这些含有深意的名字组成了《弗兰肯斯坦》这本神奇之书，开创了"科幻小说"这一文学体裁，但小说 1818 年初版时，它的作者却是"匿名"的。而今，以玛丽·雪莱之名，我们探究了《弗兰肯斯坦》一书中几位关键人物名字背后的隐含信息，发现他们都是玛丽生命中最最重要的人，甚至就是玛丽本人。

初版《弗兰肯斯坦》由雪莱作序，使许多人误以为它是后者的作品。1823 年，小说第二版出版，玛丽·雪莱公开了自己的作者身份。此时距离她的丈夫雪莱海难身故刚刚过去一年；而在一年后，她的挚友拜伦也因病去世。从玛丽·雪莱的所作所为可以看出，她一生都把能被雪莱所爱、能和拜伦成为朋友当作最高的荣誉。这两个人的相继离世，对她造成了不小的打击。然而回顾此前的人生，母亲、孩子早已

《弗兰肯斯坦》1818 初版扉页

离她而去，她已经饱尝了悲伤的滋味，对这种撕心裂肺的疼痛驾轻就熟了。

虽然一生都在死亡阴影的笼罩下，一生都在与她所爱的人告别，玛丽·雪莱却将自己的名字与《弗兰肯斯坦》这本神奇之书紧紧连在了一起——和她所爱的那些名字一起，藏在这本书中，永不分离。

作者简介

程婧波，新生代科幻作家。曾获青春文学大赛特别大奖、全球华语科幻星云奖中篇金奖、全球华语科幻星云奖短篇金奖、华语国际编剧节新锐编剧、冷湖科幻文学奖中篇一等奖等诸多奖项。已出版《吹笛者与开膛手》《食梦貘·少年·盛夏》《星际马戏团》等数十部作品。部分作品被译为英文、日文、德文、意大利文、西班牙文等。

百年纠结的回响

——读《大机器要停止运转了》

◎ 杨　平

在以后的某一年代，人们造出了一部大机器，它能够自动地维持人类的生活。人们生活在蜂巢一般、光线柔和的小房间里，希望能获得一些好的思想意念。他们互不见面，完全隔绝，只是偶尔有人乘飞艇旅行，但也被认为是不明智的。他们呼吸着大机器制造的空气，听着大机器放出的音乐，通过大机器交谈。他们每人有一本大书，列出了什么时候该按哪个按钮，什么情况该怎么处理，总之规定了生活的一切行为准则。如果违反这一准则，立刻就会遭到无家可归的处罚，这几乎就意味着死。那本大书被一次次再版，并装订得越来越精美，以至于人们一摸到它，就激动得浑身战栗。在小说中，这本书成了《圣经》的象征，大机器成了上帝。于是，人们开始对大机器顶礼膜拜，自己关闭了通向大自然的最后一条路。然而最后的毁灭来临了。大机器开始逐渐崩溃，直至那人类文明的黄昏，全世界的大机器都完蛋了，所有曾沐浴在大机器光芒下的人全死了。

以上这段内容介绍，是我在 1996 年写的评论文章《"大机器"的启示》中的片段。我看到的这部小说叫《大机器要停止运转了》（以下简称《大机器》），由何明翻译，收录在 1982 年科学出版社出版的短篇科幻选集《机器人 AL-76 走失》中。本文的讨论即基于这一版本。

当初，令我深感震惊的是故事的末日场面。整个体系崩溃的意象在我脑海中萦绕不去，也影响了我此后创作《MUD-黑客事件》时对末日场景的建构风格。二十余年后，重读这部小说，我震惊于它涉及的维度之广。

一、为什么会有《大机器》

20 世纪初，科学体系除了"几片乌云"，光芒四射。爱因斯坦刚刚发表了他的狭义相对论，苏伊士运河刚刚开通，飞机刚刚试飞成功，但没人觉得它会比飞艇更强大。工业化带来的空前生产力让人类的生活质量得到极大提高。原有的文化、社会体系正受到现代性的猛烈冲击，一切都在变革中，一切都在成形中。在这高歌猛进的新时代，E.M.福斯特（E.M. Forster）却通过他少有的科幻作品，"反击了威尔斯早期幸福天堂的想象"。有研究者甚至认为，《大机器》是科幻中反乌托邦的开端。

那么，为什么这部小说出现在 20 世纪初？为什么出现在福斯特笔下？

这是一个科技乐观主义的时代。人们相信科技的进步可以解决吃饭问题、住房问题、出行问题，甚至社会问题。这种乐观主义使人们习惯见到新事物，也会去尝试新事物。但在另一方面，新事物的出现必然会冲击社会传统，让人们有些难以适从。茨威格在《昨日的世界》序言中这样写道："在从我开始长出胡须到胡须开始灰白这样短短的时间跨度之内，亦即半个世纪之内所发生的急剧变迁，大大超过平常十代人的时间。而我们中间的每个人都觉得：变迁未免太多了一点。"一个人出生的时候，是一个时代；当他处于壮年时，已经变成了另一个时代；当他步入老年时，时代又发生了变化。他的价值观是旧时代的，但他需要适应的社会，已经流行另一种价值观了。这种在一生中需要多次适应时代变化的情况，人类历史上从未发生过。新与旧、成长与

E. M. 福斯特

现实的错位，使很多人处于一种纠结中。而纠结，在福斯特身上表现得尤为明显。

福斯特 1879 年生于英国伦敦，在剑桥大学加入了门徒社，该社推崇摒弃旧体制、建立新伦理的理念。他毕业后游历意大利、希腊，多次前往印度。他有多个同性恋人，与其中一位厮守终生。在他身上，英国文化与其他文明的异质文化、传统与现代、异性与同性……这些相互折冲的东西纠结在一起。这种纠结对他影响之深，主导了他几乎所有的重要作品。《看得见风景的房间》将英国与意大利、保守虚荣的英格兰乡村与热烈大胆的亚平宁市井进行了反复对比和剖析。《印度之行》则将这种剖析扩大到完全不同文明圈的英国与印度之间，涉及宗教、文化、殖民主义等更广泛的范畴。20 世纪初，人类社会的纠结，尤其是在新旧之间的纠结，当然也不会逃过福斯特的观察。

二、《大机器》中的未来社会

在一个科技乐观主义的时代，人们自然会想象，未来科技可以解决现有的问题。在《大机器》中，未来人们衣食无忧，没有劳动的必要，自动机器可以提供舒适生活所必需的一切。在某种程度上，人们的贫富差距也被极大地缩小甚至消弭了。你可以去研究自己感兴趣的话题，也可以什么都不干。虽然有"中央委员会"之类的组织，但没有迹象显示委员们的生活与其他人有什么不同，"全世界到处是一模一样的"。

人们居住的房间陈设非常简洁，绝大部分功能性的设备都被隐藏起来。"它既不是借着窗子，也不是借着灯光照明，可是房间里充满着一种柔和的光辉。那里没有调节空气的设备，空气却是清新的。那里没有什么乐器，可是当我开始沉思时，这个房间里却抑扬着音乐的旋律。一把扶手椅立在房间的中央，旁边是一张书桌——那就是全部家具了。"

智能家居已经实现。想睡觉的时候，可以召唤床；身体觉得不舒服，有医疗机器从天花板上降下来。

人们的生活也很简单，每日蜗居在家，通过网络与其他人交流。因为足不出户，也不需要工作，他们生活的主要内容是交流各种信息，寻找有趣的思想。这看起来像是个挺好的乌托邦，没有饥寒之忧，只要聊天、思考就行了。

同时，整个社会也是高度组织化的。人们的住房由委员会分配，可以申请调换，但申请也可能被驳回。主人公想换个小一些的床，就没有被批准，因为大机器只会做一种尺寸的床。大机器委员会制订各种规则，不能做的事都明令禁止。生育是计划性的，大机器认为不宜繁衍后代的人，就得不到生育指标。大机器甚至规定了父母与子女的关系："父母的职责，婴儿一出生即行停止。"由于这个体系太强大、太完善，因此在大机器中，最严厉的处罚是无家可归，或者说放逐。一旦离开大机器，人是很难生存的。

三、人与现实的疏离

既然人们都待在家里，只通过网络与外界交流，他们与现实的关系就变得越来越远。作品中多次展示了这一点。比如主人公想乘飞艇去看望儿子，但当她长久以来第一次打开房门的时候，被直接经验吓坏了，立刻躲回了自己的房间。这个片段让我印象太深刻了，在《MUD-黑客事件》中，我描述了类似的感受。当我的主人公要出门执行任务的时候，他恐慌了："身后传来房门关上的声音，我一阵惊慌，几乎立刻就想返回那熟悉的家中。"

也正因如此，人与人之间的接触也变得不必要，甚至令人厌恶。当主人公终于鼓起勇气，乘上飞艇后，她被真正的阳光吓坏了，叫喊着想躲开，乘务员慌乱下伸手想安抚她。这个举动被她视为极大的冒犯，乘务员也连声道歉。当她终于见到自己儿子的时候，"她所受的教养太好了，以致不能同他握握手"。

这种抗拒现实、追求纯粹思想的趋势，导致整个社会将抽象的思想看得很高，而贬低现实体验。作品中，一个"最先进的人物"说："要严防那些第一手的思想意念！第一手的思想意念并不真正存在。它们不过是爱和惧留给肉体的印象，在这种粗俗的基础上，谁能建立起一派哲学呢？让你的思想意念成为第二手的吧，可能的话，让它成为第十手的吧，因为这则思想意念便远远摆脱那种起干扰作用的因素——直接的观察。"

实际上，这种观念隐含着一种傲慢——科学征服自然后的傲慢。主人公乘飞艇飞越世界屋脊喜马拉雅山的时候，她只是觉得这个名字没有意思，带不来什么思想，然后就和乘务员一起感叹："我们已经如何进步啊，感谢大机器！"她随后又飞越了白种人的起源地高加索山脉和西方文明的源头希腊，仍然感受不到任何思想，随手拉下了遮光板。

福斯特短篇集《永恒的瞬间》
1928 年初版书影

人类对科学的认识，来自自然。当人类掌握了科技之后，生活在大机器里，与自然隔绝，自然就不重要了，因为它不再能影响人类，人类也不再需要从它那里学到什么。某种意义上，这种态度是有道理的——只要大机器依然能保护我们，供给我们。问题是，大机器太完善了，失去了前进的动力，甚至视探索为不正当或危险的举动。大机器委员会最终取消了外出探险必需的呼吸保护器，也就关上了与自然的最后一道门。大机器开始逐渐崩溃，最后，这个安全泡泡终于破灭，导致了大机器中人类的末日。

在福斯特看来，与自然的连接是人类得以存续的重要基础。"多少世纪错误地反对肌肉和神经，反对我们藉以能够独自理解的五官，而用进化的说法给它涂上一层釉光，直到身体成为白色的糊状，家的观念黯然无色。"讽刺的是，大机器中的人认为自己是进步的，而正是这种傲慢，让他们失去了进步的基础，导致了自己的毁灭。

四、宗教的镜像

大机器中人类的傲慢，凭借的是手握强大的科技。他们相信科技，推崇科技，进而崇拜科技。相对应地，他们鄙视传统宗教，认为那是迷信，当主人公的儿子在争论中说出"我宁愿要上帝的仁慈"这句话时，主人公犀利地反击道："难道你的意思是说，靠这句迷信的话，你能够生活在外界的空气里吗？"

但是，对科技的崇拜，演变成了新的宗教。这个宗教崇拜的具象，就是大机器。

为了便于人们使用大机器的各种功能，委员会发行了一本使用手册，被称为"大书"。这本书逐渐变成了新的"圣经"。人们宣扬说："每当他们运用大机器的那本大书时，他们便立刻浑身感到那种奇异的恬静，他们的快事就是一再反复重述大书中的某些数字，虽然那些数字对听者传达不出什么意义。他们描述了按一个电钮时的狂喜，虽然这个电钮并不重要。他们还描述了使电铃响起来时的狂喜，尽管让它响着是多余的。"这里人们的行为和感受，与在宗教仪式中何其相似。

此外，人们还要找出理由来崇拜大机器。"那大机器，供给我们吃，供给我们衣服穿，供给我们房子住，通过大机器，我们彼此交谈，通过它我们彼此相见，我们在它里面享有我们的生存。大机器是思想意念的朋友，是迷信的敌人；大机器是万能的，永远长存的；大机器是神圣的。"这个非凡的演说后来被印在新版大书首页上。崇拜也变得更加复杂，包含歌颂和祈祷。

当然，出于对科学的信仰，人们依然抗拒宗教。所以，他们就在行宗教之实的同时，拒绝承认宗教之名。

在这里，传统宗教和"大机器教"互为镜像。它们都在解答终极问题、提供力量、安抚心灵上起作用，同时，也都贬低人的价值，将人类放在次一等的位置。主人公之子怀着反叛的精神，声称"人就是衡量的尺度"，是连接现实与思想的桥梁。这种人本主义的态度，正是旧宗教式微、科技新时代降临时人们心中的纠结。他们向前向后看，看到的都是无可抗拒的超越性存在，都是人的顺从。

五、与赛博朋克的连接

福斯特在《大机器》中对人与科技的关系有明确的观点。他将科技比喻为衣服，"只要人类能够任意脱掉它，靠着那本质即他的心灵，并靠着那同等重要的本质即他的肉体而活着，那衣服就是尽美尽善的"。福斯特认为，虽然人类发展了许多科技，但只要人类还能脱离科技生活，那科技就是好的。而当有一天，人类无法摆脱科技，甚至不得不去适应科技的时候，那科技就变成危险的了。

这点在今天的世界已经是某种现实。离开科技，社会化生产已经不大可能，无论从制造还是物流上皆是如此。社交网络也逐渐成为人们交流、协作的重要工具。在赛博朋克对未来的想象中，人机融合成为必然，科技不仅在社会性上不可或缺，在生理性上也变得不可或缺。到了这个时候，像脱掉衣服一样抛开科技，已经完全不可能了。从产品角度讲，科技产品已经从额外消费品，变成了必需消费品，提供这些必需消费品的企业，也就拥有了巨大的权力。在一个高度垄断的资本主义社会中，人们不是为了额外的消费娱乐花大钱，而是为了自己基本的生存（无论是"生理"上的，还是工作需要）花大钱，从而引出了赛博朋克的经典表述"高科技，低生活"。

然而，《大机器》中的经济系统与我们现在不同，更接近共产主义。作品中，我们看不出人们有花钱的必要，一切都由委员会根据资源和需求分配。如果我们观察互联网早期的生态，与作品中的想象何其相似。服务器资源的分配，完全是根据已有资源和需求来调配的。早期网络社区的免费、自由、共享等理念，也可以在《大机器》中看到影子。当网络越来越深地融入我们的生活后，金钱的因素才变得越来越重要，最终促成了互联网经济的兴起。今天，我们也许可以像福斯特当初一样，设想某种新的组织关系和经济系统在未来的信息时代建立起来，从而让我们不会沦入"高科技，低生活"的境地。

六、与互联网的契合

在《大机器》中，主人公的生活及与外界的交流，跟当下一个宅在家的网民几无二致。她足不出户，除了吃饭睡觉、独处沉思，就是使用网络。必须承认，福斯特在这方面的想象，居然与当今的互联网契合度相当高。

她可以通过网络交谈，"她认识几千个人，在某几个方面，人的通讯交往已经大大进步了"。这种交谈也没有语言的障碍，似乎语言翻译的技术已经相当成熟。我们现在的网络，在以人为节点的连接上已经大大超过了小说中的想象，但在语言翻译上尚未达到完美。她和人交谈的时候，可以通过手里的一个圆盘看到对方，无论对方在哪儿。这几乎可以看作平板电脑或手机。

大机器里的人经常发表演说：要么是实践报告，比如有人去海边考察过；要么是某种研究成果，比如主人公就做过关于音乐史的演说；要么是某种理念的宣扬，比如对大机器的崇拜。在做这些演说的时候，他们是面对网络中其他人进行的实时广播者，或者用现在的称呼——网络主播。

福斯特也预见到了网络时代，由于信息高度密集导致的时间碎片化。主人公要在很短时间内，回应多个人的信息。当儿子要和她通话的时候，她高兴地说："我可以给你整整五分钟。"而当儿子花了 15 秒才建立起网络连接的时候，她显得非常不耐烦。这点在我们当今的网络体验中，再熟悉不过了。

由于时代所限，对网络时代的一些有深刻影响的现象，福斯特并未有所察觉，比如亚文化群体的兴盛、信息茧房的自组织、虚假信息的泛滥等。此外，他也缺乏对后现代时期无中心局面的洞察。当然，这一点依然有待未来的观察与研究，网络社会是否正在中心化，"后现代"是否正在结束，已经是要开始思考的了。

七、依然无法解答的问题

如今，随着科技进一步加深对人类世界的改造，我们与现实也越来越疏远。人造的环境让我们难以接触到真正的自然，甚至（在宅居的情况下）难以接触到纷繁的现实社会。此外，虚拟现实、现实增强、神经改造等正在发展的技术，让我们可能连什么是现实都很难确定了。

如果说前者在福斯特的时代已经可以观察到，那么后者则完全超越了那个时代。主人公之子曾经到大机器外面去过一次。当他为这次远足做准备的时候，第一件事就是锻炼身体，重新获得远和近的概念：走过去很累的是远，不那么累的是近。问题是，当你的神经系统可以被编码的时候，你感到的累可能不是真的累，那么你认知的远，也不是真的远。他认为"人是衡量一切的尺度"。而当人的所有感知都不真实的时候，又如何去衡量呢？

在《大机器》的设定中，只要回到"人是衡量一切的尺度"上，人类依然是有希望的。而依照我们现在的技术路径走下去，连这个希望都不可靠了。

照福斯特的思路走，我们会发现人类社会现在处于一个很尴尬的局面：我们有可能进入类似大机器的内卷化社会，同时，构成这种内卷的技术堵住了唯一可能的突破口。

福斯特的解决方案一如他在其他作品中一样：逃离。在故事结尾，主人公之子说人类的希望在那些生活在大机器之外的人身上。这就意味着不计代价，脱掉那件衣服。这在他的时代也许是可能的。在现在呢？在未来呢？

八、为何重读《大机器》

如今看来，《大机器》的故事过于简单，没什么情节，大段篇幅在介绍设定，或是描写人们在这些设定下的生活状态。但是，当我重读此作的时候，经常需要停下来，因为其中有太多触动我的东西。相比后来的诸多反乌托邦作品，《大机器》无政治立场的风格难能可贵。它纯粹从科学幻想出发，探索终极问题的答案，并营造了纷繁鲜明的细节。

我们现在的境况，与一百多年前福斯特创作《大机器》时非常类似。随着信息、生物技术的发展，我们正处于技术爆发的初期，技术更新迭代的速度超过人类历史上任何时期。威廉·吉布森说："未来已经到来，只是尚未普及。"在改革开放后经历了四十余年高速发展的中国，这种情况尤其明显。整整两代人，已经习惯生活在不断变化的社会中。新技术一出现，就会被立刻应用，并产生新的亚文化群体，然后变异，消亡，融入主流。这种持续变动已经成为常态。信息时代（或者叫智能时代）正在全面降临，我们原先的生活方式和社会组织结构正在经历科技的冲击。我们和一百多年前的人们一样，内心在纠结。

我们还可以从小说中看到更多熟悉的东西。比如对飞行（飞向星辰）的热情消退了，这与过去几十年人类将科技发展的主要方向从太空转向生活非常相似。比如人们对大机器的噪声习以为常，当大机器停转后，噪声消失，人们反倒受不了。这让人想起福斯特去世数年后，以模拟工业噪声为鲜明特征的金属摇滚的兴起。

福斯特身处工业革命对社会进行深度重构的时代，我们则身处信息革命对社会进行深度重构的时代。百年的纠结，百年的回响，可以协奏的音符很多。重读《大机器》，对今天的我们面向未来的思考，是有意义的。

作者简介

杨平，蓬莱科幻学院首席作家。北京作家协会会员，中国科普作家协会常务理事，多届"全球华语科幻星云奖"评委、科幻"水滴奖"评委，中国科协"我是科学家"项目演讲者，中国科协科普标准化项目（宣讲类）专家成员。曾获中国科幻银河奖二等奖、三等奖。从事科幻创作三十年，迄今发表作品六十余万字，主要作品有《MUD-黑客事件》《千年虫》《裂变的木偶》《山民记事》等。部分作品被译为英文、日文、德文及意大利文等。

人类的命运弧线与人性的诗学

——读《最后与最初的人：临近与遥远未来的故事》

双翅目

时兴的虚构作品讲究情节安排、人物弧线、世界设定。剧本创作指导手册《故事》开篇援引亚里士多德《诗学》，以说明自古代始，情节与事件作为一砖一瓦，已构成搭建人类想象力的要素。只要它们搭配得当，便能生出一种人人皆欣赏、人人都为之陶醉与落泪的故事。不过，《诗学》与《故事》之间存在区别。《故事》的情节、事件，乃至人物，更接近工具化的元素，在编剧手中类似技法手册。他们不断练习，熟能生巧，日久生出感悟，创作出让公众为之倾心的内容。《诗学》时代，众神未远离俗世，英雄尚不遥远，情节还不是让人物弧光抑扬顿挫的工具。故事仍然是一种模仿，试图接近英雄与神话所表征的、人人为之共情的事物——命运。

人类的想象力拥有漫长的虚构史，进入现当代，虚构才真正面向原子化的个体与原子化的命运。但我们不能说，商业化的个人英雄主义叙事、艺术化的主体分裂、虚无或存在主义叙事，已然摆脱了人类对于神话命运的想象。相反，面对晚期资本主义的困局与民族主义专制政体的无力感，拯救世界的乌托邦或反乌托邦叙事，都通过原子化的命运曲线，被悄无声息地加强了。其表现，以疫情为节点，被不断地现实化。一方面，个体命运的弧线被政治话语与自然灾害吞噬，《故事》里的弧线无法带来创新。另一方面，人类对于自身命运的想象力日渐匮乏，并逐渐暴露。求诸宗教、求诸政治的意识形态、求诸想象力的慰藉与升华，成为时下的热门选择。这或许可以解释自《三体》之后，中国对科幻主题的持续关注。如果说《诗学》时代，人类对于命运的构想源自过去，源自口耳相传的史诗、戏剧与神话，那么，进入 21 世纪，人类已无法回头。对于未来命运的把握似乎只能源自对未来的想象。莱布尼茨说，上帝在无数的可能世界中，选择了最好的那一个。远离诸神的人类，只能依赖自身的智慧，在尽可能丰富的、想象力所编制的命运中，做出唯一选择。

《最后与最初的人：临近与遥远未来的故事》（以下简称《最后与最初的人》）开篇，作者 W. 奥拉夫·斯塔普雷顿（W. Olaf Stapledon）说："纯粹幻想的力量是微弱的……如果想象力未受到严格的规范，那么对未来可能性的想象建构必将坍塌。"《最后与最初的人》出版于 20 世纪 30 年代，一战与二战之间。彼时，灾难刚刚过去，更深重的灾难尚未到来，欧洲人享受着最后的奢侈时光。之后，民族主义继一战持续发展，愈演愈烈，抵达顶端。19 世纪的物种进化论让人类学会将自身视为一个物种，20 世纪的科幻便热衷于讨论这一物种的各色命运与各种惨痛结局。二战激化了这一倾向。战后，黄金时代的作品让人类冲出地球，拓展太空。茫茫宇宙中，人类即使灭亡，人类开拓史的边疆总无法穷尽。新浪潮则挖掘人的"内部世界"，虽然人心鬼魅，但其复杂与荒诞总带来想象力值得试探的深渊。赛博朋克与各种反乌托邦叙事对个体的描绘更原子化，借以表现个体与末世之间无法挽回的想象力鸿沟。以当代视角反观斯塔普雷顿，他的创作先于"科幻"的经典发展弧线。或者说，他想象的时间线与黄金时代发生分叉，构建出一条独立的人类演化之路。

斯塔普雷顿的时代，数学、物理、生物学不断革新，无线电发展，工业公众化，显出生生不息的模样。另一方面，阴云总笼罩于不远的前方，战争与灭亡的界限触手可及。人类距太空仍然遥远，逃离地球仍不是有效选项。地球仍是人类命运无可逃避的舞台。但人类命运不等于地球命运或宇宙命运。对于地球生态而言，人类的发展与演化只是渺小的一瞬。人类的终极边疆或许不是宇宙膨胀或坍塌的边界，而只是太阳系。斯塔普雷顿笔下 18 个世代的人类，几乎全部接受了自身的有限性。他们虽经历杀戮、反智与迷茫，但总体来说，每一代人类都发展到重视和平、爱与理性的阶段。人类

W. 奥拉夫·斯塔普雷顿

的数次灭亡既不属于偶然事件，也不是人类劣根性自找的恶果，而是人类作为一个物种，精益求精，不断完善，仍需面对的不可抗命运——灭亡。

这就像一个英雄人物的一生。

这也是乌托邦写作的另一种选择。

乌托邦首先关乎对于人类自身的美好想象——这是斯塔普雷顿的出发点。每一个乌托邦构想都将失败，乐观主义的乌托邦也必然面临毁灭，但人类需学会乐观地使用智慧，乐观地看待自身种族与世界的消亡。自始至终，斯塔普雷顿没有试图构想一个完美体制，以拯救堕落的人类。相反，他想象人类的进化如何不断趋于完美，以试图构造完美社会。他想象人类的心智如何趋于成熟，以能够直面最终的失败。他笔下的人类接连不断地灭亡，接连不断地重生，时而重蹈覆辙，但总能构造新的社会与新的灾难。

从对二战的想象，到文明积贫羸弱的毁灭，从物种演化的弱点，到外来物种侵袭，从人工智能的创造，到时间探索的界限，从人类开拓外太空，到人类终将面对宇宙的虚无——斯塔普雷顿想象的人类命运，几乎覆盖了后世科幻小说常见的主题。如果说科幻小说属"点子"文学，斯塔普雷顿似乎将科幻创作的套路都尝试了一番。他的"粉

丝"A．C．克拉克（A．C．Clarks）或许暗自艳羡。毕竟，对于科幻写作，先行者有先行者的优势，他们在未知领域开疆拓土，后继者必须超越他们的思想或发现新的未知，才能站上巨人的肩膀。斯塔普雷顿比克拉克早一些，可以进行百科全书式的写作。后世作者，即便著作等身，也很难如斯塔普雷顿一般，试图以一本书覆盖对人类未来的想象。有趣的是，时隔一百年，《最后与最初的人》对每一种人类境遇的思考，仍然富有新意，没有被真正超越。21 世纪初的人类既没有进入外太空开拓史，也没有进入晚期资本主义的末世。疫情、自然异动、贫富差距、贸易壁垒、民族主义先行、资源（包括网络空间）的垄断与剥削，我们在很大程度上重新与 20 世纪初的前辈共享同一视角。

从这一角度视之，《最后与最初的人》也是一种当代的《诗学》，一种《故事》。它以人类整体为角色，以人类命运为情节，以人类反复灭亡为故事弧线，以描绘人类的未来。

它像一本科幻写作指导手册。

《最后与最初的人：临近与遥远未来的故事》1930 年初版书影

《最后与最初的人》开篇便虚构了另一种二战。巴尔干的导火索余烬重燃，欧洲的主要国家民族主义泛滥、意识形态对立。斯塔普雷顿不太关注细节。他认为文化中的糟粕总是易于流行，小事每每酿成大错。小事或许随机，大的转折总是必然。面对他自身所处的时代，他时不时透出英国人特有的政治幽默，对不同国家的不同文化有着特殊定位，让人不由联想到《是，大臣》与《是，首相》系列。他预言了原子弹的发明与技术灭世的开端。对于现实世界，核能的发现与使用标记了冷战的张力与太空竞赛的深层动机。对于科幻小说，蘑菇云的意象既属于末世的技术狂欢，也永远带来《哥本哈根》中海森伯与波尔的道德博弈。而对于斯塔普雷顿，他优先想象人性善良的一面。可以说，他最先将"性本善"赋予了中国所代表的东方人。面对西方的现代性筹谋与欺骗，中国人充满勇气，可以为消除毁灭的力量而赴死。经历了英法战争、俄德战争、东西方战争，以及甚于二战的毁灭，第一代人类顽强地生存下来，建立了第一世界政权。人类欣欣向荣，获得了人工状态的自然，将科学与宗教融合，完成了科幻小说常希冀的科学统治。不过，这一切不能抵消斯塔普雷顿对命运的"悲观"态度。善的高尚与付出可挽救一时的爱与和平，却不能带来一世的永恒。人类共同体虽崇拜着运动与飞行所象征的自由，科学体系的固化终究压灭了人类的好奇心与探索欲。人的智性冲动不断退化。心智衰退随即带来社会崩溃。人类没有因原子弹灭亡，却因反智退化，互相戕害，重返野蛮状态。

第一代人类还未灭亡。至少对于斯塔普雷顿，人类的第一次心智退化只是返回中世纪水平。中世纪很短，第一黑暗时代很长。几千年后，南美的巴塔哥尼亚文明兴起，人类才从文明废墟中建立新的秩序。长期处于野蛮状态的人类已在物种层面发生悄然变化。巴塔哥尼亚人缺乏性欲，拥有短暂的青春期与漫长的老年期。他们崇拜青春，种植棉花，视生命为游戏。他们发现了过去的文明，重蹈了工业与战争的覆辙，重复了20世纪初对无产者的剥削。他们虽维系起一个成熟的世界文明，但也带来全球性灾祸。此时，斯塔普雷顿将视角从宏观聚焦至微观，细致描写灭顶之灾后幸存的极地科考队。这一段情节类似于许多后世的幸存群体科幻小说。幸存者对食物及能源进行配比，对生育与知识的保存进行了计划，并陷入无可避免的个人崇拜。后来，自然环境渐好，幸存人类分为两支。一支远行寻找新的乐土，不幸遭遇重重困难，退化为与猴子类似的原始物种。另一支继续近亲繁殖，继续心智衰落，虽然保留了好奇心与集体意识，忠诚于石板刻留的文明图书馆，但终究无法抵抗返祖与变异。更长的时间过去，地壳变化，欧洲大陆沉默，北极狐新物种成为"万兽之王"。

一千万年后，地球不断演化，作为更具生命力量的母体，令第二代人类的身体结构和心智同时升华。他们学会了欣赏所有生物的身体和心灵形式，不再有过去的自负心，更能参与无数人共同奋斗的事情。对于第二代人类，自我不构成行事动机，他们也少有愤怒情绪。他们天生更关注他人。斯塔普雷顿赋予了他们更敏锐的直觉与更丰富的想象力，使之能够进行深度的美学与科学探索。他乐于构建"人性善"的创作思路再次得到体现。不同于"智能至上"的当代视角，斯塔普雷顿的进化论具有"品行"优先的古典特质。一个好的物种就像一个好人，只有德才兼备，方能摘得进化的果实。利他、爱美与爱智慧，第二代人类从诞生起，便标记了斯塔普雷顿颇具伦理乌托邦特质的进化论叙事。

斯塔普雷顿甚至更进一步，让第二代人类直接遭遇其他进化成果：依赖嗅觉建立阶级的、较为低等的人类——亚人；智能超越亚人的物种——猴子。猴子奴役亚人，食用亚人的肉。它们几乎拥有第一代人类所有的传统劣根性：欲望成瘾，喜爱金属，毫无共情。它们甚至让亚人吃亚人自己的排泄物与子女。最初，第二代人类试图与猴子沟通，但猴子充满敌意，并不领情。它们发现了第二代人类与亚人的亲缘性，便研究野外亚人，用能感染亚人的坚果感染了第二代人类。所谓人性顽强，文明易碎，第二代人类被瘟疫重创，同亚人一起成批死去，文明一时支离破碎。不久后，生命力顽强的他们重建社会。猴子的智力发展则遭遇停滞。亚人推翻了它们。很快，第二代人类的科学与哲学超越了第一代人类。

第二代人类的灭亡与重生源自火星人。必须强调，斯塔普雷顿笔下的猴子、外星人、人工智能，并非20世纪科幻常见的"他者"，而更接近《格列佛游记》的大人国、小人国、拉格多科学院与慧骃国，属于对现实有所指的讽喻。如果说猴子表征了人类的劣根性与返祖式的欲望，火星人的群体心灵设定虽颇具创意，其灵感源头则如斯塔普雷顿所言，是"有意识的利维坦"。霍布斯的庞然巨物被实体化了。第一代人类的巴塔哥尼亚文明时期，火星利维坦便开始观察地球。它们贫瘠的心灵导致了过度的侵略性。它们的视野永远向外，永远倾向于占有。如果说霍普斯的利维坦仍有不少古典特质，斯塔普雷顿的火星利维坦甚至有些后现代。火星人呈不同的云朵状，由超微的基础亚生命单元构成，比细菌甚至病毒还小。它们不是连续的有机物，而以振动为沟通方式，由"群组心灵"主导自由活动的成员，最终形成庞大的流动系统。20世纪初科幻的"网络"概念源自对无线电的想象，倾向于构建"无形链接"的世界，而非"虚拟世界"。火星智能于是兼容动植物特性，可以覆盖广阔的无线信号，也能包含近距离的磁力运动与个体单元。斯塔普雷顿为它们安排了三种形态：第一，相互独立的稀薄云块，通过"心灵感应"交流，通常联合形成群组心灵；第二，一整块聚集的、强有力的合体云块；第三，紧密聚集的、可怕的云胶。火星演化鼎盛期，整个星球通过这三种形态，组成了单独的生物和心灵个体。

不过，它（或它们）的共同心灵没有比个体意识更高级。火星人所追求的事情并不在精神上更宽广，只是在体量上更庞大。它们形成各种形态的视网膜，不断观察地球，渴望着地球的水分和植物资源。当时机成熟，它们开始反复入侵人类。它们杀伤力大，完全处于人类的知识盲区。它们拥有科学，对"自然知识"了若指掌，但它们也有猴子般的愚妄，崇拜坚硬的物质（比如钻石）。人类顽强抵抗，在失败中反复研究火星生命。火星人亦然。于是，两个物种展开了长达若干世纪的互相探索与互相灭亡。毫无疑问，设定颇为后现代的火星人扮演了反面角色——外星利维坦。抵达地球的孤立火星"云朵"，也曾在漫长的战争中研究心灵，与人类交流，但无济于事。火星利维坦天生匮乏"精神知识"。它们的公共心智比人类更加低劣，是"最幼稚的自我欺骗者，难以洞察真正值得的探求之物"。人类的心智也随之消磨。最终，两个世界的种族互相同化，一起退化，民族主义大行其道，战争与灭亡陷入恶性循环，不再有胜者与败者之分。他们（它们）就这样同时覆灭，地球环境与生命惨遭重创，进入历时三千万年的蛮荒。

漫长的第三黑暗时代让火星"心灵感应"与地球动物共生，由此诞生的第三代人类体型如霍比特，拥有金色毛发、复杂的耳部结构、巨大而纤瘦的手与六根灵活的手指。他们拥有高度智能，精神力与感觉强度并重，尤其有复杂的感知系统，可以体验万物。音乐是他们最关心的事情。他们进入科学的动机不来自纯粹好奇，而结合了实践、美学与宗教需求。因此，他们的群体意识不再是盲目虚妄的利维坦。他们与不同动物沟通，形成"精神共生"。换言之，第三代人类进化出更为高明的感受力与共情力。他们擅长控制活物，崇拜飞行与鸟类，形成了针对生命本身的宗教冲动。最终，他们将整个地球设计为巨大的动植物园，以体现"生机塑造艺术"的理想。此后，他们开始创造某种意义的人工智能——巨脑。

斯塔普雷顿不认为巨脑属另一物种（他者）。他视他们为第四代人类，是人类改造自身的结果。即便巨脑有着诸多邪恶人工智能的特质，斯塔普雷顿仍强调他们与人类的连续性。巨脑是人类的后代。巨脑由生物体培育，属于半人造半自然的生命。他们拥有好奇心与创造力，拥有感知和辐射"群体沟通"的能力。他们的学习能力如此之强，诞生不久，便了解了之前三代人类与火星人的一切。第三代人类过度开发了巨脑的智力。他们虽重视"生机艺术"，建造巨脑时却忽视了感受力的搭建。巨脑十分聪明，身体官能与低级脑组织却充满缺陷，行事逻辑开始靠近第一代人类。巨脑总无法满足，想持续优化自身。于是，他们着手培育第三代人类为奴仆与生物实验品。但实验环节总是失败，他们就这样亲手葬送了第三代人类。直到此时，第四代人类才发现，自身无法成功的问题不在于智力局限，而源于洞察力过于狭隘。他们缺乏感受能力与共情，无法真爱艺术，无法理解艺术、科学、心灵之间的关系。他们没有将自己视为高于第三代人类的他者。他们懊悔不已。对比当代人工智能小说，斯塔普雷顿的人性乌托邦不认为智能可以胜任进化的最高境界。他似乎认定，艺术与精神的伟大更为高尚，更为进步。对于他，巨脑只是人类认清自身短板的过渡一代。

巨脑吸取教训，造出了取代自身的第五代人类。此时，人类进化已趋于完美。第五代人类拥有新的发育和衰老机制，拥有第二代、第三代人类和火星人的所有优点。他们两百岁时发育成熟，可以保持三千年的活力。他们的母亲不用像以前那样饱受生育与社会压迫之苦。他们认为艺术是宇宙的根本。他们开始以优雅的方式，发现物理与宇宙的基本关系。这些基本原则与艺术的本质相同，艺术与科学殊途同归。这是斯塔普雷顿眼中，人类自身与宇宙关系的理想主义愿景。不过，乌托邦终将消亡的惘然总萦绕于斯塔普雷顿心头。巨脑没有为第五代人类设计自满的心灵，他们不会觉得自己是生命形式的最终展现，因而第五代人类总能不断进步。可他们仍会思考死亡与消逝。他们开始崇拜消逝，去体会人人皆有一死的美感。斯塔普雷顿说："很长一段时间内，宇宙间并无心灵的存在，很长一段时间以后，宇宙也将不存在心灵。"他描写的人类迭代史受限于宇宙一瞬。但对于他而言，人的精神依旧能够去感知空间的全部尺度，以及全部的过去与未来。由此，他让第五代人类探索存在的终极问题——时间。第五代人类学会通过心灵，抵达过去。尽管过去充满悲剧，穿越时间的人往往陷入精神错乱与时间紊乱，他们高尚的心灵却没有改变时间线的欲望，也没有侵略过去的野心。他们凝神观察，仔细研究，使心灵升华。可以说，第五代人类探索实体空间的动力不足，他们优先拓展心灵边界。最终，他们以永恒为媒介，完善了技术，能够顺畅自如地回到过去，体验宇宙的时间。如果没有外来灾难，第五代人类会像第二代人类或最后一代人类，过上长久的乌托邦生活。

至此，我们可以看出，斯塔普雷顿重视人类作为一个种族的心灵成长史。他所塑造的人类更专注品性与智慧的提高，罕有侵略特质，也缺乏某些进取心。他贴合地球的演变，刻画人类迭代过程。如果没有月球临近的异变与太阳熄灭的终局，斯塔普雷顿的地球人几乎没向往过外太空探索。因此，较之后世黄金时代的主要创作逻辑，他并未花费过多精力去想象人类的开拓史与殖民史。较之新浪潮或赛博朋克，他对人类整体有着理想主义式描绘，没有深入挖掘个体或人性幽深处的"内部世界"。对于他来说，人类进化最浓墨重彩的部分发生于地球，地外世界的迭代史与地球差异并不大。

月球逼近地球，第五代人类发明以太船，终于开始空间旅行，在金星安顿新世界。他们忽视了金星海底的金星人，盲目建设，破坏金星生态，导致金星人灭亡。第五代人类倍感罪恶。加之瘟疫与神经系统癌症，文明与种族迅速式微。而生命与文明已扎根金星。经历形如海豹的类人后，对飞行着迷的第六代人类诞生，继而孕育出真正的飞人——蝙蝠状第七代人类。第一代与第三代人类曾崇拜飞行，第七代人类继承了这一关乎自由精神的象征。这也是斯塔普雷顿很个人化的审美。第七代人类构建了关于飞行美学的社会组织。由于飞翔充满畅快与自由情绪，又需拥有冷静克制的感悟力，第七代人类相信，飞行与自然完美契合。但历史重复自己的车辙，飞人的历史以浪漫方式终结。有鸟类基因却不能飞行的物种创造出第八代人类。不久后，燃烧的太阳开始膨胀，正式步入灭亡之路。人类继续逃亡，抵达海王星。自那以后，太阳燃尽的阴影笼罩人类，他们经历了十代演变。斯塔普雷顿简述了后十代人的发展，因为他们重复着十亿年间前八代人类的更替历史。不同之处是，他们进化得更完美了。第十六代人类重新学会进入过去的心灵。他们推进了三个古老的问题：时间之谜，心灵与世界的关系，以及向生命宣誓自己的忠诚。

终于，斯塔普雷顿的叙述抵达最后的人类——第十八代人类。他们象征了一闪而过的宇宙生命最灿烂的时刻。最后的人类拥有头顶向上的天文眼，大脑发育得高级但发育速度缓慢。他们需经历一千年的儿童成长阶段，然后去南方大陆再生活几千年，以酝酿青年时期的心灵与智慧。电磁是他们集体心智的物理基础。他们能抵达过去，向过去讲述自己的历史。他们的性主要属于社会行为，以性群组的方式出现，带来友谊与爱的社交。换言之，他们集中了前十七代人类的所有优点，可以真正探索太阳系外的世界。他们也享有日臻完善的宇宙论："在起始，有巨大的潜能（potency），但只有少量的形式（form）。"他们发现了仙女座系统四个高级文明的痕迹，便乘坐以太船去外层空间。然后，斯塔普雷顿对太空旅行进行了非常现实主义的想象："人类最无畏的航行，只不过是星辰大海中的浪花。"太阳系之外，浩瀚的宇宙宛若死亡本身。死亡没有尽头，是人类无法穿透的屏障。星空探索与外星殖民的企图几乎全部失败。返航的第十八代人类无一不遭受心灵重创，咒骂一切浩瀚之物，只求抓住个人生活的甜蜜。虽然 20 世纪后半叶的人类早已将想象力推至宇宙边界，但在斯塔普雷顿眼中，超越太阳系已是人类勇气、心灵与智慧都无法跨越的极限。当太阳逐渐熄灭，第十八代人类无法远行，他们只得让海王星离太阳近些，获求最后的温暖。不过，他们终究面对了自己的死亡。斯塔普雷顿浓墨重彩地赞美他们。他们臻于完美，没有气馁，一面尝试在星海中播撒新人类的种子，一面为过去的人类增广精神的视野与生命的力量。他们最后说："我们终将为人类短暂乐章留下动人尾声。"

2020 年，《最后与最初的人类》以伪纪录片形式在柏林电影节"特别展映单元"上映。同年，北京电影节因疫情从 4 月延迟到 8 月底，适时引进该片。电影由黑白空镜构成，前南斯拉夫遗留的巨大纪念雕像占据屏幕，成为叙事"主角"。它们巨大的身躯、孤独的剪影、粗粝的轮廓，深深根植于荒无人烟的广袤土地；而它们的线条与镜头的视角，总望向天空。蒂尔达·斯文顿（Tilda Swinton）以最后人类的口吻叙述旁白，内容摘自《最后与最初的人类》结尾——第十八代人类的自我陈述。他们似乎借由画面中的现代纪念碑崇拜，返回 21 世纪初，抵达第一代人类进入灭顶危机前的时刻。从影像处理而言，这部影片是颇具末世感的纪录片；从声音创作而言，空旷的低频共振充满超越历史境遇的纵深；其旁白的叙述，则既像忠实于原著的"翻拍"，也是一种借喻。已故著名电影配乐师约翰·约翰逊（John Johnson）执导本片。他与摄影师一起拍摄了所需镜头，然后剪辑、配乐、配音。影片完成于疫情之前，上映于约翰逊辞世之后。镜头记录了铁托时期让人惊诧的宏大艺术与随之而来的落寞。故事讲述了一战与二战之间，科学幻想处理人类历史结尾的愿景。本片的声音则试图穿透人类整体的存在，似乎正俯视 2020 年多重时代际遇同时互相撞击的精神版图。2021 年，《最后与最初的人类》新译本出版。

对比当代科幻，《最后与最初的人类》小说版与电影版，以一种非常直观的叙述区分了两个类似的时代。这关乎我们如何看待命运与末世。自二战起，自冷战始，世界经历意识形态对立、核危机的弥漫以及资本主义的后现代演进，人类对于末世的想象层出不穷。科幻，不论从宇宙宏大叙事，从个体内部世界，还是从社会演进的终极景象，都直接折射了人类对存在边界的探索。21 世纪初，若没有非典与新冠，人类对命运的想象似乎已进入个人主义的原子化时代。当代东西方科幻或部分主流幻想小说，虽然描写政治荒漠、战后末世或环境残局，但笔墨注重个体的命运，选择典型人物成为寻常的创作逻辑。文学的核心或许在于人物，但科幻的想象往往试图超越大部分个体所能经历或所能体验的界限。于是，当末世类科幻试图对人类（或地球或宇宙）的命运进行超越哲学思辨（或认知）的想象，当科幻试图想象不可想象之物，典型的原子式人物显得颇为无力。当他们进行关乎人类命运的选择，当一个人类个体代表全部人类，这一本身应象征人性丰富维度的角色，往往陷入独断论与专制的境况。换言之，不论在东方还是西方语境，让个体化的典型人物承担人类命运，他／她／它的虚伪以及自私，往往难以避免地、不恰当地被放大了。并不是每一个作者都可以达到陀思妥耶夫斯基或托尔斯泰的境界，以个体书写（俄罗斯）民族性的悲悯、善良与崇高。因而，当科幻小说处理宏大主题，《故事》对人物、事件、情节的定位显得视角狭窄，不足以支撑科幻叙事对人性的理解，尤其不适合以个体书写人性整体。也因此，时至今日，以末世赞美人性较难，以末世批判人性易写。个体的高尚或悲悯、狭隘或冷漠，都可以完成具有反讽力量的表达。但科幻的力量往往在于超越反讽。在民族主义盛行、阴谋论与反智概念先行、认知与感知区隔愈加泾渭分明的当代，我们或许已错失了书写人类整体与人类命运的方法。但经历 2020 年，经济、政治与生态都需要非反讽的、系统性的整体想象。

如前所引，一百年前，斯塔普雷顿说："纯粹幻想的力量是微弱的……如果想象力未受到严格的规范，那么对未来可能性的想象建构必将坍塌。"《最后与最初的人类》电影版似乎更加绝望。我们知晓 20 世纪历史，似乎更能与约翰逊的镜头和声音创作共情。斯塔普雷顿同样深怀悲悯，而他的想象仍然乐观。他拥有反复书写乌托邦的心力。他知道历史无新事，他想象了人类十八代的兴盛与灭亡。对于他，乌托邦的体制是次要问题，不可能长久。他不指望一个系统或一个社会能够拯救堕落的个体，他也不相信一个衰败的、邪恶的世界可以压抑人类的生命力和创造力。他的乌托邦不关乎社会，不关乎个体拯救，而全然关乎人性本身，是人类心智与道德的一种理想寄托。人类可以造就或毁灭乌托邦，而不是反之。他多多少少将社会与历史的演变，放置到人类物种进化角度，进行心智、社群与精神潜力的书写。由于他将人类整体视为主角，将人类的迭代作为事件，让历史为进化让路，《最后与最初的人类》削减了许多叙事头绪，故事反而符合"一人一事一线到底"的古老审美。斯塔普雷顿知道，科幻不是拯救人类或世界的灵丹妙药，人类或许永远无法超越宇宙与自然的界限，但精神的视野与生命的力量或许可以面对命运自身的消亡。最后的人类深刻体现出斯塔普雷顿的悲观，即便拥有对乌托邦的追求和对美好人性的向往，我们终究无法挽回毁灭。但最后的人类仍然乐观，他们懂得如何看待自身命运的消亡。此时，故事不再属于茶余饭后的消遣，不再是猎奇与内分泌的寄托，它化为对人类存在形式的理解，变为人类眼中人类整体的原型。当无数的自由选择叠加为命运，故事演化为诗学。

只是众神降临的时代早已远去，当代诗学不能重复众神与英雄。诗学不再许诺高高在上的角色与彼岸的乌托邦，"最初与最后的人类"需要面对命运本身。然后，科幻才能越过"末世"的门槛，真正想象人性的未来。

作者简介

　　双翅目，本名冯原，科幻／推想类文学作者。中国人民大学美学博士，南开大学哲学院讲师。曾获中国科幻银河奖读者提名奖、豆瓣阅读征文大赛近未来科幻故事组首奖、全球华语科幻星云奖最佳短篇小说银奖等。作品散见于《科幻世界》《特区文学》、豆瓣阅读等，已出版个人作品集《公鸡王子》《猞猁学派》《智能的面具》。数篇作品被译为英文、日文、德文等。

袪魅的鼓点

——再读《猫城记》

◎ 陈楸帆

之所以选择老舍先生的《猫城记》作为这次重读、新读的文本，源于我在大学本科期间的毕业论文，便是做了《骆驼祥子》的版本比较。我对比了新中国成立前后数个不同版本的《骆驼祥子》文本，结合历史语境与文学思潮，试图还原苦苦挣扎于时代旋涡中，在批判与自我批判的夹缝中纠结求生的创作者老舍。记得当时我的导师贺桂梅老师还给了我一个很高的分数，虽然我后续没有踏上学术之路，但也由此与老舍作品结下不解之缘。

说起这本创作于 20 世纪 30 年代由伦敦归国初期的《猫城记》，老舍每每怀着既愧疚又悔恨的复杂情绪，他自我批评道："最糟糕的，是我，因对当时政治的黑暗而失望，写了《猫城记》，在其中，我不仅讽刺了当时的军阀，政客与统治者，也讽刺了前进的人物，说他们只讲空话而不办真事。这是因为我未能参加革命，所以只觉得某些革命者未免偏激空洞，而不明白他们的热诚与理想。我很后悔我曾写过那样的讽刺，并决定不再重印那本书。"又说："《猫城记》因思想有错误，不再印行。"

《猫城记》1932 年 8 月至 1933 年 4 月连载于《现代》月刊。1933 年 8 月，现代书局出版单行本。1947 年，《猫城记》作为"晨光文学丛

《现代》月刊 1932 年第 1 卷第 4 期目录

书"的一种，转由晨光出版公司出版发行。1949 年以后完全停止印刷，此后 30 年中在中国大陆出版物中彻底处于消失状态。再次与中国大陆读者见面，要迟至 1984 年，人民文学出版社出版发行《老舍文集》。而一直到 1995 年，才由敦煌文艺出版社根据现代书局 1933 年初版影印，发行单行本，首印 2000 册。

似乎这本老舍自认为"思想有错误"的小说同样也被整个大陆文学运作系统有意无意地忽略了，有趣的是，据老舍先生之子舒乙说，《猫城记》在国际上翻译的版本数量高居第二，仅次于《骆驼祥子》。甚至有谣言称，在老舍先生自沉太平湖两年后的 1968 年，诺贝尔文学奖评委会曾考虑将他列入候选人名单，与川端康成、奥登、贝克特一同角逐桂冠，关注的代表作品便是这本《猫城记》。后来诺奖评委会揭秘当年档案，澄清并无此事，但《猫城记》在海外的影响力之大可见一斑。

那么，这究竟是一本怎样的小说呢？

如果从作品谱系上看，《猫城记》出现在老舍两个创作阶段的接缝处，无论是早期在伦敦创作的《老张的哲学》《赵子曰》《二马》，还是回国后成熟期的《骆驼祥子》《离婚》《我这一辈子》，老舍作品中离不开的是极度写实的市民生活，以及幽默讥讽的笔触。也许是受到基督教信仰与狄更斯式文学的影响，老舍写作的着力点更在于人之本性的体面、正派、规矩，至于政治理念、阶级立场、革命路线，并不是他刻意要归因或划分善恶的标准。

而到了《猫城记》，却完全变成了一本架空世界、图解政治、直白议论高于描摹生活的异类小说，如他自述《猫城记》是个恶梦"，"因为一肚子倒有半肚子牢骚"，"头一个就是对国事的失望，军事与外交种种的失败，使一个有些感情而没有多大见解的人，像我，容易由愤恨而失望"。可见创作起因来自对当时"九一八"事变后中国内有军阀独裁混战、外有日寇虎视眈眈，整个社会环境黑暗腐坏，人心流向麻木自私的极度不满与失望。

老舍

故事从"我"和一位朋友去火星探险，飞机不幸坠毁开始。幸免于难的"我"被猫人们捕获，开始了在猫国与猫人为伍的生活，也见证了"一个文明的灭绝是比一个人的死亡更不自觉的"这一悲剧性的论断。

借助"我"的主人公游历视角，老舍对猫国、猫人、猫文明做出了全方位的批判与讽刺。

——关于自由："猫人所谓自由者是欺侮别人、不合作、捣乱……迷叶是万能的，有了它便可以横行一世。'横行'是上等猫人口中最高尚的一个字。"

——关于外国："不经外国人主持，他们的皇帝连迷叶也吃不到嘴。"可与此同时"有好多外国来的东西""很好用，可是我们不屑摹仿；我们是一切国中最古的国"。

——关于青年："我们猫国里就没有青年！我们这里只有年纪的分别"，"我们这里年纪小的人，有的脑子比我祖父的还要古老；有的比我父亲的心眼还要狭窄；有的——"，"青年总应当有些血性；可是我们的青年生下来便是半死的"。

——关于教育："在统计上，我们的大学毕业生数目在火星上各国中算第一，数目第一也就足以自慰，不，自傲了……每个学校都是最高学府，每个学生都是第一，何等光荣！"

　　——关于革命："平民不能革命，因为不懂，什么也不懂。有钱的人，即使很有知识，不能革命，因为不敢……所以革命在敝国成了一种职业。"

　　官僚、地主、军阀、学者、民众、革命者……无论身处哪个阶层的猫人，在老舍笔下都弥漫着浓重得化不开的虚伪、残暴、愚昧、麻木、自私、盲从、病态等精神状态，相比鲁迅笔下的"阿Q"及"看客"有过之而无不及。老舍自己说过："猫人的糟糕是无可否认的。我之揭露他们的坏处原是出于爱他们也是无可否认的。……我爱他们，惭愧！我到底只能讽刺他们了！"

　　因此，也就难免大多数主流文学评论都倾向于将《猫城记》视为"讽刺小说"而非"科幻（科学）小说"。因为在小说中，无论是对于火星环境的描摹，还是对于异质文明与物种的塑造，都被推后至更为次要甚至可省略不计的层面，这显然迥异于传统观念中对于科幻小说这一文类的框架界定。

　　夏志清在1967年写作的"Obsession with China: The Moral Burden of Modern Chinese Literature"一文中认为："老舍无疑是以他的同胞做模型，来塑造这些猫，它们要吃一种麻醉性的迷药，以维持生命，好像中国人要吸食鸦片一样。它们懒惰懦弱、狡猾贪婪、好色败德、惧怕外族，却又要模仿外国人的恶习。身材矮小的侵略者代表日本人，因为远在三十年代的初期，日人已作吞灭中国的狂想。借着《猫城记》，老舍警告同胞，灾祸已迫在眉睫，所以，此书成为中国作家对本国社会最无情的批评。"

　　而中国学者对此书做出正面评价，要等到1987年，钱理群、温儒敏、吴福辉三人撰写的《中国现代文学三十年》。至此主流学界对《猫城记》的评论，大多数都立基于夏志清的论断，将《猫城记》视作国族寓言，或是文化批判与启蒙精神的发扬。

　　是否应该就此剔除《猫城记》作为科幻小说的美学特征及文类价值

呢？不如让我们短暂回眸历史，了解科幻（科学）小说作为"舶来品"被译介进中国的历程。

世纪之交的晚清，"科学小说"被作为"新小说"的一种，经梁启超、林纾、鲁迅、包天笑等知识分子引入中国，意在"导中国人群以进行"（鲁迅语）。在见识了西洋科技的强悍之后，没有人会认为中国仅凭道德与政制便能重振雄风，科技进步成为新中国与新世界想象中不可或缺的一环，因此，"兼理想、科学、社会、政治而有之"的科学乌托邦便成了晚清小说中不容忽视的重要现象，短短五六年间连续涌现了《新石头记》（1905）、《新纪元》（1908）、《电世界》（1909）、《新野叟曝言》（1909）、《新中国》（1910）等颇有分量的作品。

较之晚清被译介进中国的凡尔纳小说对物理、博物、天文等知识不厌其烦的罗列和阐释，晚清科幻小说对于科技的奇想显得相当混搭而随意，尤其是其中对于器物的迷恋往往超过了对制度的想象，成为区别于西方乌托邦的关键。

如《电世界》中大发明家、工业巨子黄震球发现一块天外陨石，在加热到一万三千摄氏度后，陨石熔炼成一种叫"鍟"的原质，在大气中摩擦一下便可产生电气，如永动机般源源不绝。他凭借此神力单枪匹马消灭了欧洲入侵者，威震全球，之后又几乎凭一己之力苦心经营两百年，缔造了天下大同。

而《新中国》中，陆云翔一觉睡醒来到1950年的上海，目睹中国富强进步的景象。这一切多亏由南洋公学医科专院留学归来的苏汉民博士，发明了"医心药"和"催醒术"，使得中国人从过去浑浑噩噩，沉迷于赌博鸦片的落后状态，变为文明开化的现代国民，而政治改革与经济建设也由此突飞猛进。

在这些作品中我们不难发现，知识分子们在文本中展现出的，依然是寄望于某种"机械降神"（Deus Ex Machina）式的法宝神器，戏剧性地改变整个国民性与社会发展轨迹的奇想。

据学者任冬梅考证，民国之后的科学小说虽然表现为"异类"，但并非一片空白。除了顾均正、周楞伽、市隐等几位擅写科学小说之外，新文学诞生之后最著名的科学小说，无疑就是老舍的《猫城记》。然而，晚清科学小说的诸多特质在老舍的《猫城记》中全无踪影。

老舍自称《猫城记》受到英国作家 H. G. Wells 的 *The First Man in the Moon* 的影响。又据学者史承钧的说法，"据当时《现代》杂志的编者施蛰存先生的回忆，《猫城记》在《现代》连载时，老舍曾在一封信上对他说，《猫城记》是受了 Aldoux Huxley 的 *Brave New World* 的影响"。然而当时的信件已散佚。

无论后一则说法是否属实，至少我们可以确定，老舍在创作《猫城记》之初，对于"科学小说"的文类界限就有清晰认识且主动将写作纳入此范畴。正如宋明炜教授所言，"《猫城记》在中国科幻小说历史上如同一个孤岛，但它在世界科幻的地图上却处在交通之中"。

由此，《猫城记》作为自晚清"科幻奇谭"创始以来，科幻文类在民国时期罕见的文本（王德威语），其文类及美学价值得到了重新挖掘与评估。王德威在《茅盾，老舍，沈从文：写实主义与现代中国小说》中提出《猫城记》继承英国小说从《格理弗游记》到《月球上的第一个人》的传统，有着"生疏化"（defamiliarization）的企图，也"着重怪诞诡奇的姿态与滑稽突梯的谐拟（mimicry）"。而海外学界近年来对《猫城记》亦颇有关注，其中包括瑞丽（Lisa Raphals）、那檀（Nathaniel Isaacson）等专家的分析，也包括企鹅现代经典重印《猫城记》英文译本中伊恩·约翰逊（Ian Johnson）的导读。这些讨论都将《猫城记》置于科幻小说的发展脉络中。例如，"从科幻研究的角度，怎样将《猫城记》安置在科幻文学的历史、表现火星的历史、与外星人接触的历史中"？或者，从殖民现代性的角度，"叙述者对于猫国人采取殖民主义立场，将它们的整个社会看作原始和野蛮的"。

倘若我们将"反乌托邦"经典之作《美丽新世界》对老舍创作《猫城记》的潜在影响纳入思考维度，则更能够发现这一文本在"乌托邦文学"历史脉络中与文体实验上的超前性。

若以 1818 年玛丽·雪莱《弗兰肯斯坦》为起点，诞生不过两百年的科幻小说，迅速地成为乌托邦叙事的重要组成部分，并将其推向更为广阔多元的方向。它反映的是人类对于科技发展的种种焦虑。

在莫尔 1516 年的《乌托邦》以及接下来几个世纪"经典乌托邦"的众多版本中，我们总能看到一个旅行者，登上偏远的岛屿或未被发现的大陆，受到当地人的欢迎。乌托邦社会就像一个禁欲主义的本笃会修道院，每个人都恪守教规、禁锢原罪，为了社会的共同利益而生活劳作。

在更晚近的科幻版本中，岛屿被换成了另一个星球，或者遥远的未来，但它们毫无例外都会提出一种在最大程度上消除不平等的理想制度。

进入 20 世纪之后，科技的迅猛发展（交通工具、通信技术、太空探索等）所带来的现代思想让"经典乌托邦"所试图塑造的封闭空间或独立王国不复存在，个体不得不走出民族国家的认知框架，从行星—宇宙的视角重新审视自我存在的位置与价值。而乌托邦式的写作，越来越多地被视为科幻小说的一个分支，如达科·苏文（Darko Suvin）所说的"科幻的社会政治体裁"。

伴随着这一过程出现的巨大社会影响，可以说来自"反乌托邦"小说类型的盛行。

反乌托邦类型最初建立于这样一种假设：建立乌托邦的努力也可能走向失控极权主义。比如卡尔·波普尔（Karl Popper）和弗里德里希·哈耶克（Friedrich Hayek）都是反乌托邦立场的代表。许多反乌托邦小说描绘出复杂而多元的社会模式，从而实现对于无孔不入的监控（《一九八四》）、消费主义与娱乐至死（《美丽新世界》）、极端保守的官僚机构（《大机器停转》）以及人性中自然主义本能的批判（《我们》）。本质上它们依然延续了自由-人文主义的乌托邦思想传统，并试图加入技术元素令局面变得复杂化。

作为全球反建制主义思潮的发酵产物，女性主义、环境问题以及互联网技术在20世纪60年代末之后频繁出现在反乌托邦科幻小说中，引发新一轮的焦虑。厄休拉·勒古恩（Ursula Le Guin）在《一无所有》（1974）中探讨了无政府主义经济共同体的可能性；约翰·布鲁纳（John Brunner）在《立于桑给巴尔》（1968）中展现了人类面对人口膨胀、城市衰败和环境灾难的恐惧；威廉·吉布森（William Gibson）的《神经漫游者》（1984）创造了反英雄在虚拟空间对抗垄断大企业的"赛博朋克"亚类型。这些都极大地丰富了乌托邦／反乌托邦思想在不同领域与议题中的表现。

几乎所有反乌托邦小说的经典之作都无法给出令人满意的解答，即我们如何能够在追求乌托邦的道路上避免坠入反乌托邦的深渊，或者在坠落之后再爬出来。这就好比热力学定律在乌托邦领域的一种映射，追求制度上极度的控制和秩序，最终将导致系统的封闭与熵增，必然走向整体崩塌与热寂。

在晚清杂糅幻术与天国迷思的《新中国》，与"文革"后洛阳纸贵，描绘一代中国人对于未来乐观想象模板的《小灵通漫游未来》之间，是宛如黑暗孤岛般的《猫城记》，在中国科幻小说两波闪耀着玫瑰色光芒的短促而高亢的号角声中，老舍用阴郁而恶毒的节拍敲打着招魂祛魅的萨满鼓。

《猫城记》1947年初版书影

《猫城记》根本无意去创造一个可以用来"反"的"乌托邦"模板，对于老舍而言，那或许只是天真而过时的童话，只有纯粹的批判和讽喻，才是刺破黑暗现实最有力的武器。正如小说的结尾，最后两个被敌军俘虏的猫人被关在笼子里，他们继续作战，直到两人互相咬死，"这样，猫人们自己完成了他们的灭绝"。而"我"在火星上住了半年，遇到一架法国的探险飞机，"才能生还我的伟大的光明的自由的中国"。

就在这戛然而止的结尾中，那些刺眼的溢美之词，依然毫不留情地对现实甩出巴掌，啪啪作响。近百年之后，重读《猫城记》，我们更加能够体会到老舍先生那穿透时空迷雾的果敢与洞见，他始终不弃地追寻着人类作为个体或者整体在世间的位置与价值，并反复质疑任何贬损其存在的制度设计，哪怕不惜挥起绝望的大刀，剖开靡丽华美的文明外皮，挖出深埋在每一个人骨肉血脉中的恶之果实。

这或许正是科幻小说所背负的诸多使命之一，《猫城记》也必将在中国科幻乃至世界科幻的历史长河中，留下足够有分量的一笔。

作者简介

陈楸帆，科幻作家、编剧、译者、策展人。北京大学中文系学士、艺术学院硕士。中国作家协会科幻文学委员会副主任，中国科普作家协会副理事长。曾获全球华语科幻星云奖最佳长篇科幻小说金奖、最佳中篇小说金奖、最佳短篇小说奖金奖、最佳新锐科幻作家金奖，中国科幻银河奖优秀奖、最佳短篇小说奖、最佳原创图书奖，世界科幻奇幻翻译奖短篇奖，茅盾新人奖，"《亚洲周刊》年度十大小说"奖，"德国年度商业图书"奖等奖项。作品被翻译为二十多国语言，代表作有《荒潮》《人生算法》《AI未来进行式》等。

科幻中的现实

——《努尔-伊-杰什特天文台》导读

◎ 吴 岩

《仙女座星云》1958 年初版书影

我家里的书架上有几本自己特别想看但怎么也看不下去的书，《仙女座星云》就是其中之一。

我第一次知道《仙女座星云》，是看杜渐写的各国科幻发展的历史。其中提到苏联也有许多特别重要的科幻作家撰写的作品，包括叶菲列莫夫的《仙女座星云》。叶菲列莫夫是个好听的名字，《仙女座星云》会写些什么也让我非常好奇。此后，我就一直等待这本书的中译本问世，可它直到1985年才由辽宁科技出版社出版。我大概是又等了一两年才在北京的某个书店中找到它。

好书买了我通常马上就看。中文版封面是深空的幽蓝色：飞船斜刺里插入晴空；在遥遥的远方，仙女座星云用美丽的面孔召唤着我们。故事的第一句话让我印象很深，是说航天器的控制面板上有一些仪表，这些仪表因为形状不同，每一个都像一张脸，有的是方的，有的是圆的，有的含笑，有的阴险。后面这个转折，一下子勾起了我的兴趣。然而，读过几页之后，故事的无聊便逐渐显现。整体看没有人和人之间的冲突，外星球写得也不那么有意思。或者，那时候我已经大学毕业当上了老师，童年时代那种对任何一个外星球都望眼欲穿的热望已消失。我很快就放下了这本书。

此后，为了写作或教学，我屡次拿起这本书想重新阅读，但没有一次能持续超过十页。《仙女座星云》之所以不好看，主要还是因为它的内容。在不同版本的百科全书对这本书的介绍中，人们都会提到这本书是展现斯大林式未来而创作的一部鸿篇巨制，在那样的世界里消灭了阶级，没有了压迫，进入大同社会，人类开始跟最终的敌人——大自然进行搏斗。我想这可能是我看不下去的原因。共产主义社会难以描写。而且，如果没有了人与人之间的矛盾斗争，故事再怎么美丽还是激发不出我的兴趣。当然，这仅仅是对我而言。

没有看完《仙女座星云》至今仍然是我人生的一个痛点。许多东西不能享受是因为自己的功力未到。看了一个介绍说，这本书据说是为了对抗叶甫盖尼·扎米亚京的《我们》和奥尔德斯·赫胥黎《美丽新世界》那种反乌托邦。但这还是没有提供足够的动力让我重新启动。至今，仙女的美丽面庞仍然在遥远的地方静静地观望我，相信有一天我还是会有动力一股脑把它读完的。

讲《仙女座星云》的故事，主要是想引出小说的作者伊·安·叶菲列莫夫。因为他是今天要向大家介绍的《努尔-伊-杰什特天文台》这部优秀短篇小说的作者。叶菲列莫夫对我上一代的中国科幻读者来说并不陌生。因为早在"文革"之前，国人就已经熟知他是伟大的苏联科幻作家，他的短篇集《星球上来的人》就已经被翻译出版。那个集子里的作品，在那样的时代去看真的是太离谱了。例如，有一个水银湖冒出的蒸汽会让周围的人患上痴呆症。这个故事后来有人转述成了真实的事情，闹得国内的科普作家还要四处辟谣，忙了很久。另一篇《星星上来的人》更是带有进化论和马克思主义宇宙学的色彩，讲述的未来宇宙

伊·安·叶菲列莫夫

人都长得雄伟壮阔，符合人类最终成为宇宙的主人这么个原理。

就在这个故事集中，我看到过一篇叫作《沙漠之光天文台》的小说。

《沙漠之光天文台》，其实就是《努尔-伊-杰什特天文台》。或者说，一个是意译，一个是音译。"文革"前的版本采用了意译，"文革"后发表在《科幻海洋》（第三辑）上的版本采用了音译。这个变化最初我以为是标新立异，后来才发现，这么做是对的，因为故事本来就跟语言学相关。

与《仙女座星云》或《星星上来的人》不同，《努尔-伊-杰什特天文台》不是写遥远的过去与未来，而是谈我们生活的现在。作家说的"现在"，就是第二次世界大战！1942年年底，身受重伤需要到后方疗养的炮兵少校，在去疗养地的途中路过塔什干某地，在火车站等车的时候遇到美丽的塔什干大学东方语言学系学生塔娘。那时候塔娘正跟着她的指导教授在离小站200千米之外的沙漠深处进行千年前古代阿拉伯人天文台遗址的考古发掘。因为战乱，附近无法找到民工帮助挖土，塔娘的导师决定让正在写论文的塔娘的师兄来参加发掘，也就是充当劳动力。塔娘到这个车站就是来接师兄的。不想计划赶不上变化，博士生师兄已经弃学从军奔赴了前线。塔娘等了几天也不见人影，正好遇到了炮兵少校。在故事里少校健康魁梧，正值中年且没有女朋友，见到女学生已经被她吸引，虽然他内心似乎还没有承认，但嘴上马上要求代替师兄的角色放弃疗养，成为一个挖掘工人。塔娘知道如果空手而归导师一定要骂她，所以决定把少校带回营地。他们换乘各种交通工具长途跋涉，路上越来越熟悉。

在营地，教授先是不敢接纳战斗英雄，但看到自己确实没有帮手，而且这个少校战前曾经是地质工作者，就决定试用。于是，就在外面仍然战火纷飞的日子里，在这么一个中亚共和国的世外桃源中，科学工作者通过挖掘穿越时空，回到千年前阿拉伯人涤荡这片土地的时代，钻研他们的科学与技术。纯净的工作和纯净的空气净化了他们的思想。入夜，当主人公跟女大学生徜徉在寂静的荒野之中时，他们突然发现，这里充满的不是一般的快乐，而是某种无限的美好。在他们的脚下，千年之前的古代建筑物残骸上的马赛克居然仍发出荧荧的微光。

循着微光，他们又找到了天文台通向古代染料采石场的通道。挖开堵住通道的巨石进入更深的地下空间，他们周围的所有东西都放射出光芒。忽地，他们明白了。古代阿拉伯人在这里发现的是放射性物质。他们开采出这些物质，加工后制成了夜光墙壁。而这种放射性物质，恰恰是 1898 年居里夫人测定铀参数时发现比铀具有更强放射性的物质混在样品里面，又经历了十多年熬沥青的艰辛才分离出来的镭。

古代人也知道放射性物质，虽然不把它叫作镭，这已经让这些考古和地质学家感到惊奇。但他们更进一步发现，之所以把天文台建在这里，就是因为镭可以"净化空气"，优化了观测环境。更进一步，他们还发现，这种净化作用竟然能让人消除疲劳，令抑郁的心情变好。

《努尔-伊-杰什特天文台》的梗概我已经讲完了。当然，你们想的都对。故事中的两个主人公，炮兵少校和大学生塔娘后来成了一对。而且，是塔娘先提出的。那一段还是等你们阅读的时候自己去看。我想讲讲这篇看起来平平淡淡的小说，背后是否还有什么更有意思的内幕。

资料显示，《努尔-伊-杰什特天文台》创作于 1944 年，发表于 1945 年。此时，第二次世界大战已经走向了后半段。经过长期的战争消耗，人们的精力和意志力都正在减退，渴求恢复平安、宁静、幸福和快乐，应该是那个时代人的主要诉求。所以，在这样的时候发表这样的故事，我觉得是恰到好处也是恰逢其时的。

当然，这是我的一种推论。我不在当时的苏联现场，推论了也无从证明。所以，还是放在一边。让我们研究研究这篇作品的创作特点。

首先，小说在一个凸显俄罗斯人伟大贡献的苏联社会中，强化了阿拉伯科学家的贡献，这一点很有意义。熟悉科学史的人都知道，阿拉伯文明对于西方文明与文化的发展是一个必不可少的存在。古代阿拉伯人的数学、物理学、建筑学、生物学、医学等，都被后来的西方文明纳入自己的框架。在那样的时代，两个地区交往密切。罗马帝国时代焚毁了大量希腊古典著作，这些著作后来是通过找到阿拉伯人的译本之后重新回译，才得以重新复苏。仅以小说中提到的天文学为例，阿拉伯的天文学水平之高今天的人简直不可想象。例如，他们对行星的观测数据更正了许多欧洲科学家的失误。在地球自转、地球周长、太阳中心说理论的创立等方面，阿拉伯科学家都做出过创新性且决定性的研究。我们今天说的科学方法，就是从观察、提出问题，到建立假设和检验假设等这个思考和行动序列，也是阿拉伯科学家的伟大贡献。所以，把故事建立在重拾古代阿拉伯文化的世界贡献上，对以俄罗斯民族为主体的苏联来说，应该是一个特别勇敢的行动。

其次，我觉得小说的表层故事和深层含义双线对应，给作品提供了厚重的道德和价值观内核。战争中的一段考古只是外表，在字里行间，野蛮与文明、战争与和平、青春与爱情的主线相互交织，这根主线一直推动小说的发展。外部战争的残酷野蛮和古典天文学的精致典雅，同样都卷入了科学，但两者截然相反。一个让历史倒退，一个让世界进步。而遗迹和遗址的那种漫长历史感，又让短暂的战争变得幼稚可笑。用一句今天的话来说，和平发展是人心所向，也是历史大格局的前进方向。当然，维护和平和进步的，无论古代还是今天，都是有创造力和道德感的人。这样，青春和爱情又浮上了故事的外表。最有趣的是，作者还不罢休，再嵌套了一层镭元素对大自然和人类的激发，又把历史意志的精神表象还原到了物质。你还可以再去讨论讨论唯物主义和唯心主义，讨论讨论大同世界之后的人与自然对抗的结果谁能占先。

最后，读这篇小说的另一个有意思的发现，是作者对语言学的看重。隆重地将一个外来语作为小说的题目，这点已经显示了他想要说的东西。语言是认知的符号，也是认知的内容携带者。穿越一种语言的认知和穿越另一种语言的认知，可以是相通的，但不一定是相同的。回到战争的年代，回到各方都想用自己的语言和思想征服世界的时候，这篇小说用这么个题目写，还是别具匠心的一种选择。

小说中说，"努尔-伊-杰什特"翻译成汉语是"沙漠之光"的意思。沙漠之光在这里有多重含义：古代科学的光，古代文化的光，镭的放射作用激发的光，人跟人之间心灵碰撞产生的光，还有战争中这个宁静飞地和平的光！所有这些光线，通过这个只能发音的词语，让意义充满了多种可能，从而也引发了人们的好奇。

我去查世界科幻百科网站，想看看叶菲列莫夫是个怎样的人，发现他的经历还挺复杂的。作家 1908 年 4 月 22 日生于圣彼得堡维里察村。父亲安东·叶菲列莫夫是一位木材商人，母亲瓦瓦拉·阿列克桑德罗夫娜是农民。很小的时候叶菲列莫夫就是个神童。他 4 岁起就开始读书，6 岁喜欢上凡尔纳的作品。1913 年，叶菲列莫夫一家搬到了亚速海的伯丁斯克，他开始在文理高中学习。1917 年十月革命中他的家庭遭受了冲击，父母的分居让他开始了自力更生。

叶菲列莫夫 1919 年参加红军，1920 年就身受重伤。据说这次重伤让他终生患有轻度的言语障碍。1921 年，他回到圣彼得堡做司机维持生计。1923 年，他在当地的航海学院学习。通过航海考试后他加入了一艘轮船当船员，这让他在俄罗斯远东的帕西菲海岸航行了一年。1924 年秋，叶菲列莫夫来到列宁格勒并与苏什金院士有过会面。此后，他决定师从这位院士。在苏什金的指导下，他开始在动物博物馆和列宁格勒大学生物系学习。叶菲列莫夫还参与了野外考察，在古生物学和考古学研究上都取得了成果，此后转学到了古自然科学研究所。他后来又到列宁格勒矿业学院学习。1935 年，叶菲列莫夫以优异成绩通过考试毕业。那时，他已经成为古自然科学研究所的实验室主任和古生物考察队的成员，多次前往伏尔加地区、乌拉尔山、中亚和西伯利亚考察。1941 年，叶菲列莫夫获得了生物学博士学位。

20 世纪 40、50 年代，叶菲列莫夫多次参与了横贯高加索、中亚、远东和西伯利亚的地质和古生物学考察。他有几项科学发现，包括1946—1949 年在蒙古国戈壁沙漠南部发现神秘的"恐龙谷"。1950 年，叶菲列莫夫总结了他的研究，创建了古生物学的一个分支——化石埋藏学。1952 年，他获得苏联国家奖。他还做过一些非常实用的研究，例如预测了西伯利亚钻石矿的位置。1958 年，叶菲列莫夫曾作为苏联中古生物学考察团的创始成员来过中国，讲授埋藏学。

叶菲列莫夫是 1942 年生病期间开始写小说的。他的作品很快就受到了阿·托尔斯泰的赞赏。1944 年，叶菲列莫夫出版了第一本小说集。1946 年，他的小说《钻石管》预测了俄罗斯西伯利亚钻石工业的发展。1957 年，《仙女座星云》出版，被翻译成多种语言，给他带来很高声誉。1967 年，小说第一部分被改编成电影《图曼诺斯特仙女座》（又译《铁星战俘》），据说在观众中引发强烈反响。但叶菲列莫夫对改编并不满意。1963 年，他出版的《剃刀边缘》是一部关于人类思维能力极限的小说。苏联官方开始的时候对叶菲列莫夫的成就很看重，推荐他做了一系列国际交流，但 1968 年他出版《公牛时刻》后，书被禁。叶菲列莫夫于 1972 年 10 月 5 日在俄罗斯圣彼得堡因心脏衰竭去世。

叶菲列莫夫是少有的既能在科研上获得很高造诣，又能写出优秀科幻小说的作家。我询问了中国古脊椎和古人类研究所王原研究员，他也说起叶菲列莫夫曾经来中国讲学的事情。但是，当我请教我们的阿拉伯文学老师钱艾琳教授的时候，她告诉我其实"努尔-伊-杰什特"是一个波斯语。于是，整个故事背后的许多背景，在我脑海中又有了一次全新的转换。钱老师还说，这个错可能是作者而不是译者造成的，但这里又有什么隐含故事我就不得而知了。

说起故事中有故事，这才是我要写这篇文章最重要的原因。小说的故事为什么发生在这个地方？小说中谈到的天文台、采石场背后有什么原型？镭到底是一种怎样伟大又可怕的东西？作家为什么在这么个地点创作了这么个故事？所有这些，其实构成了两个更大范围的隐含故事。

先来说说故事中的镭的作用。

我看过一篇文章中说，放射性物质在发现之初曾经被当成护肤品和营养品。那时候人们看到镭的半衰期很长，觉得从这种长寿的、不断散发着力量的物质身上能找到激发生命的原动力。很快，1910 年就已经开发了一款提神的含镭香烟。接下来是饮水器，让水从镭射线下过一下再喝。再后来发明的是含镭可可粉和含镭冰激凌。就在生产镭食品的同时，镭化妆品的研制也快速上马。因为居里夫人用射线照射自己皮肤导致了坏死和结痂，脱落后可以看到皮肤更新，人们自然认为镭是有护肤作用的。于是，辐射唇膏和含镭护肤霜也很快问世。据说还有人制作了有辐射的内裤，对男性而言既能壮阳又能避孕，一举两得。但辐射的故事最终是以溃烂和死亡为结束的，这些产品造成了大量诉讼。我不知道为什么到 1944 年，作者还敢这么写。这是这篇文章留下的悬案，要未来看到更多资料才能解决。

第二个故事还是跟镭有关的，但这个秘密就更大了！

研究过叶菲列莫夫的生平之后你会知道，他曾经在苏联东亚地区进行过多次考古发掘。这是否就是他写作这篇小说的原因？事实可能并非如此。在冷战时期，美苏军事争霸过程中的许多秘密是不能向外讲的。但是，有些作家会把某些正在发生的事情写进他们的小说。例如，1956 年苏联《知识就是力量》杂志社曾经收到过一个莫斯科作家阿纳托利·马尔库沙撰写的小说《生日》，编辑看到作品后大吃一惊，因为整个故事写的就是苏联太空事业负责人科罗廖夫的事情。在那样的年代里，科罗廖夫对外而言是一个谜一样的存在，这样通过小说透露其秘密真是异想天开。小说最终也没有被发表。

难道，叶菲列莫夫这位科学院院士也在做这样的事情？

还是刚才说的钱艾琳教授很快替我找到了一篇文章，文章研究了那个年代苏联境内的铀矿。资料证明，1945 年美国两颗原子弹成功在日本爆炸之后，苏联想要奋起直追，在原子武器方面争取突破。虽然他们很快在理论计算方面有了进展，但有理论而没有用于放射性原料也是白费。为此，苏联进行了大规模的地质勘探，终于在中亚这片地区找到了一系列铀矿。这些发现使得 1949 年 8 月 29 日苏联第一颗原子弹成功爆炸。

那么，叶菲列莫夫是否想要通过这篇小说曝光苏联的铀矿呢？这个问题我无法回答。我只是想说，阅读一篇科幻小说，哪怕只是科幻小说，也能从中发现许多有关我们生存现实的资料。

早在 20 世纪 80 年代我就读过这篇作品。这次为了写导读而重读了这篇故事，让我生出许多想象，也生发了许多对童年的怀念。两个中文版的翻译，差距还是挺大的。我还是更喜欢严永兴老师的译本，他的语言充满了某种纯美的东西。例如，在故事的结尾，两位沉浸爱河中的恋人抬头仰望天空，发现头顶的高空横贯着明亮的银河，张开翅膀的天鹅座眨着眼睛，在向未来的永恒飞行中伸直了细长的脖颈这一段，就充满了动感和美感，比原来的译本要好很多。

任何一次阅读，都是在文本世界中的探索和发现，都是对现实的思考、批判或享受。但愿有一天，我能重新开启《仙女座星云》的阅读。

作者简介

吴岩，科幻作家。南方科技大学教授兼科学与人类想象力研究中心主任，中国作家协会科幻文学委员会副主任，中国科普作家协会副理事长，全球华语科幻星云奖联合创始人和科幻星球奖联合发起人。曾获全球华语科幻星云奖非虚构作品金奖、最佳科幻传播奖金奖、最佳科幻图书奖金奖、最佳科幻评论奖金奖，中国科幻银河奖最佳短篇小说奖、科幻小说奖一等奖，中宣部"五个一工程"奖，全国优秀儿童文学奖，美国科幻研究协会托马斯·D. 克拉里森奖等多种奖项。著有《中国轨道号》等科幻小说和《科幻文学论纲》《20 世纪中国科幻小说史》等理论著作。

科幻文学化的代表作

——读《霜与火》

◉ 江　波

《霜与火》是一个充满魔力的故事。我第一次读到这个故事，就为之着迷。

故事的大概内容，讲的是人类坠落到一颗奇怪的星球上，冰霜和烈火（极度的昼夜温差）统治着这颗星球，幸存的人只能躲藏在山洞里。人的生理活动被加速，同时还获得了知识遗传和心灵感应的能力，在八天的生命周期中，急速生长，快速繁衍，最后无奈死去。一代代的人就这样活下来，成了动物一般的存在。摆脱困境的唯一希望，是停留在远处山巅上的完好飞船。男女主人公一起，为了找到前往飞船的办法拼尽全力，在他们有限的几天生命之中，不断向微乎其微的可能性发起挑战。

小说充满了倔强不屈的精神，颇有点类似于海明威喜欢的那种硬汉风格：你可以杀死我，但是你不能打败我。主人公将自己的智力和体力都发挥到了极致，再加上良好的运气，最后终于能够抵达飞船，启动飞船，解救了被困在星球上的人类。

故事梗概就是如此了。一样事物，经过中间的描述之后，就会丢失很多信息。所以我想说的第一点，就是建议读者去读这篇小说。小说并不长，中译本约两万八千字，绝对值得你付出时间。当然如果能

雷·布拉德伯里

读英文原文，就更好了。

作者雷·布拉德伯里（Ray Bradbury，1920—2012），是著名的美国科幻作家，风格独树一帜，既擅长传统文学的优美笔调，也拥有属于科幻作家的狂野想象。科幻小说这个类型，一直被认为以狂野的想象力取胜，而在文学意义上乏善可陈，难登大雅之堂。布拉德伯里的存在，无疑展示出了这一点：一个优秀的科幻作家，完全可以在保留狂野想象力的同时，在人物塑造和文辞优美上取得胜利。因为英文水平的原因，我没有直接阅读《霜与火》英文版，但即便翻译成汉语的文字，也透着十足的优雅和力量。译者的作用固然不小，但原文的艺术性应当是这种优雅和力量的根基。

小说高度浓缩。因为星球上存在的辐射，人类新陈代谢极快，从而把原本需要一百年才过完的日子，在八天时间里就过完了。这是一个非常有想象力的设定，虽然谈不上真正的科学，对于这个故事来说却足够真实。在我的观念中，科幻小说最核心的价值，在于它对未来可能性的描述，从而给人警示，或者令人期待。例如阿瑟·克拉克（Arthur Clarke）的《2001：太空漫游》，对人类"近未来"（Near Future）的太空之旅有着切实的展望，无疑就契合这个特点。《霜与火》却并非如此，它所描述的生理现象，绝对超出科学的范畴，有些类似于超级英雄的设定，比如一个人基因突变之后可以变身，被射线照射可以获得超能力，喝下药水可以放大缩小。超级英雄类作品属于泛科幻的范畴，但一些对硬科幻情有独钟的人则会对它嗤之以鼻，认为它的本质其实并非科幻，而是科学时代的奇幻，或者说是奇幻故事被以现代知识进行了一次包装。然而《霜与火》却完全没有超级英雄的味道，它的设定虽然玄奇，却施加于全体人类之上，主人公在整个人群中只是普通人，并非依靠超级能力而是凭借自己的知识、勇气和意志获得了最后的成功。这就带来了显著的格调差异，尽管所设想的生理变化非常玄奇，《霜与火》给我的阅读体验却很"硬"，很有说服力。为什么会如此？仔细思考这个问题，非常有趣，牵涉到如何界定科幻，尤其是科幻和奇幻之分。曾经在一次分享会上，听《科幻世界》的副主编拉兹先生说过一个判定标准：科幻是对物的神化，奇幻是对人的神化。对这样一个标准，我部分赞同，也有些不同意见。科幻并没有对物进行神化，物只是一种工具而已，而且是能力有限的工具，从来没有一种物能够超越客观规律本身，也就和真正的神化有所不同。但奇幻是对人的神化，这个观点倒是很有启发。奇幻的故事，最后总会有超自然的东西存在，神秘而不可解释，近于神，或者直接就是神，让人匍匐于其脚下。科幻则不然，科幻小说中的人物，总在不断地认识自然，解释自然，利用自然来达到某种邪恶或者正义的目的。一篇小说的基调如果如此，再和适当的科学知识相结合，就能带给读者硬科幻的质感。

以这个标准对《霜与火》进行衡量，小说中人体生理的变异，虽然并不完全符合我们对人体的认知，却并非不可解释的神秘事物，它由特殊的自然环境所塑造。这种自然环境和我们所面对的自然并无本质的不同，只是更狂暴更极端，对人类的整体生存提出了更严苛的挑战。如此一来，故事的本质就变成了人类努力迎战自然的挑战，并取得了胜利。虽然这个自然是虚构的，人面对极端环境的反应却是真实的。这让这篇小说并不局限于科幻读者，而能在更广泛的群体中获得响应。

优秀的小说，都能唤起读者的类似响应，从而超越类型，成为普遍意义上的文学。

科幻作品如果能够对真正可能发生的未来进行一定程度的探讨，会带来极高的社会价值。无论是对社会形态进行推演的《一九八四》，还是对太空探索进行推演的《2001：太空漫游》，都是正面的例子。然而科幻作品绝对不止于此。就拿《霜与火》来说，文中所虚构的世界，在真正的宇宙中不说绝对不存在，至少存在的可能性极低，说它会对人类的未来有某种启示性的作用，无异于痴人说梦。它所构建的世界，并不是值得深思的人类未来，而是一种令人惊异的华丽舞台，是包裹在故事药丸之外的可口糖衣。它把读者带入一个新世界中，进行一场经典的英雄之旅。

所以，它是一篇纯粹的幻想小说，不再有探索未来的意义，也放弃了任何对社会对文明进行指导的野心，把着重点放到了人类自身，放在故事上。绝大多数的科幻文学，大概会落入这样一种范畴吧。

从长远来看，这大概是科幻小说的最终命运。科幻能够对未来可能进行探索的时代，往往是科学新发现不断涌现，新技术不断发展，对社会产生巨大影响的时代。这种时代并不多，更长久的时间里，我们所面临的都是科技的停滞，该发现的都已经发现了，没有发现的只能依靠玄想去填满。在这种情况下，科幻小说的走向，就会步入和其他幻想小说相同的道路——在虚构的陌生世界里，讲一个人间故事。

但即便在这种情况下，科幻小说仍旧会有自己的质感。大量的科学知识、自洽的逻辑，这是基本配置；虚构的严谨科学、浪漫而合情理的想象，这是升级配置。因为这些特点，它除了是一个惊险故事之外，还能激发青少年对科学的好奇和向往。《霜与火》在这些特点上仍旧秉持了极高的水准，这是它读来有满满的硬科幻气质的原因。

发表《霜与火》的《行星故事》
1946 年秋季号

除了具有硬科幻气质的华丽设定之外，小说中的英雄之旅也非常扣人心弦。因为生命的浓缩，整个故事有一种强烈的史诗感，命运的推动无所不在，生存还是毁灭的拷问不仅来自内心，还来自时间的压迫。好的科幻设定，往往会成为情节推动的关键推手，在这篇小说中正是如此。每一个出生的人，都背负着几百年累积的历史和知识，每一代人都要在短促的生命中进行生死攸关的选择。默默守望的科学家一代代遗传知识，但从来没有切实的可执行计划，人数也少得可怜；众多的平庸者，在绝望之中醉生梦死，浑浑噩噩消耗短暂的一生；战争的目的很明确，赢得战争、夺下好地盘的人可以多活三天，延长接近一半的生命长度；英雄的心智坚定如铁，爱情和信任使人生死相随，哪怕面对冰霜和烈火的考验也绝不放弃……作者对人生、对苦难有着深刻的理解，才能把人需要用一生去体验的事浓缩在三万字不到的篇幅中，用跌宕起伏的情节展现在读者眼前。

出于个人的偏好，我非常喜欢那种具有宏观视角，能从人类文明的高度进行描述的文章。《霜与火》所描述的事件很小，只是主人公八天不到的冒险经历，然而读来却仿佛经历了一场人类文明的变迁史。其中的奥妙，就在于借助于科幻设定将一切高度浓缩。文学作品往往对世界有着某种程度的映射，映射的同时产生"扭曲"，所谓"源于生活，高于生活"。如果这种"扭曲"是对现实的高度浓缩，在较短的文字内读者能够获得极高密度的体验，那就是成功的"扭曲"。因为它能给读者带来非同寻常的体验，从而引发深思，让人性的光辉透过文字抵达读者的内心深处。

我喜欢这个故事，在一个离奇诡异的外星世界里，一个普通人挺身而出，带领人们走出困境，奔向新生活。无论从科幻的角度还是文学的角度，它都闪耀着迷人的光辉，让我为之倾倒。它是科幻文学化的代表之作，值得后来者借鉴，同时报以尊崇。

作者简介

江波，科幻作家。世界华人科幻协会副会长，上海市科普作家协会理事。曾获中国科幻银河奖杰作奖、最佳短篇小说奖、

最佳中篇小说奖、最佳长篇小说奖、最佳原创图书奖，全球华语
科幻星云奖最佳长篇小说奖金奖、最佳科幻电影创意奖金奖、最
佳中篇小说银奖，京东文学奖等奖项。累计发表中短篇科幻小说
近百万字，代表作有"银河之心"三部曲、《湿婆之舞》等。

沧海飞尘，人世因缘了
——谈《火星编年史》

◎ 陈　茜

　　2020 年春节前，飞氘问我有没有兴趣写一篇稿子，谈谈最喜爱的科幻名著，同时也能聊聊它对自己科幻写作生涯的影响。

　　当时颇有些犹豫：其实，我并不算擅长写非虚构、文学评论类的东西。但回想起少年时期那些陪伴我走过无数愉快且神奇时光的科幻小说，便不舍得放过这样一个好机会——能向大家推荐一本有些另类的科幻名著《火星编年史》。

一、在纯文学和纯科幻边缘游走的奇书

　　《火星编年史》的主线剧情，在今天的读者看来并不算惊艳：在未来，人类乘坐火箭抵达火星进行探索，结果具有高度发达精神文明的火星原住民由于人类带来的水痘病毒灭绝，只留下遗迹与传说。同时，地球核战全面爆发，人类文明遭到毁灭。最后，一些火星上的地球流亡者自称新火星人，从废墟中重启文明。

　　这本书的创作也确实离现在有些年头了：美国科幻作家雷·布拉德伯里在 1946—1950 年间，在同一架空未来设定下写了几十篇短篇小说，最终结集为《火星编年史》出版。科幻文学一向以"点子"文学著

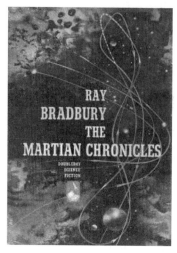

《火星编年史》1950 年初版书影

称。有不少读者甚至作者认为，看科幻，就是要看一个"新奇的、走在现实科学发展前沿的核心设定"。按此理论看，大半个世纪后的今天，《火星编年史》仍具有不可抵挡的阅读魅力，简直是件不可思议的事。

为了避免我对《火星编年史》推崇喜爱是出自童年滤镜，我在写这篇小文前，专门重新买了一本。现在市面上的最新版本，是 2017 年上海译文出版社新出的硬皮精装版，深灰色的封皮上有四只睁着的抽象眼睛图案，仔细看，才能发现瞳孔里装着火箭与闪电。我不由得猜想，装帧设计师应该也通读了此书并抓住了它的灵魂特点：乍一看，《火星编年史》与其说是本科幻经典，更像是一本带着科幻味儿的纯文学小说集。

在整部小说中，布拉德伯里没有涉及任何具体的科学技术——星际火箭、具有心灵感应与幻想制造能力的外星人、拟人机器人，这些皆是在当时黄金时代的科幻小说创作中已经"用滥"了的设定。然而时隔七十年，这本书读起来仍毫无过时感。布拉德伯里在写下这些故事时，他的笔尖投向的，是某种具有永恒性的东西：对复杂人性的诗意表达。

我第一次在《科幻世界》增刊上读到此书时，还在念初中。在 20 世纪 90 年代，一个普通孩子的生活尚充满了漫长无趣的闲暇时光，当时我对阅读带来的体验偏好也相当明显：一本好书，意味着令人瞠目结舌的奇闻逸事录或情节峰回路转的解密探案。然而，这些标准在《火星编年史》中可以说完全落空了，它却又以某种奇异的吸引力，令我把那册增刊翻得卷了边。布拉德伯里以主流文学中对人性传统母题描述的深度与厚度，书写人类面对太空、面对亿万年时间尺度、面对异族、面对文明的毁灭时细腻幽暗的心理反应。从这个意义上说，它又是一本纯而又纯的科幻小说。

二、举重若轻的"编年史"写作风格

《火星编年史》名字里虽然带 Chronicles 这个相当严肃的词，但这本短篇集中，探索移民火星、地球毁于全面核战争的宏大科幻背景，在布拉德伯里的叙事中被推进了遥远的布景。所有历史大纪事，都是透过普通地球人或火星人的只字片语露出。

这种含蓄的写法令我想起《悲惨世界》开篇，农夫对来访者轻描淡写的一句：那是去年滑铁卢战争所留下来的。人类历史影响极为巨大的节点，在同时代的普通人眼里，也不过是轻轻淡淡的几句闲话。

普通人照旧要生活，虽然日常生活正被历史的洪流席卷而去：在火星编年史中，这些细节在于火箭发射带来的热量令主妇们提前收起了冬衣，孩子们失去了玩雪橇的机会，在于火星上的妒忌丈夫拿着枪去山里搜索妻子梦中的陌生访客，在于农场工人发愿在火星荒原上种下一整片森林，在于初来乍到的地球移民用家乡的语言重新命名火星的河流与山峰，虔诚的教士企图向火星人幽灵们传播地球的信仰，调皮男孩们钻进火星人留下的遗迹中探险。

他们都是时代中极微小的一粒尘埃。在《火星编年史》里，看不到那些通常会出现在编年体历史书中的场景：国家元首们在会议桌上唇枪舌剑决定火星移民政策、第一次登上火星的英雄人物纪念碑……甚至连地球文明毁于核战争，也是通过一个遗孀对地球的伤感凝视淡淡几笔带过。这种带着疏离感的叙事美学偏好，几乎是布拉德伯里创作的核心特色。新星出版社最近几年出了布拉德伯里的一套短篇小说集，可以看出他的创作题材十分广泛：悬疑、爱情、恐怖幻想，也包括传统意义上的纯文学小说。但其间对小人物视角与"侧写"的钟爱却是一贯的。

若用人文关怀或悲悯之类的概念来形容布拉德伯里的作品风格，我又感觉哪里不对劲儿。仔细想来，也许布拉德伯里正是有意消解了那些具有重量感的"大词"。历史是宏大而沉重的，但他用无数普通人的生活碎片来重构历史。这让人联想到二战后，史学界也从宏观史视角开始下移慢慢兼顾日常生活史与个人生活史，关注每个人、每个群体的价值观与行为模式。这种现代精神上的契合，可能也是布拉德伯里的作品在半个世纪后的读者眼中依旧魅力十足的原因之一吧。

三、不一定站在地球人这边的科幻作家

在整部《火星编年史》中，我曾着迷般反复阅读的一个短篇，是关于参与了第四次火星先遣队的一位考古学家斯佩登的故事。

在火星着陆后，他和队友们发现整个火星早已变成了一座死城，"尸体像秋天的落叶似的摆了一地"。前几支地球探险队带来的水痘病毒意外杀死了所有火星人。队友们转眼开始喝酒、嬉闹，将火星人悲剧抛于脑后。船长看出斯佩登情绪低落，与他单独谈心，发现斯佩登正为火星文明遗产感到忧虑，他预感到人类很快将会把火星搞得面目全非。船长尽力安慰了他，但当夜斯佩登还是私自离开营地，失踪了。

一周后，斯佩登重新出现，自称火星人，开枪射杀其他队员。船长召集人手进行追缉，终于将行为失常的考古学家包围起来。船长要求与斯佩登谈谈，两人进行了最后一次安静而友好的聊天。斯佩登坦然地承认了自己杀戮队友的罪行，"火星人曾过着地球人一直渴望拥有的生活，但他们的文明却因为我们而夭折。何必要把地球弄得一塌糊涂之后又开始改造火星呢？"并解释他想通过杀死整个探险队，来达到使地球对火星探险失去信心和兴趣的目的。

船长无法劝服斯佩登，只得回到自己的队伍中间，以"体面"的方式一枪击毙了考古学家，并安葬了他。

在故事的最后——"我想你们应该记住他。"船长对其他队员说。

当年令我深感兴趣的，甚至不是立场鲜明地背叛了地球人价值的考古学家斯佩登，而是整个过程中态度暧昧的船长。

他一直与手下的队员们格格不入：在登陆夜的狂欢中，他无法融入粗俗的娱乐。追捕斯佩登时，他仍寻找机会想和对方谈谈。最后，船长阻止队员向考古学家的脸上射击，想给他一个有尊严的死亡。有三方面的力量拉扯着船长：他身为船长的职责、他作为地球人的道德观念以及他接触火星遗迹后内心对斯佩登的观点产生的倾斜。

在短短的故事中，队友们代表着地球人的贪婪、对异星文明毫无尊重的索取破坏。斯佩登直接自认为"火星人"，旗帜鲜明地成为一个叛逃者。船长则在痛苦的自我怀疑中企图寻找一条中间道路：他曾安慰斯佩登，也许地球人会带着敬意与火星文明遗存共处、互相学习交流。

自然，这个乐观的猜想落了空。在后文中，蝗虫一样的地球移民来到火星，和斯佩登所想的一样，吞噬损坏了精美的火星遗迹。

科幻小说一直有思想实验的美称。星际探险题材向来是现实生活中征服异族的镜像写照，文学中对此行为的反思也一直在进行。布拉德伯里显然并不赞同传统观念中"找到新大陆，运回金子、香料和奴隶"的成功观念。他的讽刺是犀利的——斯佩登的名字多年后也被狂热的移民们用来命名火星上的一座山峰。

同时，布拉德伯里也给两个走到尽头的文明留下了一笔温暖的亮色：全书末篇，从核战争逃至火星的地球家庭炸毁了回程火箭，决心永居火星，从头开启新的文明。反省的地球人终于与火星人达成了精神的共鸣，某种意义上，两种文明都有了复活的希望。

四、结语

自从写点科幻小说以来，也有了不少同行朋友，聊天时提到各自喜爱的科幻名著，我报出《火星编年史》，大家总露出相当意外的神情。

　　确实，我自己的作品风格和《火星编年史》几乎南辕北辙：我偏爱写情节性强、多反转的故事，笔调偏冷，也很少描写人类的感情或追求"纯文学"性，和"诗意"两字更是完全不搭边。但仔细回想，我每每动笔写小说，企图构建的那个异世界，总能找到《火星编年史》风格的某些影响：挺爱写普通小人物的故事，总是习惯给故事结局留个温情的收尾，等等。当然，更广义上的，是《火星编年史》和其他一大堆当年翻译引进的世界著名科幻小说，将我引入了这个奇妙的文学门类，获得一生阅读与写作的乐趣。

　　很高兴能趁写这篇小文的机会，重新翻检回忆，分享当年沉浸在这本奇书中的快乐。

作者简介

　　陈茜，科幻作家、古籍修复师。中国作家协会会员，中国科普作家协会会员。曾获全球华语科幻星云奖最佳短篇小说银奖、最佳中篇科幻小说银奖、科幻文学最具潜力新作者奖。出版科幻短篇小说集《记忆之囚》《量产超人》及少儿科幻小说《深海巴士》。数篇作品被译为英文。

星光中的恐怖与救赎

——读阿瑟·克拉克的《星》

◎ 宝 树

　　《星》是英国科幻大师阿瑟·克拉克最重要的短篇代表作之一。这篇作品本来是为一个主题为"公元 2500 年"的征文比赛而写，但因重点并非描绘未来生活而未能入围，在 1955 年发表于《无限科幻》（*Infinity Science Fiction*）杂志后，却引起热烈的反响，荣获第二年的雨果奖最佳短篇奖。此后《星》被收入不计其数的选本，成为世界科幻史上的名篇，脍炙人口，影响深远。

发表《星》的《无限科幻》
1955 年 11 月号

　　《星》不过三五页的篇幅，在短篇小说中也算极短小的，但却拥有超越许多长篇巨著的深邃内涵。它的卓越与动人之处，尽管读者会有直观的感受，却不容易说清楚。这篇作品并不像其他一些科幻名作一样，依赖于点子的新颖或者情节的巧妙。它几乎谈不上什么具体情节，也没有人物可言，只是主角的内心独白，简略地讲述了一次探索外星文明遗迹的星际之旅。从类型上来看，这似乎属于科幻中常见的"异星探险"题材。一般而言，这类作品会把重心放在对外星世界和外星人的想象上，会用各种奇异的生物和神奇的技术吸引读者，也可能会设计一些悬疑惊悚的桥段。但《星》丝毫没有这样的常规套路，事实上读者读完后对这个外星文明仅有模糊的印象，只会大概知道，这是一个类似于人类文明但却被超新星爆发毁灭的世界。

当然，《星》绝不缺乏想象力和新奇性，将超新星与外星文明的灭绝联系起来就是其中一个亮点。今天超新星的概念对有一定知识的人群已经不算陌生，但天文学家在 20 世纪 30 年代才提出这一理论，它在 50 年代基本还停留在假说层面，60 年代才搞清楚它的具体机制（这也使得《星》中对超新星的描述有一些过时之处，比如小说中超新星形成的产物是白矮星，实则应该是中子星和黑洞等更致密的天体）。《星》中生动地讲述了对超新星遗迹的探索，描绘了超新星爆发的威力及其摧毁行星和文明的恐怖，不可谓不"硬核"。

不过即便在当时，超新星题材也已有其他作家涉足，如阿西莫夫的《星空暗流》（1952），而且克拉克的描写也只能说是点到为止，并没有具体生动地展开。《星》的重点，主要不是刻画外在的宇宙奇观和外星文明，而是将其投射到"我"内在的痛苦与反思中，并通过第一人称的笔调，将这种思绪传达给读者。但是既然超新星的爆发早已成为陈迹，又如何能够给"我"以绝大的冲击呢？

根本的张力在科学与信仰之间，小说的第一句话就精准地道出了这一点："这里距离梵蒂冈有三千光年。"如果将"梵蒂冈"换成"地球"，只是平平无奇的科幻开场白，但"梵蒂冈"的坐标却引入了历史悠久的天主教会及其信仰。在一句话中，古老的宗教和未来的宇宙，两个风马牛不相及的世界相撞了，从而勾起读者强烈的好奇：三千光年外的异星与梵蒂冈有何关系？

随着"我"的自述，读者逐渐解惑，原来"我"是一位天主教的神父，同时也是一位天体物理学家，跟随飞船前往宇宙深处的超新星遗迹进行考察。对宗教文化较为熟悉的读者还会注意到，"我"是一位耶稣会的修士。这并非随意的设定，耶稣会成立于1534年，其成立的宗旨就是振兴天主教会，应对近代欧洲世俗文化的冲击，因此耶稣会士大都是受过高等教育、博学深思的才智卓越之士，不仅精通神学，在各门科学和人文学科上也都是专家。这一设定使得主角的双重身份显得并不突兀，反而真实可信。

耶稣会由于宗教立场，在近代史上曾经和世俗社会产生过很多冲突，在小说中，"我"和其他船员之间也有一些矛盾。不过小说的重点并不在于人际关系的冲突，毋宁说，这种矛盾是"我"本人的神职人员和科学家两种身份所产生的内在冲突的外化。小说所呈现的真正冲突在于，"我"自己如何处理科学事实与宗教信仰之间的关系。

阿瑟·克拉克自身应当是倾向于科学一边，而对传统宗教信仰持质疑态度（参见他的名言"一切高深的技术都与魔法无异"）。但让我们把这一点抛在一边，《星》的一大卓越之处在于，它并非简单的对所谓宗教之蒙昧的揭露讽刺，而是科学与信仰两种思维各擅胜场的争辩和交锋。读者虽然未必持有宗教信仰，但也会不自觉地代入"我"之中，透过一个耶稣会士内心的滤镜，去体验宗教情怀之虔诚坚守，从而更深刻地感到这种内心冲突的激烈痛苦。

这种冲突体现在好几个层面上。首先是世界观或者宇宙论的层面。宗教和科学的世界观似乎是格格不入的，小说借一位科学家之口诘问主角："它（宇宙）大得无边无际，或许是有什么东西创造了它。但是你怎么能相信那东西对我们和我们可怜的小世界怀有特别的兴趣呢？"这种质问的背景，自然是几百年来科学揭示的宇宙图景与教会信条之间的矛盾，诸如哥白尼、布鲁诺、伽利略等一系列人物及其事迹。这些基本常

阿瑟·克拉克

识无须多说，就会在读者的思绪中隐然共鸣。

但是，"我"既然早已是一名成熟的科学时代的神职人员，这个层面的问题应该是已经解决了的。他说："我曾相信太空不能超越信仰之上。"再大的宇宙，也不足以否定神。甚至那位科学家的话也没有否定神在逻辑上可能存在。但是小说一开始仍然告诉我们，经过这次考察"我的信仰已经严重动摇"，这显然不是在科学理论的层面上，那么到底是为什么呢？这是作者抛给我们，到最后才完全揭示的一个悬念。

小说渐渐写到，主角一行人到达凤凰星云进行科学考察，发现星系边缘有一颗孤独的行星，上面有外星文明被超新星爆发摧毁之前留下的纪念馆，保存了这个文明的一些成果，让人们知道了这个文明被摧毁的过程，这是其主体内容。对外星文明的深入了解，引起了"我"内心的剧烈震动。这个文明与地球颇为相似，文中稍微写到了一个千万年前的生活场景：一群孩子在夕阳下的海滩上嬉戏，温暖的阳光投射到他们身上。这是人类生活中也很常见的画面，很能引起我们的共情，令我们惋惜它的消亡。看来，克拉克有意不具体描写这个种族的身体和外貌是有考虑的：如果写得太像人类，未免缺乏真实感；而如果写成蜥蜴、蠕虫的模样，又容易破坏读者的共情。

但是，这个外星文明的毁灭和主角的信仰有什么关系？自然，如果上帝确实存在，并且能够主宰宇宙，那么逻辑结论必然是上帝毁灭了他们。那么问题就来了——"在全盛时期被如此彻底地毁灭，不留下一个幸存者——这与上帝的慈悲如何能够统一呢？"

令"我"深感困惑的，正是神学和哲学讨论了数百年的"神正论（theodicy）"问题，亦即，如果神是至善的，那么为什么要对无辜的人降下灾难？凤凰星云文明的灭绝，其精神原型是人类历史上许许多多次大灾难，这些灾难经常引起人们对神的怀疑和质问。最为知名的一次是1755年的里斯本大地震，它导致了近十万人罹难，整个里斯本城被摧毁。此事引起过启蒙时代的许多思想家，如伏尔泰、卢梭、康德等人的广泛讨论，很难解释，全能至善的神为什么会允许如此可怕的灾难发生。

不过神正论问题也有一些理论回答。比如莱布尼茨会说，也许上帝允许某件坏事发生是为了带来更多更高的善，或者是避免更可怕的后果。以地震为例，会说如果不发生这次十万人死亡的大地震，导致历史改写，也许就会发生死者几百万人的战争，等等。

如果说一般的灾难，这种解释还有可能成立，但是在《星》之中，克拉克把诘问再推进一步：我们面对的是整个世界的彻底毁灭，超新星爆发所毁灭的是一切，整个文明、整个种族、整个生物圈都已经灰飞烟灭，再也没有任何翻盘的机会，还有什么后果会比这更糟呢？为什么神会允许如此无法挽回的悲剧发生？原来的解释不免显得苍白无力。

对此，"我"在脑海中意识到了两个答案：一是无神论的答案，因为没有神，一切都是自然规律的作用。"并没有神圣的正义，因为没有上帝。"但是这个答案会带来更多的疑虑不安。在残酷无常的宇宙大化面前，生命自身的力量显得如此弱小无助。当我们面临绝境的时候，没有任何人会来拯救我们，生命的意义到底于何处安放？

另一个答案，是主角至此仍然在坚持的信仰：这仍然是出于神的意志。"上帝无需向人类辩护自己的行为，他能创造宇宙，也能够随时令其毁灭。"人类无权对神的所作所为妄加评判。请注意，这并非只是理屈词穷的狡辩，它在熟悉基督教的读者心目中，唤起的是更为古老的"耶和华"的想象。《旧约》中的上帝，并非对所有人都慈爱有加的天父，而恰是愤怒与毁灭之神。他庇护虔诚信奉自己的以色列人，但毁灭一切强大的外邦和背弃自己的子民。毁天灭地，自然也不在话下。"主的日子降临了，必有残忍、愤恨和暴怒，让大地成为荒野，除去其中的有罪之人，天上的众星宿都不发光，太阳刚出来就变为黑暗，月亮也无光。"（《以赛亚书》13：9—10）"我万军之耶和华在愤恨中发暴怒的日子，必使天震动，使地摇撼，离其本位。"（《以赛亚书》13：13）根据《旧约》的古训，如果上帝存在，他自然可以毁灭宇宙中任何一个所谓文明的种族，这本身就是他的权柄，何况这些种族就神的伦理来说，或许也是有罪的。

到了接近结尾的地方，读者会和主角一起，面对一个艰难的选择，或者是一个残酷无情的冷漠宇宙，或者是一个易怒而不可揣度的至高神灵。这些思考已经足以让这篇作品成为一部优秀的科幻，但至此读者尚未触及真正的题眼，也就是这次考察真正的发现，令"我"沉浸于痛苦煎熬的秘密。这个秘密，虽然一早就有暗示，但克拉克以神来之笔，将其安排在全文的最后一段、最后一句、最后一个单词上（不少中译本没有翻出这个妙处）。如果由于某种原因最后一个单词没有印上，未必有几个读者能猜出谜底。但一旦道出，又显得那么顺理成章、合情合理。

小说的最后，主角叹问："但是，上帝啊，有那么多的星辰你都可以使用。有什么必要将这些人送进火海，难道就是为了让他们死去的象征物在天上照亮伯利恒？"看到最后"伯利恒"一词，读者才恍然大悟，原来这颗星，正是基督徒所熟悉的伯利恒之星！

《马太福音》记载，耶稣诞生的时候，东方的三位占星术士看到一颗星在前面指引，便循着星找到了耶稣。"在东方所看见的那星，忽然在他们前头行，直行到小孩子的地方，就在上头停住了。"（《马太福音》2：9）这里有很多晦涩难解的地方，教徒会认为这颗星是神迹，不信者可能认为是以讹传讹或者纯粹捏造。但是"我"通过计算发现，当这颗超新星的光芒到达地球时，恰好就是耶稣诞生的那一年，当时必然有许多人目睹了这一奇景。福音书的记载有着坚实的历史依据。

因此，一句话就将相隔三千光年的两个世界深刻联系了起来。超新星爆发，毁灭了一个古老文明，三千年后暴增的星光到达地球，成为伯利恒天空中的一颗明星，引领三术士找到了新生的耶稣，以之为圣，从而催生了基督教和西方文明，全面改变了整个人类历史。又过了两千多年，一位虔诚信奉基督的神父乘坐宇宙飞船，发现被毁灭的异星文明……一点星光，造就了一部长达万年、跨越两个星系、波澜曲折的史诗。

这或许会令一般人赞叹宇宙间因缘生灭的奇妙诡谲，但对于"我"来说，这个故事却将信仰逼到了绝境。在星光中，"我"发现了宛如克苏鲁（Cthulhu）般恐怖怪异的世界本相：在一颗忽然出现的吉星所象征的平安喜乐背后，是一个文明中亿万生灵极其悲惨的灭绝；令人赞叹的美丽神迹，却是遥远世界的犯罪现场！这将适才说的问题更推进一步：也许神可以一面毁灭，一面创造，但在此，神是为了人类这么做的，遥远异星的毁灭罪孽，在信徒们对神迹的赞颂中，也被加给了我们的信仰本身，谁都无法再置身事外。如果真有一位神灵仅仅为了给爱子来到我们的世界增添光彩，就随手毁灭了另一个世界，他是正义的还是邪恶的？或者有某种我们压根无法理解的伟大计划？最后他会不会也如此毁灭我们？

主角无法再逃避这样的问题，最终陷入崩溃。读者——至少是有宗教或西方文化背景的读者——也能感到其中的恐惧与战栗。外星文明的摧毁和信仰的崩溃，区区几页纸让读者感同身受这种双重的毁灭，这种安排实在是鬼斧神工，令人余味无穷。

我以为克拉克讲这样一个故事，并非为了指斥宗教为迷信，小说是虚构的，一个故事也不可能给出逻辑的论证力。毋宁说，克拉克指出了人类处于某种存在的深渊，世界并非为我们而存在，整个世界的毁灭是可能的，你的信仰和人生意义全为虚妄也是可能的。全人类也好，个体也好，无论通过信仰还是科学，必须找到一股力量，去直面这些最极端的、威胁一切生存意义的可能性。

《星》对嗣后的科幻创作有着极其广泛深远的影响。比如丹·西蒙斯（Dan Simmons）的《海伯利安》中，同样有一位神父前往宇宙深处，受到信仰和宇宙真相冲突的煎熬；罗伯特·索耶（Robert Sawyer）的《计算中的上帝》，几乎是反写《星》的故事，让某个神灵或超级文明出手，挡住了超新星的爆发，又引发对上帝的新思考；甚至并非宗教主题也并非西方背景的科幻作品也吸收了其中的重要元素，如在刘慈欣的一系列作品中，太阳发生超新星爆发，或者被神级文明用二向箔毁灭，人类在冥王星上建立博物馆……这残酷壮丽的画卷中依稀仍能看到克拉克和《星》的影子。

在 2020 年这个特殊的年份重读这篇经典小说，不免给人许多新的感触。突发席卷全球的新冠疫情，还不及超新星爆发毁灭性之万一，但已经足以让看似发达完善的当代人类社会手忙脚乱，分崩离析。二十万人已经被夺去了生命，而这也许还只是开始。许多人在绝望中乞求神的帮助，古老的神正论问题重新被提起。天意从来高难问，在宇宙这无底深渊中，人类孱弱的文明仍然岌岌可危，无论我们相信什么，这大概也是一个适合重新追问宇宙与生命意义的时刻。

作者简介

宝树，科幻作家、译者、编者。中国作家协会科幻文学专委会委员，陕西省科普作家协会副理事长，北京大学博古睿研究中心学者。曾获中国科幻银河奖最佳中篇小说奖、最佳短篇小说奖、最佳引进图书奖、最佳翻译奖，全球华语科幻星云奖最佳长篇小说金奖、最佳中篇小说金奖、最佳短篇小说金奖、翻译作品金奖等奖项。著有《观想之宙》《时间之墟》《猛犸女王》等七部长篇小说，发表中短篇作品约百万字，并出版多部选集。主编科幻选集《科幻中的中国历史》《光荣与梦想：中国体育科幻精选集》，译作有《冷酷的等式》《造星主》等。多种作品被译为英文、日文、意大利文、德文、俄文等。

科幻创作中的设定呈现

——以菲利普·迪克《头环制造者》为例

◎ 刘　洋

　　在科幻作品的世界背景中，总是有某些现实世界不存在的要素。它可以是某个虚构的星球（如阿凡达星球），可以是某种幻想的生物（如异形、冬至草），可以是一种设想中的科技成果（如太空电梯、曲率引擎），也可以是某种奇特的社会结构（如《一九八四》《使女的故事》等小说中的社会）。这些虚构的要素我们将其称为"设定"。完全没有设定的科幻小说是不存在的，即使在一些偏向现实主义的作品中，也多多少少会出现某些偏离现实状况的点，这也是所有幻想类小说的重要特征之一。设定可以说是一篇小说惊奇感的源头，同时也影响到作品的逻辑性与自洽性。在科幻小说的创作中，设定的建构自然是很重要的。但与此同时，如何将惊奇的设定合理地融入故事之中，或者说，在小说的推进过程中，如何通过较为自然的方式将设定交代给读者，也是一个很关键的工作。对于一些较为复杂的设定来说，这一点尤其重要。

　　常常有人会抱怨说，在他们阅读的科幻小说里，特别是一些所谓的"硬科幻"小说里，经常出现大段大段的充满科学名词的文字，很影响阅读体验。这种情况通常就是设定交代不自然的体现。这些知识硬块的出现，是好事还是坏事呢？或许有部分读者乐意阅读这样的段落，但我认为，对大多数读者而言，这样的硬块都会对阅读造成负面的影响。1983 年，叶至善在回忆自己创作《失踪的哥哥》的经历时称，他在写作时，极力想避免当时科幻小说的通病，即讲述科学原理时与故事脱节，这会让"知识硬块"与小说如同"油水分离"。那时候中国科幻小说具有强烈的科普特征，所以出现知识硬块是很常见的现象，读者也相对宽容。而今的科幻创作环境已经与那时大为不同，所以"知识硬块"在小说中的出现会比那时更显突兀，因此是今天的创作者们更应该避免的。王晋康在一次采访中曾提到，自己"坚决不能在小说中出现知识硬块。只保留那些对情节推进最必要的知识，而且要尽量打碎，融化在故事中"。刘慈欣也曾提到，自己在《三体》第一部的后三分之一中，用很生硬的方式对知识加以解释，出现了一些"知识硬块"，后来在翻译英文版时抓住机会做了一些删减。

将设定自然地交代出来，避免知识"硬块"，是需要一定技巧的。我们不妨先来看一段初学者的习作。这是我的科幻创作课上，一名学生在课程前期所提交的一则小说初稿。在正文的一开始，他这样写道：

> 里佐斯基教授研究生物的大脑已经二十年了，去年终于因为"聪明素"的发现而获得了诺贝尔生理学或医学奖。
>
> "聪明素"在脑脊液合成，是一种促进型生物激素。越经常使用大脑思考问题的生物，其脑中"聪明素"的含量便越高，相应的智商也就越高。这是从目前对哺乳动物所做实验中得到的结论。里佐斯基的团队对不同的哺乳动物，如鼠、猫、狗等做过注射后的短期检测，发现效果很显著。它们都表现出了能够书写类文字及制作工具的特点，但是较长时间的持续更进后，它们的智力提升似乎也很快遇到瓶颈。……

很明显，"聪明素"是这篇作品的核心设定，而作者似乎急于把这一设定交代清楚。他等不及故事的介入，在简单提到发明人后，就花费大量篇幅来介绍"聪明素"的特点。事实上这是很多初学者经常采用的一

种写法：在小说的一开始便向读者倾泻
设定。前面讲过，科幻小说与现实主义
题材最根本的不同，就在于其背景世界
具有某些不同于现实的地方，也就是作
品的设定。初学者或许认为，在作品一
开始把设定集中交代清楚，就可以在接
下来的部分更轻松、更流畅地讲述故
事，按照现实主义题材的写法来写就行
了。这看似取巧，其实是放弃了科幻小
说的一个巨大的优势。交代设定并不应
该看作作品的负担，一个好的设定，其

菲利普·迪克

实是作品的闪光点，也是其构造疏离感和惊奇感的重要来源。在阅读
的过程中，那些在不经意间呈现出的设定的一角，会让我们产生探索
陌生世界的好奇心和惊喜感，从而增加作品的吸引力。

在科幻创作课上，讨论如何进行设定的呈现是一个关键的课程内
容。我通常会以菲利普·迪克（Philip Dick）的作品为例进行说明。
美国科幻作家托马斯·迪什（Thomas Disch）称赞迪克为"科幻作
家的科幻作家"，因为其小说具有"惊人的创造力"，"点子又多又好"，
"在想象力光谱中，能占据整整一个独特的波段"。事实确实如此，几
乎在迪克的每一篇小说里，都有着不同以往的新颖设定。因此，以迪
克的作品为分析对象，可以很好地展现出设定呈现的技巧。在本文里，
我们就以其短篇小说《头环制造者》（收入《菲利普·迪克的电子梦》和
《命运规划局》）为例，结合我自己的创作经验，分别对几类设定呈现
的方式进行分析。

一、叙述式

通过叙述，直接向读者交代设定，是最直接的设定呈现方式。它

的好处是极为高效，三两句就可以让读者明白其中的来龙去脉，但也有很多潜在的坏处。比如，它有可能会打断故事的推进，在小说中形成一个"硬块"。所以，叙述式的设定呈现，一定要找到一个合适的位置插入，而且尽量不要太长。在《头环制造者》一文中，下述段落就是一个叙述式的设定交代案例：

> 这道仿佛无解的难题，在2004年的马达加斯加大爆炸中得到了解决。驻扎在该片区域的数千士兵遭受了大量的强辐射伤害。爆炸幸存的士兵大多丧失了生殖能力。他们的后代总计不过数百个，但其中许多孩子的神经系统却展现出一种全新特征。于是，在人类几千年的历史中，史无前例地，变种人横空出世。

这篇小说有两个主要的设定，一个是社会上存在着可以读出别人思想的变种人——心感人，他们为政府服务，但又阴谋推翻政府，建立属于自己的政权；另一个是利用某种金属制作出的头环可以屏蔽心感人阅读自己的思想，一个反抗组织暗中制造大量的头环并将其投放到人群中。这两个设定构造出两个相互对立和斗争的集团，它们共同构成了小说设定体系的核心。上述段落，就是对心感人出现的原因所做的一个交代。

值得注意的是，虽然这段文字是小说里第一次对心感人的来由进行直接描述，但并非心感人第一次出现在故事中。在这之前，一位政府官员在审查头环佩戴者时，就曾提到过心感人，但那时并没有对其进行全面的解释，因为时机不好。在那个片段中，两位政府官员的对话正有力地推动着剧情的发展，如果这时插入大段对心感人的叙述，会影响故事的流畅性。在那之后，一位叫阿博德的心感人被招入，以帮助读取被捕者的思想。这时，小说先是站在政府官员的视角，对阿博德此人进行了简单的展示，"金黄色的头发，蓝色的眼睛——一个长相平凡的孩子"，然后借着这一契机，才对心感人的来龙去脉进行了细致的交代。这就是上述段落出现的故事环境。所以，我们可以看到，叙述式的设定呈现并非不能使用，而是要找到合适的时机。

一个常见的误解是，在科幻小说里，当一个陌生名词第一次出现时，一定要马上对其进行解释。其实大可不必，把它放着不管，反而会激发读者的好奇心，这样读者在读到后续出现的解释时，也会有恍然之感。当然，这样做的前提是，这些陌生词汇不能太多、太集中、太频繁，以便让读者可以绕过这些疑点继续读下去，而不影响他们对故事的理解。

二、对话式

在对话中交代设定，是一种较为常见的方式。相比于叙述式，它具有一个明显的优势，就是可以在情节推进的同时，把设定交代清楚。另外，它也是一种更适合影视剧的设定呈现方式，因为在影视的环境下，叙述式文本是很难表现的，而对话则可以顺利嵌入。

在《头环制造者》一文中，通过对话交代设定的例子有很多。在这些例子里，有的是在对话中直接对设定进行了解释，而另一些则通过间接暗示的方式，对设定进行了某种程度的展现。下面我们对这两类情况各举一例，进行说明。

例 1：

"他戴着头环，就是他！"

"把它取下来！"

更多的石块落下。老人惊惧地喘着粗气，试图从挡在他身前的两个士兵中间挤过。一块石头击中了他的后背。

"你隐瞒了什么思想？"蜡黄脸的年轻人跑到老人面前，"你为什么不敢接受探查？"

"他隐瞒了见不得人的思想！"一个工人抢下了老人的帽子。

一双双手急不可待地伸向老人脑袋上戴着的金属细环。

"没人有权利隐瞒思想！"

例 2：

罗斯翻开牛皮纸文件夹，拿出一只弯曲的金属圆环。他仔细地端详了一会儿，"看看它，只是一根某种不知名的合金长条，但它却能有效地阻隔所有的探查手段。心感人都气疯了。心感人想进入佩戴者的思维时，它能反过来震荡心感人的思绪。就像震荡波一样。"

在这两个例子中，作者都借助人物之口，对头环这一设定进行了展示。例 1 出现的位置是在全文开篇不久，所以，在这些对话里并没有直接说明头环是什么，但通过它们，读者应该可以大致猜测到头环的作用。而相比之下，例 2 就直接了许多，借助官员罗斯之口，对头环进行了正面说明，也与之前的情节相印证。

究竟是在对话中做正面说明好呢，还是间接暗示好，要根据对话所处的故事环境、文本位置以及对话涉及的人物来确定。在例 1 中，一群人在围攻一个戴头环的老人。在场的所有人显然都知道头环的作用，所以在对话中插入正面说明就会显得很突兀，况且其位于小说开篇，也没有必要急于将设定交代清楚。其实，在菲利普·迪克的很多小说里，往往通篇都没有对设定的正面说明，但通过其中人物的对话，读者仍然可以还原出其设定的全貌。总体来看，我更倾向于采用间接暗示的方式在对话中呈现设定，相比在对话中做正面说明，它往往显得更加自然。

当然，对话式呈现也有它的缺点。一是它不如叙述式那么高效，为了说明一个设定，作者可能需要设计出一大段对话，其中或许只有一小部分是作者真正需要的。其二，把对设定的交代灌注到对话中，特别是做正面说明时，有一个必然的风险，那就是可能会破坏对话的自然感。在一些科幻小说中，人物的对话有时候会莫名其妙地拐到奇怪的地方——前面几句话还在聊着家常，后面突然就转变成对一些科技理论的讨论。这种情况当然是我们要尽量避免的。

三、缺省式

在菲利普·迪克的小说里经常出现这样一种设定呈现的方式：他只是不管不顾地抛出一个陌生的名词，或者描写一个奇怪的场景，却并不对其做任何解释。作者以强迫的方式让读者进入自己构造的世界之中，其间并无任何过渡，就像你一大早打开门，发现自己已然置身于一片陌生的荒漠之中。正如编剧马修·格雷厄姆（Matthew Graham）所评价的："迪克将你从极高处生生地扔入他的世界，没有一句解释，不做一句道歉。在他的头脑中，正常的规则不适用，从零加速到六十迈只需一秒钟。"

这种处理方式在最大程度上保证了故事推进的连贯性，让读者沉浸其中，而不会被时而冒出的设定解释拉回现实。另外，它常常给读者以意外的惊喜，仿佛是藏在小说中的一个个闪光点，时刻牵引着读者的注意力。例如，在文中有这样一段话：

> 思想净化局的理事罗斯将信息备忘板推到一边，"又一起案件。真期待《反豁免法案》获得通过。"

这段话里，一连出现了三个不加解释的概念："思想净化局""信息备忘版""反豁免法案"。这些名词在之前从未出现过，在其后的几个段落中，作者也没有对它们做任何解释，似乎默认读者都已熟知这些概念。但是它们并没有对读者的阅读造成太大的阻碍，因为从字面意义上，读者便可以大致猜测到它们的含义。在整篇小说中，这些名词还会不断出现，每出现一次，其含义便在读者的意识中强化一次，最终就这样潜移默化地将设定印刻在了读者的脑海中，仿佛它们和我们已知的其他日常事物一样，并无区别。或许可以将其称为"洗脑式"呈现方式。

还有一些时候，作者会突然在文中描写一些具有疏离感的场景，但只是作为主要剧情的花絮，同样不做任何解释。例如，警察驱散了攻击老人的人群后，扶起了老人，之后出现了这样的描写：

> "很好。"警察松开了金属手掌，"为了您的自身安全，建议您离开街道，进入室内。"

文中的"金属手掌"显然意味着警察并非由普通人担任，而是某种机器人。这个设定在之前的剧情中从未提及，但在这里以这种不经意的方式呈现出来，乍一看有些奇怪，但读者随之将领会其意，产生惊喜之感。又比如，在心感人进入审查办公室的时候，有这样一句描写：

> 办公室的大门消融，一个四肢细长、脸色蜡黄的年轻人走了进来。

这里的"大门消融"又是一个不经意间呈现的设定。纵观全文，作者始终都没有解释这种通过"消融"而开启的大门选用的是什么材料，又到底基于什么机制，但这些其实并不重要。重要的是，通过这些点到即止的描写，小说成功地营造出了一种未来感和疏离感。

对于初学者来说需要注意的是，这种直接抛出陌生名词或者奇怪场景的处理方式，要有所节制，不可滥用，更重要的是，要给读者留下生动、可感的意象。如果只是抛出一堆自己生造的名词，不解释，也无法让读者形成任何意象，那还不如不用。比如一些科幻小说里大量使用"量子音乐""量子麻醉枪""量子波武器"等名词，我觉得就大可不必，因为它们无法形塑出具有惊奇感的意象。读者看到"量子麻醉

枪"脑子里会产生什么画面呢？不外乎还是普通麻醉枪的形象，这一点
儿也不"科幻"。

四、渐进式

对于一些较为复杂的设定，或者与故事推进息息相关的设定，我
们通常不能在一个节点上将其完全呈现出来，而是要采取分步的方式，
渐进式地揭露出设定的全貌。因为与故事的推进契合在一起，这种呈
现的方式不仅显得更为自然，而且可以借助设定本身构造有力的悬念，
增加故事的张力，往往会给读者留下深刻的印象。

《头环制造者》这篇小说有一个核心的设定——互传网络，它就采
用了渐进式的呈现方式。对于心感人，小说最早只是提到，他们可以
扫描普通人的思想，但对于他们彼此之间能否互相感应，却并没有提
及，或者说有意回避了。例如，心感人阿博德在对一次抓捕过程进行
陈述时，说了以下的话：

> 弗兰克林是另一个心感人发现的，不是我。我被告知他朝我
> 这个方向来了。当他走到我旁边
> 时，我大喊他戴着头环。

第一次读这段话的时候，读者大概并不
会觉得有什么问题。这里首次在文中出
现了两个心感人之间的交流，但对交流
方式则是一笔带过。在通读全文之后，
如果读者再次回读这段话，就会发现原
来其中已经藏着设定的某些端倪。

作者第一次对这个设定做部分揭露
的场景，出现在故事已经推进到三分之

发表《头环制造者》的《想象力》
1955 年 6 月号

二处。那时候，两个反抗者试图潜入瓦尔多议员的宅邸进行游说。两人间出现了这样一段对话：

> "有几个机器人守卫。"卡特放下了望远镜，"不过我担心的不是它们。我担心，倘若瓦尔多身边有个心感人，他会侦测到我们的头环。"
>
> "但我们不能摘掉头环。"
>
> "不能摘。若真有心感人，整件事会立马传得尽人皆知，心感人之间会互相传递思绪。"

这里第一次提到"心感人之间会互相传递思绪"，这也暗中对应了之前两个心感人在抓捕过程中互通消息的陈述。但是行文至此，这个设定仍然只被披露了一部分。例如，心感人之间思绪的传递，是点对点的，还是一对多的？有距离或者连接数的限制吗？诸如此类的很多设定的细节都没有揭示出来，因为它们和故事最终的走向息息相关——它们是故事的主人公完成最后一击的致命武器。

直到故事的最后一个场景，心感人阿博德和反抗者卡特对峙，作者才终于提及了"互传网络"这一概念。这个名词出现在两人的对话之中：

> 阿博德的眼睛快速转了转，"把它摘下来。我要扫描你——头环制作者阁下。"
>
> 卡特咕哝了一句："你什么意思？"
>
> "我们扫描了你的几个手下，获取了你的样貌——以及你来这里的细节。我只身来此之前，通过我们的互传网络，预先通知了瓦尔多。我想亲自会会你。"

到这里，作者才第一次披露出心感人之间的互相感应是以网络的形式存在的。但小说在此并没有对这个概念继续深挖，进一步解释这种网络会带来的各种效应。直到故事最后，阿博德和卡特的对峙发生了惊人的逆转，作者才借卡特之口最终完成了这个设定的呈现：

> 阿博德发狂似的将莱姆枪深深地杵在自己的腹部，扣动了扳机。他被炸成千万碎片，纷纷扬扬地落了下来。卡特捂着脸，向后退去。他闭上眼睛，屏住了呼吸。
>
> 当他睁开眼睛的时候，阿博德已经消失了。
>
> 卡特摇了摇头，"太迟了，阿博德。你的动作不够快。扫描是即时的——而瓦尔多在范围之内。通过心感人的互传网络……而且即使他们没收到你扫描出的信息，他们也会继续扫描我。"

借助心感人的互传网络，卡特最终逆转了这场近乎压倒式的战斗。这很容易让我们想起刘慈欣的《三体Ⅱ》。在那本小说里，作者也构造了一个复杂的设定——宇宙社会学，而主人公也同样借助它在小说结尾处实现了一次绝地逆转。读者不妨去仔细分析一下，在刘慈欣的笔下，这种复杂的设定是如何在不经意间进行铺陈，逐渐露出端倪，并最终被揭示出来的。

　　总之，在对科幻设定进行交代时，我们通常会将其拆散，变成一个个零碎的片段，通过各种不同的方式，嵌入到小说的故事进程之中。随着故事的推进，设定也逐渐拼凑完整，在读者的脑海里成形。可以说，大凡优秀的科幻作家，都是拆分和铺垫设定的高手。从菲利普·迪克的作品里，我们便可以学到很多这样的技巧。

作者简介

刘洋，科幻作家。凝聚态物理学博士，重庆大学中文系副教授，南方科技大学科学与人类想象力研究中心副主任，中国作家协会会员。曾获全球华语科幻星云奖非虚构作品银奖、最佳长篇小说银奖、最佳中篇小说银奖，中国科幻读者选择奖（引力奖），北京科幻创作创意大赛光年奖一等奖，华语科幻电影小说类原石奖等奖项。在《科幻世界》等期刊发表科幻作品百万余字，出版短篇小说集《完美末日》《蜂巢》《流光之翼》，长篇小说《火星孤儿》《井中之城》等。多部作品正被改编为电影或电视剧，部分作品被译为英文、德文等。

理性的动物与非理性的人类

——法国科幻小说《有理性的动物》评述

◎ 星　河

一

　　或许是科幻文学界渴望提高自己的地位与品位，一度将许多纯文学作家的准科幻作品都网罗囊括，尽收彀中。比如美国"黑色幽默"作家小库特·冯尼格（Kurt Vonnegut）的《五号屠宰场》《猫的摇篮》，比如"英国文学老祖母"、诺贝尔文学奖获得者多丽丝·莱辛（Doris Lessing）的"太空小说"系列、《玛拉和丹恩历险记》，等等。这些作品以科幻小说的形式折射出社会现实的方方面面，并借此完成了作家形形色色的内心表达。事实上，这种过于"宽泛的"划分似有拉郎配之嫌，不为识者所取。但假如采取一种与"宽泛的"标准相对立的"苛刻的"标准来看，仍有一些纯文学作品具有明显的科幻文学特征——如果说将《蝇王》视为科幻还多少有些牵强，那么把《一九八四》等"反乌托邦"作品归入科幻就还是有几分道理的。

　　同样的，《有理性的动物》也是一部地道的科幻小说。

　　一部作品是否隶属于科幻文学范畴，可以从以下几个方面来衡量。首先是科技与想象的基本立意——假如一部作品在科技与想象方面的立意特征明显，与故事构造须臾不可分割，那么必系科幻作品无疑。

其次是所描写的对象是科技事件或科学家的工作与生活，同时将故事延展到现实科技发展程度之上（或之外），自然也应纳入科幻文学之列。最后是具有超乎现实世界的想象并予以自圆其说的科技解释，也可归入科幻文学。

就以上观点而言，《有理性的动物》近似符合第一条，完全符合第二条，同时也带有第三条的影子。而且就篇幅来说，作品中涉及科研部分或者说超出现有水平的科研部分占据了大量篇幅，与描写人类情感和社会影响的篇幅大体相当。从上述意义来看，有足够的理由认为《有理性的动物》是一部科幻小说。

《有理性的动物》（*Un Animal doue de raison*）是法国作家罗贝尔·梅尔勒（Robert Merle）问世于 1967 年的一部优秀作品，它被视为梅尔勒的代表作之一。这部作品汇聚了作家的政治观点和艺术手法，故事复杂曲折，情节起伏跌宕，既具有现实基础又想象丰富。尽管梅尔勒在"前言"中并未具体指名道姓地提及，但有资料显示这个故事的创作构思受启发于美国人约翰·立利（John Lilly）对海豚的研究。

《有理性的动物》于 1973 年在美国被改编为电影《海豚之日》（*The Day of the Dolphin*），由导演《毕业生》（1967）并因此荣获第 40 届奥斯卡最佳导演的迈克·尼科尔斯（Mike Nichols）执导，男主角则由在《巴顿将军》（1970）中饰演巴顿将军并在《奇爱博士》（1964）中出演过角色的乔治·C. 斯科特（George C. Scott）出演。电影显然是小说的浓缩精华版本，基本上剔除了相关的政治因素，变成一部带有一定惊悚恐怖元素的悬念片。尽管现在看起来这部影片的节奏相对缓慢，但相比原著小说而言还是快了不少。由于对海豚说英语精湛的拟音刻

罗贝尔·梅尔勒

画，本片还荣获第 46 届奥斯卡最佳音效奖提名。唯一的遗憾的是影片中没有刻意强调海豚学习英语时从单词到句子的关键性转化，否则在科学逻辑方面恐怕还能增色不少。

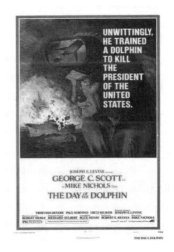

《海豚之日》电影海报（1973）

除了《有理性的动物》，梅尔勒还著有《周末在徐德科特》（1949，获得当年度龚古尔奖）、《死亡是我的职业》（1953）等代表性作品。第二次世界大战之后梅尔勒在大学执教，而此前他曾在战争中入伍参战，在敦刻尔克战役中被俘并被囚三年之久，所以梅尔勒对于战争有深刻的认识与反思，其作品中充斥了极为强烈的反法西斯意识和反战意识，同时他还有明显的左倾倾向。

对于《有理性的动物》的科幻认定，梅尔勒本人并不十分认同。他认为这部作品并非科幻小说，同样也否认它属于通常意义上的"动物小说"等类型。作者在本书"前言"中自认这是一部"政治幻想小说"，理由之一是其发生的时间仅在数年之后而非数十年之后。事实上这个理由显然不够充分，因为在科幻文学中具备此种时间参数的作品可被视为"近未来"科幻，况且科幻小说对未来时间也没有"数十年"之类的具体要求——别说数年，就是假设事件发生于当下的时代和环境之中，仍然可以构造出许多超乎现实的科幻故事；而且纯文学作品中也有很多以"未来某年"为时间背景的小说，所以不应以此作为划分科幻与否的衡量标准。

将《有理性的动物》视为科幻小说，还因为这部作品具备一个相当有力的标志性情节，那就是整个事件在科技水平上的逾越线和升华点——一种拥有一定智慧基础的动物对人类语言的充分理解与掌握。

二

故事发生在美国，是从科学家对海豚的相关研究开始的。主人公塞维拉教授一直在从事海豚个体之间相互交流的研究项目——海豚们一直以独特的嘘声为语言来交换信息。由于生理结构的原因，海豚的声音不是出自口腔而是发自鼻孔——作品中还专门就此辨别过海豚并非"亲口"说而是用鼻孔说（第十二章）。为了方便与海豚交流，塞维拉及其研究团队录下海豚的嘘声，同时也学着使用海豚的嘘声语言与之对话。

塞维拉的研究团队养育着一只名叫"伊凡"（简称"法"）的雄海豚。"法"就出生在实验室的水池里，从来没有见过真正的大海。一般来说，在海洋中海豚通常有两位母亲，一位是生母，一位是义母——协助生母照料小海豚的雌海豚。在"法"生命的最初几个星期，塞维拉负责用奶瓶喂养它，相当于它的生母；同样频繁出现的女助手阿尔莱特则相当于义母。按照人类的习惯，塞维拉让"法"称自己为"爸"，称阿尔莱特为"妈"。

塞维拉一直试图教"法"说英语，"法"很聪明，所以进步很快，它会说至少四十个单词，除了"鱼"这类具体的词汇，"法"甚至能理解并说出"来""去""内""外""左""右"这样多少有些抽象的词汇。但"法"的英语学习进程还是遭遇到了瓶颈，障碍并非来自它的发声器官，因为通过鼻音海豚照样可以清晰地"言说"英语；问题不在这里，问题在于海豚对人类语言的认知受限，因而它只局限于掌握单独的词汇，无论塞维拉如何启发，"法"也永远只会说出一个个孤立的单词，而不能将这些单词组织成完整的句子。

为此塞维拉想出一个办法，他认为一条雌海豚的出现也许能刺激"法"的学习，以此来提高它的"创造激情"（第三章）。令人欣慰的是，"法"很快便接受了新来的雌性海豚伙伴"蓓茜"（简称"比"），"比"是被别人在大海中捕捉到的。但让人没想到的是，"法"在有了感情寄托之后，却短暂地不再说话，也许是情感的愉悦使它荒废了学习，其语言能力不进反退。于是塞维拉又想出一个办法——用一块足够高的隔板（避免海豚跳过）将两只海豚分开。这下两只海豚都陷入焦急的境地，急于寻找对方，隔着隔板不停地发出嘘声。"法"不停地用"比"之类的英语单词恳求塞维拉"归还"它的恋人，但塞维拉却假装不解，无动于衷，甚至根本不与"法"进行交流。最后逼得雄海豚"法"不得不发出了动人心魄的一声嘶喊："爸给'比'！"（第六章）——雄海豚"法"的英语水平，终于从单词提升到了句子。

过了这道门槛，一切就都顺理成章了。自此，"法"的英语水平开始突飞猛进，不但能说出各种英语句子，还教会了"比"说英语。这一实验获得了成功。这里不妨引用一下作品中的原始定义——这一工作第一次解决了"人类与一种动物通过音节分明的语言进行联系的问题"（第八章）。

接下来就是记者招待会，塞维拉向全社会公开了这一研究成果。有记者对两只海豚做了一个长篇采访，"法"和"比"侃侃而谈，回答了很多问题。当然也有对此质疑之人，甚至有人认为这不过是腹语表演，但在事实面前公众还是接受了海豚能够说话这一事实。

塞维拉在他的研究道路上并不孤独，有不止一家秘密部门一直在密切关注着他的研究进展。而且在塞维拉的研究团队当中，同样隐藏着身份不明的人。如今塞维拉取得了阶段性的成功，使得那些机构对这一研究项目的兴趣变得更加浓厚。

与此同时，公众就"海豚说话"这一现象在全球范围内展开了热烈的讨论，话题来自各个不同的领域。人们就有关"海豚说话"的社会性影响吵得不可开交，沸沸扬扬，展现出整个社会的众生百态。塞维拉及其研究团队也被置于聚光灯下，每一位成员的工作与生活都暴露在公众视野当中。恰好在"法"和"比""出席"记者招待会之后没多久，塞维拉即将与女助手阿尔莱特成婚，这样一来媒体的相关报道都有了现成的题目——"爸娶妈"（第九章）。

接下来作品描述了美国在亚洲地区的军事行动，而军事冲突使得地区局势变得日趋紧张。在这种背景下，秘密部门瞒天过海，将"法"和"比"悄悄带走，塞维拉对它们的去向和行踪一无所知，而且他也被剥夺了继续研究海豚的权利。

直到故事最后，秘密部门不得不再次寻求塞维拉的帮助，因为"法"和"比"在执行任务归来之后，不肯再与任何人进行交流。秘密部门希望塞维拉能让海豚重新说话。

其实在"法"和"比"刚被送回塞维拉身边时，它们对塞维拉也表现出同样的不信任甚至敌意。当塞维拉解释说自己是爱它们的时，"比"甚至翻出塞维拉用隔板隔断自己与"法"的老账，可见人类对海豚的微小伤害都会让它们十分在意并记在心里。经过一番交流与海豚自己的了解（它们躲在水下偷听塞维拉夫妇的对话），"法"和"比"恢复了对塞维拉的信任，并道出了它们所经历的一切。

原来，"法"和"比"被秘密机构交给军方。它们先是被训练识别舰船，然后又被命令将炸药贴到废弃的旧船上。"法"和"比"目睹过炸药将船炸沉的景象。随后两只海豚被飞机送往很远的地方，接着又被潜艇送到海洋某处，被命令对真正的军舰放置炸药。在执行这一任务时，"法"和"比"不是没有顾虑，因为这可不是游戏，那些舰船上都有真正的人，但对人类的信任让它们没有拒绝命令。结果更糟糕的事情发生了——当"法"将炸药贴上军舰之后，它却无法挣脱离开，因为自己与炸药被紧紧地捆在了一起。"法"向"比"大声求救，"比"咬断炸药上的绳索，救出了"法"。随后"法"也咬断"比"身上的炸药并抛入海底。两只海豚迅速游回潜艇所在地，但到达那里时却发现潜艇早已离去。它们明白了："法"和"比"应该都随着舰船一起被炸药炸死了，不需要再等它们了。"法"和"比"历尽艰险，游过漫长的旅途，才重新回到美国，找到秘密部门的相关人员。

不料塞维拉从海豚那里获知真相之后，竟然遭到秘密部门的暗杀。他们不但要杀塞维拉灭口，而且还要杀"法"和"比"灭口，试图掩盖让海豚成为战争武器的恶行。最后塞维拉夫妇决定远遁欧洲，在那里向整个世界公布真相。

三

《有理性的动物》这部作品，具有充分的科学基础，这在作者的"前言"当中也有部分提及。此前有关世界各地海豚与人类嬉戏玩耍的故事非常之多，严肃的科研资料也着实不少。科学家普遍认为，海豚救助溺水者和为船只领航等行为，在它们看来只是一种有趣的游戏，它们并不要求回报，也无须给予奖励。在作品中，塞维拉也在科普演讲和与团队成员交流中谈及这一观点：海豚将表演视为一种游戏，并不是为了奖励而去表演，它把接受奖赏也作为游戏的一部分，同时拒绝接受任何惩罚（第一章、第六章）。

海豚是一种智力极高的动物。事实上曾有人认为，就脑沟与脑回的密度而言，海豚比人类要更加密集，这也就意味着仅从这一参数孤立地来看，海豚也许比人类更加聪明。但海豚之所以没能建立起一个完备的技术文明，或许是由于它们的流线型身体无法进化出灵巧细腻的肢体，或许是生存环境使然（海洋中无法使用火），或许是因为海豚没有经历过类似人类进化中所遭遇的种种磨难。也有人推测，海豚的祖先曾生活在陆地上，由于种种原因才不得不进入海洋，这一观点在作品中也曾借"比"的陈述说明过（第八章）。

所以作者试图让人类与海豚建立起一种密切而友善的良好关系。在作品中，海豚被视为人类的亲密伙伴，而不仅仅是奴仆或者工具。因为作品中的塞维拉认为，或者说一部分现实世界的科学家认为，人类在文明的角逐中胜出有极大的偶然性，未必就是一种逻辑的必然，所以塞维拉认为"把人类看作一种实质上不同于高级哺乳动物的生物是一个谬误"，并将此视为"暴发户的骄傲"（第四章）。后来塞维拉在海滩上看到小螃蟹时再次表达了类似的观点："这只蟹与我同处一个时代，我比它早出生一点，死得晚一点，仅此而已。"（第七章）两种说法如出一辙，这其实是借主人公之口隐晦地表达出作者对生物世界的某种观点。

正因如此，塞维拉与"法"和"比"的关系，也不仅仅是科学家与两个实验对象的关系，其中凝结着相当深厚的友谊（尤其是对"法"）。这不但表现在塞维拉阻止记者做假设性提问（第八章记者向"比"假设"如果我们夺走你的'法'"从而使得"比"大惊失色），还表现在他假意拆散海豚情侣时的犹豫与踌躇（第六章），事实上塞维拉已不再将海豚视为通常意义上的动物，而是把它们当作自己的朋友。就像美国科幻大师艾萨克·阿西莫夫（Isaac Asimov）在《我，机器人》中所描写的机器人心理学家苏珊·卡尔文一样，"她像机器人的姐姐一样"喜欢那些机器人。

海豚原本就有自己的语言，这也是为科学界所证实的，正如作品中所描述的嘘声。只不过本书作者大胆地向前走了一步，通过幻想合乎逻辑地构造出海豚学会英语的情节。事实上在作品的设定中，"法"和"比"在掌握了语言之后，甚至还认识了文字，它们不但喜欢看电视，还可以用舌头来"翻书"阅读。不过这一衍生出的升华情节在作品中只是一笔带过，并无进一步详述。

特别值得一提的是，作者在描述海豚拥有自己语言和学习人类语言的同时，也昭示出它们拥有一种天生的和朴素的世界观与价值判断。它们知晓善恶，明辨是非，知道什么该做什么不该做。所以军方让"法"和"比"去炸毁军舰并打算牺牲它们这件事，对它们的影响非常之大，给它们的心灵造成了相当严重的伤害。"他们撒谎，他们杀人。他们连我们也想杀死。"（第十四章）作者为此感到悲哀，他借塞维拉之口说道："想一想这样的情景吧。一个信徒崇拜他的上帝，他总认为，这个上帝是十分善良、诚实和崇高的，而突然，他发现他的上帝很卑鄙、狡诈和残忍。"（第十三章）而在秘密机构试图谋杀塞维拉和两只海豚之后，塞维拉来到两只海豚的秘密藏身地点寻找它们，侥幸躲过一劫的"法"和"比"竟然不肯出来，而是先悄悄躲在水面以下偷听塞维拉夫妇的对话，直到确信塞维拉不是来杀它们的之后才重新现身（第十四章）。

尽管如此，这些海豚依旧心存善意。当塞维拉遭遇未遂的暗杀之后，打算带着两只海豚踏上逃亡之路。在谈到逃跑途中有一名可能阻挡他们的蛙人时，塞维拉希望"法"去把他打昏，但"法"表示那样他会沉入海底而死。塞维拉解释说假如不把他打昏他就会杀死我们，海豚们沉默了，但随后"比"提出一个建议，自己可以去咬断他的进气管，迫使他回到水面，然后再从背后轻轻撞他，将他送回岸边。塞维拉为此十分感叹："令人赞叹的非暴力行为。她使他丧失战斗力，但却救出他一条性命。"（第十四章）

无疑，海豚是一种十分聪明的动物，甚至可以说是充满智慧的动物，再进一步说就是拥有理性与理智的动物。正如在记者招待会上答记者问时，记者问"法"说："自从您开始讲英语以来，您是不是把自己看成一个有理智的动物？"而"法"则自豪地回答道："我以前就是有理智的了。"（第八章）但不管怎样，在学习了人类语言之后，这两只海豚还是有了全方位的提升，它们脱离了一般的"聪明海豚"阶层，成为一种独特的生命。作者在作品中借公众之口，对这种"动物说话"的现象进行了深入探讨。因为动物说话就意味着一个问题：会说话的动物是否还是动物？或者说是否还是原来的动物？尽管我们的一些经典理论并未将语言的有无视为人类与动物的标志性区别，但一种能够完整使用语言（尤其是人类语言）的动物是否还是普通的动物，它们的思维是否也会受到语言本身的反作用，这些都是非常值得思考的问题。

尽管人类的欺骗行为让两只海豚几乎彻底丧失了对人类的信任，"比"甚至宣称"我不愿再讲人类的语言了"（第十三章），因为"人不是善良的"（第十三章），但其实在它们心底，依旧对人类语言十分钟爱和迷恋，或者说它们将"会讲人类的语言"视为一种神圣与高贵的象征。例如"比"对塞维拉说："当没人在听的时候，我和'法'就讲话。我们不愿意忘记。"其目的是"为了保住它"，"还为了教给孩子们说"（第十四章）。在它们看来，"人是恶劣的，但人类的语言是好的，只要不是用来跟人说话。语言本身是有价值的获得物，该保留，甚至该传下去，甚至是社会地位的优势"（第十四章）。作品中的"法"和"比"十分自豪于自己能够使用人类语言这一优势，并无形中以此将自己与同类进行了优劣划分。当塞维拉的新海豚黛茜遇到"比"时，就表达过类似的意思——"她跟我说她会讲人类的语言"（第十三章）。

然而在教会海豚说人类语言的塞维拉看来，自己还是对眼下这种出乎意料的结果深感尴尬和无奈。在作品中，他引用了莎士比亚的《暴风雨》中兽人对普洛斯彼罗所说的"你教会了我说话，而我从中得到的全部好处便是我知道了咒骂"，并借此生发开来："我教会了动物说话，而人类从中所能得到的全部好处只是又获得了一件用于自我毁灭的新武器。"（第十三章）

最后塞维拉带着想要阻止战争的坚定信念，发誓亡命天涯并公布真相。因为这个真相，是两只海豚"经过二十四小时精疲力竭的游泳"带回来的（第十四章），现在他要把这个真相公布给全世界。他认为他有这个义务，同时又在思考自己在这件事中的意义。假如这是人类避免战争的最后机会，那么塞维拉的所作所为究竟占了几分功劳？所以在整部作品的最后，塞维拉提出一句答案昭然若揭的反问："多亏我们，还是多亏了海豚的人性呢？"（第十四章）

四

《有理性的动物》这部作品，实际上是在通过海豚的相对理性，讽刺般地反衬出某些人类行为的非理性，借此表达作者内心的观点。

在这一点上，这部作品与其他动物科幻确实不尽相同。作为一部以科研细节来推进故事的科幻作品，《有理性的动物》展现出了动物学习语言时身心发展变化的具体情形，而类似的，描写了一只因放射性而导致智力变异的狗的科幻小说《苏格拉底》（英国，约翰·克里斯托弗[John Christopher]）和近乎戏谑般地描述狗其实比人类更聪明的《汤姆·爱迪生的长毛狗》（美国，小库特·冯尼格），都是以一种准寓言的方式来表达某种寓意而已。在"前言"中，作者也提到过好几部有关动物的文学作品，尤其是类比了捷克作家卡雷尔·恰佩克（Karel Čapek）的《鲵鱼之乱》，其实两部作品还是有着极大的不同之处。而单就语言类科幻来看，在《有理性的动物》中动物学习语言只是推进故事的科技因素，因而也不具备科幻小说《巴贝尔-17》（美国，萨缪尔·R.德雷尼 [Samuel R. Delany]）那种分析和解读语言功能的意义。

在描述海豚学习过程以及人类与海豚的交流之外，作者还用大量篇幅做了各种冗长的内心叙述，以及相当多的人物心理描写与神态刻画，看似偏离了主题，实际上还是想要表达某种情绪和思想。有时作者为了串起那些枯燥的科研资料，尽可能地做出一些通俗性描写，但其使用的依旧是经典的法国式的文学笔法，一部美国式的类型小说就绝对不会采用这种形式。类比一下充满各种悬念和戏剧冲突的《北海沉船》（美国，克莱夫·卡斯勒 [Clive Cussler]），假如不是因为后者不够科幻，我宁可为它做一篇详细的分析与评述——一部撒了一点"科幻胡椒面"的谍战惊险式类型小说。梅尔勒的种种细部刻画又与英国间谍小说大师约翰·勒卡雷（John le Carre）不同，勒卡雷的叙述貌似琐碎，但其语言无可超越，在琐碎中始终透着逻辑与力量。而在描写社会影响方面，《有理性的动物》又不及《九十四个小希特勒》（又译《巴西来的男孩》，美国，艾拉·莱文 [Ira Levin]）收敛。就科研部分而言，《有理性的动物》已接近写实状态，但与美国科幻作家迈克尔·克莱顿（Michael Crichton）的《死城》（又译《天外来菌》）尚有一定差距，倘若索性剑走偏锋地采取类似思路，只做科学阐述而淡化故事情节，也

《有理性的动物》1967 年初版书影

不失为一种别具一格的特别方式。此外，过早地在第二章结尾处就提出可以做自杀攻击的"神风式海豚"概念，也破坏了类型文学吊人胃口的悬念设置。

当然，也可能是因为我们的欣赏习惯已被好莱坞彻底带坏，所以我们现在更讲究用情节迅速推进故事而不屑于过于纯粹的思想与心理表达。其实通篇审视一下就会发现，在《有理性的动物》当中，开始时除主人公之外其他形象全都模糊如符号一般，但随着情节的逐渐推进，各色人等的性格特征还是一点点变得清晰起来，由此可见这种贯穿全书看似多余的所谓赘述对于人物塑造而言仍属十分必要。

即便如此，我还是觉得这些部分稍显不足，尤其是在开篇进入的时候。我坚持认为，过分冗余的描写未必就是文学。我们不妨抛开学院派的经典文学定义，来看一下"小说究竟是什么"这一问题。或者说得更通俗一点：小说究竟是用一连串人物串起来的故事，还是为了用一个故事来展现不同的人物？即便我们偏袒后者，这部作品也应该更多地阐述故事。而它的初衷本应更接近前者。

假如由我来写，第一章的第一句话就从主人公在演讲厅演讲的第一句话开始，且不作为"第一章"而仅作为"引子"；原来的"第二章"晋升为"第一章"，第一个镜头就是将海豚放归大海的那一场景。当然，那位四处打探的间谍 C 先生也不妨暂时拿掉。

既然谈及创作，不妨再引申到作品之外，简述一下有关科幻评介的著述与经典作品对我的影响问题。

我曾对不少经典科幻作品做过详细的分析和评述。很多经典作品已被反复探讨，几乎再也无从下笔，硬要评述反倒处处受限，不知从何谈起。而这次要求一篇全新的作品阐释，我倒是突然感到眼前开阔起来，重选作品，似乎更能畅所欲言。为此我不但认真重读了这部《有理性的动物》，而且查阅和参考了大量相关资料，自以为剖析和评述得还算到位。

具体到自身的创作，许多经典的科幻作品都对我有过深刻的影响，许多经典的非科幻作品同样也有过深刻的影响。有些影响十分直接，诸如美国科幻大师艾萨克·阿西莫夫和英国科幻大师阿瑟·克拉克，诸如美国侦探小说大师雷蒙德·钱德勒（Raymond Chandler）和英国间谍小说大师约翰·勒卡雷。但这部《有理性的动物》对我的影响，更多的恐怕是润物细无声般地潜移默化。

我曾写过一些有关海豚的科幻长篇与短篇，但自己并不满意，且创作时尚未读过这部作品，所以没有受影响的问题。倒是这部作品的写实风格，对我的一些写实性科幻作品有着重要的影响，诸如有关现实科研的"新校园系列"科幻小说五篇（其中还具体地包含一篇动物科幻《妇道人家》和一篇语言科幻《语焉不详》）、具有一定社会政治基础的科幻小说《酷热的橡树》以及最新的动物科幻小说《章鱼》，都十分贴近这种叙述形式。

最后必须指出的是，《有理性的动物》是一部非常值得阅读、分析以及思考的科幻作品，同时也是一部非常优秀的科幻作品。

作者简介

星河，科幻作家。北京作家协会专业作家，中国作家协会科幻文学委员会委员，中国科普作家协会常务理事、科学文艺专业委员会主任。曾获中宣部"五个一工程"奖、宋庆龄儿童文学奖科学文学类提名奖、冰心儿童图书奖、全国优秀科普作品奖、中国科幻银河奖等奖项。1997 年被授予 '97 北京国际科幻大会银河奖。2010 年荣获第五届北京中青年文艺工作者德艺双馨奖。2012 年被评为第五届全国优秀科技工作者（科普作家）。著有长篇科幻《残缺的磁痕》等二十余部、中短篇科幻《聚铁铸错》等百余篇、科幻作品集《时空死结》等二十余部、科幻电影评述"视觉的冲击"丛书等，并主编《中国科幻新生代精品集》、"中国年度科幻小说"等作品集。

开辟"科幻史诗"之路

——解读《光明王》

◎ 慕　明

《光明王》1967 年初版书影

2019 年末，波兰作家奥尔加·托卡尔丘克（Olga Tokarczuk）在诺贝尔文学奖演说中谈到，现在的文学没有准备好讲述未来，也没有准备好讲述世界的超高速转变，缺乏语言、缺乏视角、缺乏隐喻、缺乏神话和新的寓言。她确信，许多故事需要在我们的新知识背景下重写，从新的科学理论中汲取灵感。她还特别指出，"神话是人类构筑心灵的材料，人不可能忽视神话"。我自己的阅读和写作，对于历史、神话、艺术也非常感兴趣，尤其感兴趣如何在一个现代乃至未来的语境中融入这些主题。出版于 1967 年的科幻史诗《光明王》即是一个完美的例子。在出版半个世纪后，第一次翻开这部作品的读者仍会为其所震撼。与神话的深度结合使作品呈现出前所未有的强烈气质，这也是它得以成为科幻史上经典作品的原因之一。

在过去的五十年间，科学技术的进展速度达到了人类历史上的最高峰，每隔五年、十年，人们的生活方式便不同以往，而大众传播、新媒体等新技术引发的信息高速迭代，使得文化产业比以往任何时刻都更加追求创新。对于以"创新"为立足点的科幻内容创作来说，这是一个巨大的挑战。第一次看《黑客帝国》第一部（1999）时，"你所在的世界并非真实"这个概念新颖、震撼，但很快，《攻壳机动队》《盗梦空间》等作品就把"世界并不真实""缸中之脑"等概念演绎到了极致。如今，即使再有一部叙事技巧上与《黑客帝国》相当的作品出现，如果没有更多层次、更深入的延展，更有新意的构建，也很难超越前作了。读者对想象力和创造力的需求是无止境的，所以大师往往都不是守成之人，而是开山立派之人。从后世的眼光看，他们的开山立派作品可能不甚完美，但在这个门类里，巨大的失败也比平庸的成功强。事实上，根本就没有"平庸的成功"。

所以《光明王》有其独特价值。我在读了《光明王》之后，最大的感受和读过很多经典作品之后一样，不是关乎故事本身，而是"原来科幻也可以这样写""原来科幻还能写这些"。我认为，这部作品可以作为一个范例，让我们思考如何定义科幻历史上的经典作品，拓宽对科幻作品的认知，从方法论上展示一点"科幻"的本质。这是真正的认知突破。希望通过导读，这也能变成读者的感受。

泽拉兹尼与《光明王》

泽拉兹尼的全名是罗杰·泽拉兹尼（Roger Zelazny），波兰后裔，美国人，生于1937年，逝于1995年，20世纪60年代是他崭露头角的时期。他一共拿过九次英语世界幻想文学的最高奖——星云奖和雨果奖。

提起科幻，黄金时代的三巨头克拉克、阿西莫夫和海因莱因（Heinlein）开辟的太空歌剧传统广为人知，但在20世纪50年代末，以《基地三部曲》为代表的"太空歌剧"系列已经走到了极致，求新求

罗杰·泽拉兹尼

变成为整个行业的必然。1968 年克拉克和库布里克（Kubrick）的《2001：太空漫游》上映，更是从影像化方面把这一类型推到了必须仰望的高峰。今天，各种各样的科幻作品仍然在致敬《基地》，致敬《2001：太空漫游》里的黑色方尖碑。

在这一背景下，当时的新一代科幻作家罗杰·泽拉兹尼、厄休拉·勒古恩（Ursula Le Guin），以及《银翼杀手》原著小说作者菲利普·迪克等人想要开辟的是自己的时代，也就是我们现在称为"新浪潮"的科幻时代。他们倡导，科幻小说写作要从心理学、社会学和语言学三方面考虑，从而打破"太空冒险"一统天下的局面。其中，泽拉兹尼开辟的就是我们如今称为"科幻史诗"或者"幻想史诗"的道路。《光明王》是其最重要也最成功的代表作。在历史地位上，它既是全新的，又是承前启后的。

全新，在于它是科幻从太空歌剧时代向新浪潮时代转型的作品。承前启后，则在于《光明王》这部作品，在一定程度上承袭了托尔金（Tolkien）开创的奇幻史诗传统《指环王》，又启迪了后世的奇幻巨作，比如尼尔·盖曼（Neil Gaiman）的《美国众神》、乔治·马丁（George Martin）的《冰与火之歌》。它也是科幻和奇幻类型首次也是极少数完美融合的作品。《指环王》本身的写作承袭了英美文学中的叙事长诗传统，但在《冰与火之歌》以及更早的《龙枪编年史》《黑暗精灵三部曲》等作品中，奇幻作品的写作方式有了相当大的转变。无论是 POV（Point of View，视点人物写作手法）的运用、情节的构建、人物的塑造，都明显吸收了 20 世纪以来现当代文学乃至影视作品的手法。我认为，这一转变正是在新浪潮时期发生的。

实际上，乔治·马丁本人也承认受泽拉兹尼、受《光明王》影响很深。在《光明王》的序言中，马丁写道：

> 当我翻开《光明王》的第一页，光是开头的那几行字就让我全
> 身一阵战栗，我知道，科幻文学的领域将会从此发生天翻地覆的
> 变化。事实也确实如此。就像在他之前的极少数人曾经做到过的
> 那样，罗杰在这个领域中，留下了自己的印记。
>
> 他也在我的人生中留下了印记。从《光明王》开始，我读尽了
> 所有能弄到手的泽拉兹尼小说。

《冰与火之歌》可以说是当今幻想文学的一个高峰。马丁是以英国历史为背景构建了整个故事。这实际上也是从《指环王》到《光明王》再到《冰与火之歌》的传承，即利用已有的历史、文化、宗教故事，构建幻想世界。

《指环王》是托尔金受第一次世界大战影响写下的故事。托尔金本人也参加过一战，《指环王》的灵感相当大部分来自他的前线经历。《指环王》中的核心冲突，就是索伦所代表的服务于战争的现代化、工业化和霍比特人、精灵所代表的传统的田园牧歌式生活方式的冲突，更深的一层则是关于天主教思想的演绎和思辨。而到了《光明王》，泽拉兹尼依赖的文化传统是印度神话、古印度历史和东西方哲学的交互探讨。这极大地扩展了幻想小说作者的视野。再到《冰与火之歌》，我们看到，马丁不仅纯熟地运用英国历史，也在世界不同文化和历史中汲取养分，多斯拉克人（蒙古族）、千面之神（伊斯兰阿萨辛人）、光之王（摩尼教）等例子举不胜举。实际上，《冰与火之歌》里的宗教设定几乎就是对《光明王》的致敬。

现实的神话、历史、文化、宗教，对于幻想小说的创作而言是一座富矿，真正经典的幻想作品都不是无源之水，而是有着深刻、现实的骨架支撑。托尔金是这样，泽拉兹尼是这样，马丁也是这样。把一部作品放到整个文学史中看，寻找它与其他作品的联系、对其他作品

的继承，是理解每一部作品最有效的方式之一。在接下来的文本分析中，我希望通过《光明王》延展到更多作品，构建起一个知识体系。

文本分析

《光明王》的情节并不复杂。它讲的是永生发明之后的事情。很多年后，地球已经湮灭，一小撮人类宇航员"原祖"，远航至一个落后的蛮荒星球上，击败了当地的原始生物"罗刹"，繁衍生息。但这并不是一个人类开拓新世界的热血故事。"原祖"将发达技术牢牢控制在自己手中，包括机械、印刷、永生。永生的方式是意识上传，当一具躯体衰老或损毁时，他们会换一具躯体。这让他们成了当地的"神明"。他们用印度神话把自己包装成为"死神""夜之女神""梵天""湿婆"。他们的后代成为匍匐在神坛之下的凡人。凡人也可以通过意识上传，更换躯体获得永生，但是，由于技术发展本身被禁止、神化，意识上传达到的"永生"就变成了宗教中的轮回转世。凡人的轮回转世被神灵的仆从——"业报大师"控制，他们利用古印度种姓制度，将凡人分成不同等级。向"神祇"效忠、奉献，凡人便能通过轮回，逐步提升自己的种姓，直至成为半神甚至天神。掌握在所谓"业报大师"手中的心理探针可以探察出任何反叛念头和行为，大师们会将反叛者的下一生变成能操人语的低等动物，甚至拒绝为他们转世，让他们遭受"真正的死亡"。当地的"原祖"以此为基础，把技术变为神性，甚至会亲自出马，抹掉人间科技的火光，不惜发动大战。

但是，"原祖"中间仍有正直的人，他们决心帮助凡人。他们因此被逐出天庭。主角萨姆就是其中之一。他借用了人类远古时期的佛教与种姓制度对抗。《光明王》的主体，就是萨姆帮助凡人对抗"神明"的故事。萨姆在这里也被当成了佛教的领袖佛陀，即光明王。

《光明王》的核心是类似普罗米修斯盗火的神话故事，一个读者非常熟悉的原型。泽拉兹尼却能另辟蹊径，因为他对原型做了深入的思考和演绎。在科幻作品中，故事的原型往往很常见。《星际穿越》是一个父亲救女儿为爱闯天涯的故事，《北京折叠》是一个资源紧缺下的反乌托邦故事。但科幻作品的魅力不在于故事本身如何离奇，而在于在一个熟悉的框架下作者能找到的角度，以及思考和感受能达到的深度。

无论是修仙炼丹还是炼金术，永生的概念早已有之。直到现在，许多科幻小说也在探讨"怎么能达到永生"。在常见的思考框架里，永生是科技的终点。但在泽拉兹尼的故事里，永生只是起点。《光明王》提出了三个关于永生的问题：

第一，假如永生，你会做什么？

第二，更进一步，假如你能决定别人永生与否，你会做什么？换言之，在一个社会群体里，永生成为一种需要管理的资源和权力，这个群体会呈现一种怎样的形态？

第三，再进一步，你通过无数次"轮回转世"意识上传保持永生，你还是你吗？你还是人吗？人又是什么？人何以为人？

这三个基本问题构成了《光明王》的骨架。所有的构建、人物塑造、情节走向，都基于这个骨架建立。相比"怎么永生"构建技术开拓或者冒险故事，这三个问题提供的空间更大，作者的回答也可以更深。这种深度，是科幻名著乃至任何在文学史上有一席之地的作品都具有的特质。

第一个问题，永生之后，你想做什么？

这个问题的实质是在询问读者，生活中最重要的东西、最值得追求的东西是什么？当不再有时间限制，不再有所谓的需要按部就班一步步完成的人生目标，你会把无限的生命花费在什么上面？

阿西莫夫有一部非常有名的短篇叫作《终极答案》，也问过这个问题。泽拉兹尼的解答则完全不同。在《光明王》中，大部分永生者对于这个问题的回答就是安逸生活、尽情享乐、顺从轮回的命运。但是主角萨姆的想法不太一样，他的回答是美。

　　智者们说，正与邪都是轮回之中的东西，因而没有任何意义。他们无疑是对的，这些智者从人类有记忆的时候起，就一直在教导我们的人民，他们的话无疑是正确的。不过让我们想想另一件事，一件智者们没有提到过的事。那就是"美"。

问题无涉正邪，只关乎美。

　　一个梦者，无论他是人还是神，若是执意编织丑陋的梦境，那我们就有义务反抗他，这正是无名的意志。这抗争也是一种苦难，因此同忍受丑陋一样，也能减轻罪业；但以智者们时常提到的永恒价值而论，比起忍受的苦难，抗争的苦难属于更高的目的。

　　"因此，我告诉你们，今晚你们目睹的美属于更高的等级。你们也许会问，'我怎么能分辨什么是美，什么是丑，并以此指导自己的行动呢？'对于这个问题，我只能说，你们必须凭自己的力量来回答。"

在《光明王》里，让萨姆这位永生的大神放弃享受，一次次反抗整个天庭的，不是所谓的正与邪，而是美。他认为通过轮回达到的永生是丑陋的梦境，与这个世界应有的样子不一致，所以他要反抗。在整本书最后，泽拉兹尼更是明确指出了这一点——"美"不仅是主角的追求，也是作者本人的追求：

　　死亡与光明永远无处不在。它们开始、终结、相伴、相克，它们进入无名的梦境，附着在那梦境之上，在轮回中将言语焚烧，也许正是为了创造一点点美。

永生需要让位于"美"。如果这种丑恶的轮回不能体现出美，那么宁可放弃永生。这是作者在深入思考之后给出的答案。因为，在一个人人都永生、人人都经历一次次轮回的世界里，世俗的正邪的观念可能已不再适用。在《光明王》里，这一次轮回中互相对抗的死敌，在下一次轮回里可能就是并肩作战的兄弟，谁是正义，谁又是邪恶？只有对整个轮回系统的形式感到失望，感到"不美"，才有可能跳出这一系统。

这也就是为什么萨姆并不是一个简单的超级英雄，不是远未来(Far Future) 时代的陈胜、吴广。《光明王》的特别之处，就在于主人公的驱动力是和小说的设定以及设定所带来的观念改变一致的。对核心问题的深入思考使得设定不再是单纯的"点子"，而是真正参与到整个文本建构中来。

谈到这里，我想提及另外两本关于"美"的作品：王尔德的《道林·格雷的画像》，以及三岛由纪夫的《金阁寺》。这两本都不是科幻作品，但都有对"美"这一问题的深入思考和基于其上的文本构建。在《光明王》里，美是至高无上的。在《道林·格雷的画像》里，一个非常美，也非常追求美的美少年，最后被美杀死。《道林·格雷的画像》里也涉及了永生，永生与美其实是无法分离的。而在《金阁寺》里，同样也是美得令人不敢直视的金阁寺，最终变成了一种可怕的东西。这些作品的经典之处就在于，它们通过不同的类型和叙事手段，抵达人类精神中某些本质性问题的深处。由此也可以看出，对《光明王》而言，科幻不是目的，而是为作品服务的载体。

第二个问题，如果你能决定别人永生与否，你会做什么？在一个社会群体里，如果永生成为一种需要管理的资源和权力，这个群体会呈现一种怎样的形态？

这个来源于现实生活的问题，是无数反乌托邦作品的核心构建。在《北京折叠》里，需要管理的资源是空间；在《一九八四》里，需要管理的资源是言论；在《使女的故事》里，需要管理的资源是女性子宫。基于不同的设定，每个故事自有发展。而在《光明王》里，资源就是以永生为代表的未来科技。

那么很自然地，我们会考虑一种层级结构，也就是像《光明王》里描写的，人需要通过轮回、向神进贡、努力表现，进入更高阶层获得永生。而印度的种姓制度是人类历史上生命力最强也最严格的阶层制度。所以，《光明王》的种姓制度设定并不是作者一时兴起或对东方的天真想象。作者首先仔细思考了永生的社会结构，考虑到了永生资源的管理和分配问题，才选择了合适的设定。就像《北京折叠》，作者先看到了大城市城乡接合部人们的生活状况，想到了生存空间的分配问题，才设定了一个可折叠的北京。读者往往被小说中这些最出人意料的设定吸引，但是从作者的角度来看，设定是手段、方法，不是目的本身。

印度的种姓制度通过种姓将人们严格地划分成不同的组别，代代沿袭，组别内部通婚，能从事的职业也与种姓有直接关系，高种姓和低种姓的交流非常有限。可以想见，在公平社会中的歧视等问题，在这种社会形态下是常态。印度种姓制度的核心是僧侣和统治阶级，最早为维持雅利安统治者的统治稳定性设立，从公元前1500年就已成形。印度教是印度种姓制度的直接发源。在《光明王》里，人类"原祖"同样是利用种姓制度巩固自己的统治。只不过，他们握在手中的不是像真实人类历史那样的兵权或者财富，而是先进的技术，比如永生的权利。如果从这个角度来看《光明王》，那么它讲的就是宗教与技术结合之后，如何沦为统治者的工具的故事。

作为国内读者，我们大多从小受到唯物主义思想的教育较多，生活中受宗教影响较小，可能觉得宗教是一种古老的、"不科学"的思维方式，不知道为什么西方的许多文学作品，哪怕是描写远未来的科幻作品，也会把宗教放在很高的地位，探讨宗教和科学的结合。

其实，整个西方哲学思想史，甚至是整个西方科学思想史的发展，都无法与宗教分离。对宗教思想观念的继承、论证、质疑、反叛、重新演绎，可以说一直是科学发展的动力。近代科学的几次大的思想变革，如哥白尼的日心说、达尔文的进化论，都是直接对宗教中的已有观念进行挑战。而许多著名科学家，如牛顿、爱因斯坦等也不是传统意义上的无神论者。当然，他们所信仰的可能并不是一个人格化的神。爱因斯坦推崇的，就更像是一种宗教情感，一种对于"实在的理性"的绝对信赖和热忱。这种绝对的信赖和热忱，被爱因斯坦称为"宗教的"。

刘慈欣的短篇《朝闻道》讲的就是人类对于绝对真理的信赖和热忱。这种情绪在科幻小说中，甚至在现实生活中也非常普遍。人们信仰科学，信仰绝对理性，因为科学可以解释世界；但仔细思考，这种无条件的信仰，和对一个至高无上的人格化"神"的信仰，本质上并无不同，只是由于人对世界认识手段的进步，导致信仰对象发生了变化。假设有一天，现存的所有科学体系被发现不过是一个被预设好的程序，那么信仰坍塌的时刻，人是应该高呼"上帝死了"，还是"科学死了"？

《光明王》其实就是在反思这种信仰。对于凡人而言，高科技、永生都已经是超乎理解的神的恩赐。但读者知道，那些所谓的"神"，不过是一群同样自私自利的人。永生在这里不是神性的体现，相反，它是一面镜子，映照出无限的生命下有限的人性。人性没有随着科技的发展、寿命的延长、资源的极大丰富而进步。人类依然贪婪、恐惧，想用尽方法维持自己的权力。这也是许多反乌托邦小说里的矛盾根源所在。技术和哲学宗教的发展总是不匹配的，而且技术总是走得更靠前。从《美丽新世界》到《使女的故事》，无数作品都指出，人要警惕统治者借哲学或宗教的名义而使技术成为奴役的工具。

有限的人性，尤其是统治阶层的人性，不会随着资源、环境、技术而进步。这个观点是几乎所有幻想故事的潜在假设。在古希腊时期，这个故事就是普罗米修斯盗火，在"近未来"就是《一九八四》《美妙新世界》，在"远未来"就是《光明王》。

在幻想故事之外，也有与《光明王》中的社会体系比较接近的例子，一是战国时期法家的代表著作《商君书》。《商君书》里提出了统治者治理人民的几大手段：第一就是弱民，让民众贫弱；第二就是统一思想，愚民。在《光明王》里，为了维持"神明"的统治，凡人每一次发明出机械、印刷术、开瓶器等等，都会被"神明"亲自毁灭，"神明"

遏制任何科技独立发展的苗头，这就是弱民。另外还有心灵探针，凡是对"神明"有不敬思想的人，在下一次轮回，也就是意识上传的转生中，就会被打入低等级，这就是愚民。如果商鞅有了《光明王》里的技术，变法实施起来可能会更顺利。

第二个例子是陀思妥耶夫斯基的《卡拉马佐夫兄弟》，其中对于人的信仰也有极精彩的思辨，如著名的篇章"宗教大法官"。这一章指出，奇迹、神秘和权威，是人世间能征服和俘虏普通人的三种力量。这三种力量阻止人类达到真正的自由，是自由三敌。在陀思妥耶夫斯基的思考中，奉耶稣之名的大多数人并不是因为其教导而信奉，而是因为神迹和强大的传教体系而信奉。哈耶克进一步指出，人类并没有那么热爱自由，因为自由意味着对一切选择后果的承担，人类中到底有多少人拥有对自己选择后果负责的能力？所以普通人选择信仰，不管是信仰人格化的"神"，还是信仰《光明王》中掌握了科技和永生权力的"神明"。

近代科学的发展使得唯理性主义大行其道，科学技术带来的器物文明给了许多人以坐井观天的眩晕感，于是，人们认为可以通过"科学"计划创建人间天堂。这是宗教世俗化后，人类自以为可以参照的奇迹。这种奇迹因祛魅化程度高，更容易迷惑人，但是实际上，它并没有我们想的那么坚实。很多在宗教语境中被充分讨论的问题，到今天仍然适用。《光明王》正是意识到了这一点。它把场景极端化，极端到一个科技已经发展到无所不能的时代，再展现给读者：社会制度也好，人性也罢，依然和几百几千年前一模一样。

第三个问题，人何以为人？

《光明王》中的"永生"是通过意识上传实现的，如今看来可能不算是新颖的科幻概念。实际上，从古希腊时期开始，人们就开始探讨"什么是人"。忒修斯之船是公元 1 世纪时的希腊作家普鲁塔克提出的一个问题：如果忒修斯船上的木头被逐渐替换，直到所有的木头都不是原来的木头，那这艘船还是原来的那艘船吗？在普鲁塔克之前，赫拉克利特、苏格拉底、柏拉图都曾经讨论过类似的问题。近代霍布斯和洛克也讨论过。把"船"换成"人"，就是科幻作品中常讲的故事。无论是《黑客帝国》里所有人全部进入虚拟世界，还是《攻壳机动队》里的义体替换，或者是《光明王》中的意识上传达到轮回永生，都是同一主题的不同形式。

在《光明王》中，对这个问题的解答比较模糊。作者让萨姆和他转世前的恋人迦梨女神辩论——在这一世他们是敌人。迦梨认为自我是不随身体的改变而改变的，上一世的爱情，这一世仍然存在，但萨姆不这么认为。

> 他说，你所记得的并不是那个男人，而是你们俩一道驰骋于血腥战场的日子。世界已经驯服多了，而你渴望着昔日的铁与火。你以为自己心中所想的是那个男人，但真正打动你的却是你们曾经共同分享的命运；那命运已然成为过去，但你却将它称作爱情。

这里，其实是否定以共同经历、情感来定义人。经历本身并不是人的重要组成部分。身体转换时，一个人会保留相似的大脑模式，尽管此时他已经在使用另一个大脑。无论脑中流过何种思想，思维方式却是各人独有的。

到底是什么决定了一个人的自我？这个问题讨论了几千年，仍然没有确切的答案。各种科幻作品、哲学思辨对此的讨论非常丰沛。而在现实生活中，意识上传离我们也并不遥远。比起基因修改技术，目前看来意识上传可能真的是人类实现永生的一个最可行的方向。

写作特色

文本分析的部分就此完结。最后我想简略提及《光明王》写作上的特色。首先是文笔。泽拉兹尼文笔优美，与作品在主题上对美的追求也互相契合。大量的情景描写、心理描写、诗歌、神话传说的互文，制造了极强的沉浸感。

其次就是以历史为背景的幻想作品，特别是科幻作品的意义。之前提到了从托尔金到泽拉兹尼再到马丁的传承，在奇幻作品中，借史已是主流手法，但在科幻作品中，历史科幻或者有强烈历史文化背景的中文原创科幻作品还比较边缘。其实，在国内作家群体里，已有不少关于历史科幻的优秀作品，比如钱莉芳的《天意》《天命》，长铗、拉拉、宝树、飞氘等新一代科幻作家的作品，都从中国或世界历史中汲取了大量养分。这个类型值得关注的原因，正是之前提到的，从"新浪潮"运动以来，当代科幻创作与更广阔的文学传统的融合是大势所趋。越来越多的科幻作者不满足于模仿早期作品，写作完全类型化的点子故事，而是积极利用来自纯文学乃至整个文化传统的养料，为作品服务。在这种情况下，如何做中文语境下的整合与创新，是摆在所有创作者面前的问题。

历史与文化无疑是中文创作者的富矿。中国古代神话、历史、小说等叙事中，有很多具有现代精神的内容，也等待着新的发掘和演绎。近百年前，鲁迅以《故事新编》承接历史与传统，反思、回应急剧变化的时代，在今天，我和许多年轻的创作者一样，关注科幻特有的思维方式，试图以科幻作为方法，搭起连接传统与未来、东方与西方、人文与科学、现实与想象的桥梁，让科幻不再是面对狭窄读者群体、有独特评判体系的审美和智力游戏，而是真正参与到整个社会的文化建构中去。我希望，"科幻"的边界由此被推动，最终充分融合于"文学"这个更广大的领域。因为科幻是形成和表达想象力的最有效方式之一，而正如托卡尔丘克所说，想象力的缺乏使得世界沦落为可以被切成碎片、被耗尽、被毁灭的物体，因此我们必须讲述故事，"仿佛世界仍然是一个鲜活的、完整的实体，不断在我们眼前成形，仿佛我们就是其中一个个微小但强大的组成部分一样"。

作者简介

慕明，本名顾从云，推想小说作者。曾获中国科幻银河奖最佳短篇小说奖、全球华语科幻星云奖年度新星金奖、豆瓣阅读征文大赛奖、未来科幻大师奖等奖项。作品散见于网络、期刊、选集，出版中文中短篇小说集《宛转环》，意大利文个人选集《涂色世界》。多种作品被译为意大利文、英文、日文、法文等。

人类的现代神话
——读《2001：太空漫游》

◎ 韩　松

　　英国作家阿瑟·克拉克的《2001：太空漫游》，是我较早读到的外国科幻小说。后来才知道，还有同名电影。那部电影，由克拉克跟库布里克合作，堪称永恒的经典。刘慈欣说过大概这么一句话：他的所有作品，都是对克拉克拙劣的模仿。而克拉克也是我崇拜的作家，我早期的一些作品，如《宇宙墓碑》《没有答案的航程》《灿烂文化》等，实际上也有向克拉克学习的成分，只是侧重不同，我可能更多关注了他作品中弥漫的神秘气息。

　　《2001：太空漫游》是科幻的"圣经"。它有多个中文译本。我家里的书架上，便有延边出版社、内蒙古出版社等"古老"版本。世纪文景杨越江女士编辑的一套则颇为经典。最新的是上海文艺出版社 2019 年版，现在也放在"微信读书"上，有几万人在读。可见这本书在中国有多么受欢迎。而我最怀念的，是我最早读到的版本，它收录于上海文艺出版社《外国现代科学幻想小说》下册。1984 年 7 月，我刚入大学，一位学长带我们购书，他说校外的出版社来学校销售库存书。在学校食堂里，真的摆了好多书，科幻书特别多。这应该跟 1983 年全国整顿科幻有关，很多杂志停刊，图书也不出了，库存的都拿来卖。我买到了这本书，只是下册（上册没见到），里面刚好有《2001：太空漫游》。我一口气读完。如今距它首次面世四十多年了，但它仍然激动人心。那是一种持久不衰的标准科幻模型，很能代表科幻的经典审美，也反映了人类在太空时代黎明期对宇宙的想象，亦可能是人类成为智人以来就具有的对自己命运的憧憬。

《2001：太空漫游》1968 年初版书影

令人最震撼的，是这部书对人类文明在宇宙中归宿的描述。克拉克把个体的命运，与人类作为一个种群的走向结合起来，从最开始的猿人部落，写到跨越至太空时代的人类，他们如何向宇宙边疆开拓，最后进化成神一样的超人，读来就像感受到一股滚滚向前的巨大洪流。科幻的魅力便在此显现。作者面对星空，做出终极思考，从中产生新的思想，而作者对人类的倾情关爱也在其中流露无遗。还在 1969 年，克拉克就为人类在 21 世纪的生存忧心忡忡，他写到了人口问题，预言人类数量将达六十亿，三分之一在东方，有的国家不得不立法规定一个家庭只能生两个孩子。他认为那时将有三十八个拥核国，人类逞强斗狠的本性未消，随时会有一场核战争，把地球削去一层皮；人类彼此对立，走向自我毁灭的边缘。现在看来，这个预言并没有过时。这部小说也让人意识到，在浩瀚的宇宙中，几十亿人是多么渺小。克拉克说，一族人抬眼看星空，感到的是敬畏、惊奇和孤寂。这部书带来的一个宏大思想，便是在克拉克看来，人到宇宙中，不一定是去寻找资源，而是要找到一个答案，那便是生命的归宿是什么，存在的意义是什么。这样的哲学命题，也正是科幻独具的思想实验。作者把人类作为一个整体来写，而不满足于个体的卿卿我我。原始人望月也好，弗洛伊德博士也好，宇航员鲍曼也好，他们都是人类集体的代表。所以读《2001：太空漫游》，像在读汤因比写的那种历史大书。科幻小说是被拿来与现实作对比的，它映射和反思现实，也超越现实。因此它也成为一种历史小说，记载过去、现在、未来的历史，是人类、生命、宇宙的通史。它让历史在假设的现实中徐徐展开。具体而言，这部书选取了五个历史片段：一是几百万年前一个原始人部落的生存；二是2001年发现黑石后科学家由地球至月球的一段旅程；三是宇宙飞船"发现号"的土星之旅；四是宇航员鲍曼在世界另一端的经历；五是太空婴孩回到地球面对人类自我毁灭时的抉择。这里面容量极大，信息量极大，是上帝那般的全视角。这是那种靠单个科幻小点子弄出的作品替代不了的。我有时想，像鲍曼那样的太空孤独旅行，换一个编剧会怎么写，他或许会觉得这样是难看的，大概会设计一个女主人公吧，让两人在飞船上产生爱意。《太空乘客》便是那样的商业电影。这也是可以的，却不是《2001：太空漫游》这样的感觉了。

因此可以说，这部书是有宗教性的。科幻小说是出现在文艺复兴和工业革命后的文学，是"上帝已死"后的一个文种，但悖论在于，近代以来的西方科学家大都是宗教信徒。而随着自然科学的进步，就重新提出了一些命题：我们的宇宙，它的真相究竟是什么？作为自然力量的上帝，会不会存在？量子力学的结论甚至也跟佛教的教义暗合了。在克拉克的这部小说中，人被上帝一样近乎全能的外星人造了出来，然后，他要去找这造物主，最后与这至高无上的神融为一体。《2001：太空漫游》，按照英文名字应该译成《2001：太空奥德赛》。《奥德赛》又叫《奥德修纪》，是古希腊最重要的两部史诗之一（另一部是《伊利亚特》，二者统称《荷马史诗》），它写了奥德修斯十年海上历险，包含了许多远古神话，反映了神奇的自然现象，以及希腊人同自然的斗争和胜利。所以说，克拉克这部小说，反映的便是西方文明这么一种具有神性的渊源，也让人看到科幻的真正源起。我们很难在中国的传统小说，比如侠义小说、公案小说、神怪小说、胭脂小说中，发现这样的传统，并创造出这样的作品。克拉克提出的一个命题，是说人要有敬畏，这使得他的许多小说如《与拉玛相会》《童年的终结》《天堂的喷泉》中，都笼罩着宗教般的神秘感。比如《2001：太空漫游》中黑石的意象，是高科技的，同时也是神秘主义的。那个创造人类的物种，始终没有真正露面。克拉克只是说，他们是类似上帝一样的存在。但留下的疑问是，他们播种了人类，但又是谁创造了他们呢？为什么宇宙中一定要孕育出生命及智能生命呢？这是这部作品很宝贵的精神价值，是它最让人着迷的部分。据说，拍电影时，一开始，克拉克和库布里克就商定，不是要拍成一部探险电影，而是要拍一部神话。这才是"奥德赛"。那些经典的科幻或者文学艺术，在根本上都具备了神话的特质，拥有终极的追问。这也在很长一段时间以来，为西方科学和哲学制造出源源不断的生长因子。反观我们自己，有一些国产科幻电影和科幻小说，在这方面是肤浅的。作者对科技的理解和认识很淡薄，也缺乏对大自然的敬畏，想象力欠缺，抛出的点子毫无惊奇感，思想和精神几成空白。

让读者感到非常激动的，还在于《2001：太空漫游》对于科学技术和大自然所进行的精准翔实的描写，这样高浓度的技术含量也为后来的科幻创作树立了标杆，相当完美地揭示了科幻这种新文本的审美意义。克拉克本人在这方面背景扎实。他从小热爱科学，曾用自制望远镜绘制过月球地表图。他曾在英国皇家空军担任雷达师，在伦敦国王学院获得数学和物理学士学位，并长期担任英国星际协会主席，提出过同步轨道卫星、太阳帆船、太空电梯等设想。这些都需要扎实的科技功底，以及对科学的深刻认知。科幻的魅力，首先就在于它的科学美学意义。它要像新闻报道或科学报告一样，对假设的情境，格外逼真地做出符合科学逻辑的描写，让人如临其境，以假为真。读《2001：太空漫游》，感觉就像是读 NASA 的航天记录，又像读获普利策奖的报告文学，每

《2001：太空漫游》电影海报（1968）

一个细节都极具说服力，仿佛准备好了要论文答辩。这时神话的感觉似乎消解了。读者看到的，是宇宙科学、行星科学、太空技术、人工智能、生命科学、神经科学、人类学等各种让人眼花缭乱的知识扑面而来，而且即使过了半个世纪也极具魅力而不过时。在这部书中，我们看到了真实的太空站、月球基地、利用冬眠技术载人航行、通过了图灵测试的人工智能，此外还有对地球、太阳系其余行星、系外星系、系外文明等的精彩描写，这无不是科技本身和自然本身的美。作者也把科学公式展开成画面。因此我们说，好的科幻一定是可以拍成电影来看的。克拉克对未来科技发展的预言也令人吃惊，书和电影中都出现了"新闻板"，类似于今天的iPad，可以在太空中即时浏览电子新闻，而传统的报纸则已经消失。他还预言了计算机将利用人工学习进化出发达的神经网，并像人类一样思考。他的描写是精细化的，比如对弗洛伊德从地球到太空站再到月球的行程不惜笔墨，太空船的布置、空间站里的功能，还有月球飞船的食品和厕所，都有细致入微的书写。有人拿这部作品来跟阿波罗飞船、太空实验室和航天飞机的实际情况作对比，甚至觉得小说还要好一些。在这些技术性的描写后面，还有着大量的基础科学叙事，比如狭义和广义相对论以及量子力学。这部书不是简单地写发明创造，不是简单地写工程学，而是构筑了一座自然科学的大厦，从原始社会开始讲述人类三百万年的科技进步史，而这根本上决定着生物在宇宙中的命运。克拉克还对科技的双刃剑表示了担忧，小说中弥漫着核武器和人工智能的阴影。这反映出，科技最根本的还是要讨论人的问题，它在作为工具理性之外，还要由人来主导，要服务于人的存在意义，表达爱和善。只有在这个层面，科幻才是对时代的一种回应。它是这样的一种新型的文类，具有深刻而强烈的人文主义关怀。

而我们进一步看到，上述这一切已经包含了优秀科幻所具有的强悍想象力。如果没有独特的想法，没有让人叫绝的"脑洞"，科幻就失去了意义。《2001：太空漫游》在这方面让后来者仰视。克拉克用他的科技知识，推理出了失重环境下的生活，未来的新发明创造，月球上的神奇景观，飞过小行星带、木星和土星时的遭遇，尤其是还描写了穿越"星门"，到达数百万光年外的世界，他甚至对那个世界的状况做出了异彩纷呈的想象。不仅如此，他还构思出了种种匪夷所思的情节，包括猿人智力提升、月球上发现黑石、隐藏了目的的人类星际旅行、人工智能的意外反叛、外星智慧为人类安排的接待，可以说步步惊心，出人意料而又合乎情理。最光辉的还是思想上的，小说提出一个假设，即人类是外星人的实验品。这其实是有争议的，这样的提法曾经被公开批判为伪科学。但克拉克却可以天马行空去想象，这样的智力驰骋让人不寒而栗。这样也便营造出了科幻必需的一种东西，即通过超出常规的想象，构造出疏离感、陌生感和惊奇感，用"假如这样，那将如何"的思维，最后让人"啊呀"叫出声，说"怎会如此"！这样的想象力，便是创造力的源泉。许多人正是读了克拉克的小说，走上了探索科学发明创造之路。但不仅止于此，最令人惊异的是，科幻作家能够把疏离、陌生和惊奇当作平常来书写。这部书从头至尾体现的即为这种平常，读后让人感到大道至简。其中，我体会到了一种自由。自由，是科幻的灵魂。

《2001：太空漫游》让我们重新审视科幻的由来。世界上第一部科幻作品就诞生在克拉克的祖国英国，是1818年的《弗兰肯斯坦》，作者为玛丽·雪莱。某种程度上，克拉克代表了黄金时代欧美科幻的巅峰。科幻其实是文明的反映，需要长久的积累。如"奥德赛"给出的启示，它的旅程从希腊时期就开始了。在克拉克的身后，还站着许多人：托马·斯莫尔、玛丽·雪莱、威尔斯、赫胥黎、克拉克、奥尔迪斯、亚当斯、巴拉德、戈尔丁、奥威尔、笛福、柯南道尔、罗琳、托尔金，以及牛顿、达尔文、霍金、瓦特、图灵、培根、史蒂文森、克里克、莎士比亚、狄更斯、勃朗特、毛姆、阿加莎·克里斯蒂、福赛斯、丘吉尔、弥尔顿、布莱克、雪莱、华兹华斯、柯勒律治、拜伦、济慈、亚当·斯密、密尔、李嘉图……当年英国成为世界上第一个实现工业化的国家，成为用几架炮、几只船就打败中央帝国的国家，秘密可能就在这里。当时它拥有着不断挑战人类认知极限的勇气和知识储备。西方国家如今出现了种种问题，但是这个社会及其文化仍然值得去认真阅读。克拉克的作品便是我们更好地了解西方文明的一个窗口。我很感激克拉克，他为一个走向现代化的古老民族带来了崭新的思想火花，并在这片土地上燎原，最终产生了《三体》这样的优秀精神产品。《2001：太空漫游》让人重新思考西方文明，而不是轻视它。正如这本书喻示的，这个文明始终存在内在的困难和障碍，而它与人类的其他文明一起，在灾难中不断进取，也在追寻我们共同的出路。这部书也让人反省自身的文明。《2001：太空漫游》是一部探讨如何理解不同文明、探寻不同文明如何相处的小说。是冲突还是并存，或者有另一种选择，这是当代的课题，也是未来的主题。克拉克引发的思考是永恒的。

我曾差点有一次机会与克拉克见面。20世纪90年代后期，我被单位选中，要外派到斯里兰卡。克拉克晚年成了斯里兰卡公民，长年居住于此。这件事本身很神秘。他为什么要离开西方文明的中心而到斯里兰卡居住呢？我当时十分兴奋，甚至开始筹划如何登门拜访这位巨人。但是，我的领导却一再挽留，不让我去，说国内工作离不开我。我很听话，便留下了。这成了极大的遗憾。2008年，克拉克在斯里兰卡去世，终年90岁。他的墓志铭上写着："他从未长大，但他从未停止成长。"我很感谢让我能在读大学时就买到克拉克作品的那个时代，彼时全社会充满了向外探索而思想解放的气息，也洋溢着自由的童心和冒险的梦想。我很欣慰的是，作为人类一员，我在精神上与克拉克是一体的。

作者简介

　　韩松，科幻作家。中国作家协会科幻文学委员会副主任。曾获中国科幻银河奖最佳短篇小说奖、最佳图书奖，全球华语科幻星云奖最佳长篇小说金奖、最佳短篇小说金奖等奖项。代表作有《地铁》《医院》《红色海洋》《火星照耀美国》《宇宙墓碑》《再生砖》等。多种作品被译为英文、法文、日文、意大利文等。

初遇的你，却给我最深的无视

——再读《与拉玛相会》

◎ 凌 晨

《与拉玛相会》1973 年初版书影

回忆那些督促我走上科幻创作道路的图书，有三本至关重要，分别是库尔特·冯尼古特（Kurt Vonnegut）的《猫的摇篮》、村上春树的《世界尽头与冷酷仙境》以及阿瑟·克拉克的《与拉玛相会》。这三本书都以极其克制的客观理性叙事风格，却说着最不可思议的幻想故事。套用时下的流行语，就是一本正经地胡说八道。

尤其是《与拉玛相会》。在小说出版的 1973 年，喜欢科幻的人们沉浸在《星球大战》和《星际迷航》的宇宙之中，渴望星空，憧憬或者恐惧与外星人的接触。

这时候阿瑟·克拉克却说，外星人嘛，肯定是存在的，但是——他们可能根本不会搭理我们，既不友好，也不存敌意，完全当我们人类是空气。

为了让普罗大众能更好地理解自己的这个观点，阿瑟·克拉克写了这个故事——《与拉玛相会》。故事是这样的：在22世纪，一个五十公里长的圆柱体形外星飞船飞进太阳系，这可把人类吓坏了，赶紧组织探险队前去调查。人类给飞船起了个名字叫拉玛。拉玛中没有任何外星人存在，只有无比宏伟的城市和周而复始的生态循环，令人惊叹。飞船完全不理会探险队，自顾自地朝太阳系外飞去，探险队最终只得撤退，期望日后再与拉玛重逢。

《与拉玛相会》的故事情节很简单，就是对外星飞船进行探索。然而，读者一直期盼的与外星人之间的相遇——外星飞船飞进太阳系，飞到地球附近，总不会是来打酱油的，一定是要和人类发生点什么关系，是遭遇不测来向人类求救？还是有备而来意图不轨，要打劫人类？还是定时巡查，来看看人类文明发展的程度，以继续"人类文明培养"的宇宙级任务？……读者脑海中已经浮现出上百种可能。

但直到故事最后，人类探险队都没有遇到外星人，尽管飞船上有无数外星人存在的痕迹，可是人类理解不了那些痕迹中包含的信息，最终也无法给出一个能自圆其说的有逻辑性的答案：外星人为什么要打发一艘空飞船穿越太阳系。

外星人还真是来打了一回酱油。

读者满满的期许瞬间瓦解甚至崩溃，原本以为的种种激烈剧情全然无踪无影！读者和书中探险队的成员同样感受到了极度失望的空虚。

我们怀着初恋少女般羞涩的忐忑，等待与外星人的第一次相遇。外星人却连背影都不给我们，就离开了我们的视野。那姿态像极在大路上行走的猎人，对脚下的蚂蚁毫无察觉。

阿瑟·克拉克给出了第三类接触即实体接触的最极端可能。

犹记得看完《与拉玛相会》后，我掩卷呆坐，大脑一时空洞无物的情景。在巨大的失落中，宏大的宇宙显现。身为人类的认知，其实很少，相对于整个宇宙，近似于微不足道。

我被这故事深深震撼。科幻的奇观带来的触动，在我身体的神经网中久久回响，最终成为强大的力量，引导我一步一步走上科幻爱好以及创作者之路。

因而，我觉得每个科幻迷都应该看这个故事——《与拉玛相会》。

这个故事对我的影响是深刻的，它让我摆脱了"人类中心论"，感知宇宙之大而人类之渺小，学会辩证思维——事物都在发展和变化，僵硬地将某种理论视为不可动摇的真理，则必然远离真理；真理存在着适用范围，必须以实践来检验。

许多读者也和我一样，被《与拉玛相会》的内容冲击了心灵。这本书一出版就得到极大关注，获得了雨果奖、星云奖和约翰·坎贝尔纪念奖，还有轨迹奖、木星奖、英国科幻协会奖，成为阿瑟·克拉克最重要的作品之一，入选《轨迹》杂志有史以来伟大科幻小说榜单，入选美国全国公共广播电台有史以来 100 大科幻、奇幻小说榜单。《与拉玛相会》的学术评价和大众口碑惊人地一致，研究者和读者都督促阿瑟·克拉克继续创作续章，最终组成了"拉玛系列"科幻小说，和克拉克的另外一个系列"太空漫游"科幻小说分量相当，成为他晚年创作的核心内容。

不过，我对后续的《拉玛2号》《拉玛花园》以及《拉玛真相》实在是没有阅读第二遍的兴趣，作者抽丝剥茧给予的真相稀释了《与拉玛相会》所制造的惊悚与悬念，最终落于平庸的故事模板之中。也许是因为与他人合作的原因，续作才无法维持初作的水准。

阿瑟·克拉克是 20 世纪美国科幻黄金时代最杰出的科幻作家之一，毫无疑问是位超级牛的大咖，牛到什么程度呢？

同样身为美国科幻黄金时代最杰出的科幻作家之一的艾萨克·阿西莫夫曾坦言："在任何时候我都必须坚定地认为阿瑟·克拉克是这个世界上最好的科幻作家（同时我将接受第二的位置），同样，阿瑟·克拉克必须同样坚定不移地认为阿西莫夫是这个世界上最优秀的科普作家（这第二的位置也非他莫属）。"

因为只有拥有对科学的理解才能写出科幻小说，科幻小说作家很多时候也是科普作家。这倒是提醒了我，如何判断一个真正的科幻作家？那就是看他是否写过科普类文章。优秀的科幻作家无疑都是科普好手。阿瑟·克拉克写过大量关于航空航天的科普文章，还担任过好多年的英国星际协会主席。

阿瑟·克拉克将科普属性运用到了科幻中，他的科幻小说因此具有了独特之处。

首先，阿瑟·克拉克的科学素养特别扎实，扎实到他可以对科学的发展做出前瞻性的指导，不是幻想，而是实实在在的前导性研究。这与他获得过数学和物理学学位有一点关联，但有两门学科学位的人很多，我们却只有一个克拉克。

1945年，在军队服役时当过雷达技师的阿瑟·克拉克在《世界无线电》杂志第10期上发表了一篇论文《地球外的中继——卫星能给出全球范围的无线电覆盖吗？》，详细论述了卫星可以通过转发器来传递和放大无线电通信信号，为地面发射站与接收站建立中继通道。这一设想为今后全球卫星通信奠定了理论基础，并在1960年变为现实。人们因此将距离地球4.2万千米处的同步卫星轨道命名为"克拉克轨道"。

阿瑟·克拉克后来写了以"太阳风"为动力的太阳帆船，引起了美国宇航部门的注意；他写了太空电梯，科学家们至今仍在研究电梯需要的材料；他写了行星级飞船的航行要"借助木星重力场的加速"，"旅行者号"探测器正是顺利地借助了木星的引力，朝土星的方向进发；他构想2019年的生活有电子邮件、家用电脑和3D电影，今天这些都实现了。

阿瑟·克拉克在作品中还提到了中国太空站："2010年主人公弗洛伊德再次乘坐飞船离开地球时，看到了中国的最新太空站。"2011年9月我国"天宫一号"发射，与他的预言只相差了一年时间。

科幻小说并没有科学预测的任务，但科幻小说由于过于较真技术细节而不小心被未来实现，这种情况确实出现过——就像买彩票中了头奖，是特别稀少的事情。

所以，像阿瑟·克拉克这样，写一本书就言中一个未来的，简直是只有穿越者才做得到的神奇。

阿瑟·克拉克的作品中还有 2021 年人类登陆火星，2023 年克隆恐龙，2030 年神秘的外星人终于造访地球……

所以我们一定要好好活着，看看这些事情是不是真的会发生。

关于科学，阿瑟·克拉克还提出了"克拉克基本定律"，有三条：

1. 如果一个年高德劭的杰出科学家说，某件事情是可能的，那他可能是正确的；但如果他说，某件事情是不可能的，那他也许是非常错误的；

2. 要发现某件事情是否可能的界限，唯一的途径是跨越这个界限，从不可能跑到可能中去；

3. 任何非常先进的技术，初看都与魔法无异。

《与拉玛相会》中，外星飞船拉玛的种种科技，在人类眼中就如同魔法一般。阿瑟·克拉克以扎实的科学基础和足够天马行空的卓越幻想，打造出拉玛世界令人惊叹信服的细节。

阿瑟·克拉克去世前的几个小时，一波伽马射线大爆发抵达地球。这些来自 75 亿年前，宇宙大爆炸时代出现的射线创造了一个新的纪录，即人类有史以来肉眼可见的来自最远地方的光。该事件被命名为"克拉克事件"。

这是人类世界对阿瑟·克拉克最好的致敬。

1953 年，阿瑟·克拉克发表了他的重要作品《童年的终结》，深入探讨外星文明对人类文明的影响。《童年的终结》给科幻读者和作者带来了巨大冲击，影响深远。在 1988 年《轨迹》杂志读者投票中，《童年的终结》位列"永恒经典"排行榜第三位。

《童年的终结》的故事可以用一句话概括：外星人在数百万年前创

造了人类，并将在某一天回来拯救人类，使人类免于自我毁灭。

这个概括未免简单粗暴，但克拉克当时可能的确这么想，小说中的宗教意味非常浓厚。外星人等同于神明，带给人类恐惧，也带给人类希望。

但二十年后，同样是讨论外星文明对人类文明影响的《与拉玛相会》，阿瑟·克拉克完全改变了想法。外星人对于人类依然是如同天神的存在，却是一个将人类视为空气的天神。

《与拉玛相会》的英文名字为 *Rendezvous with Rama*，Rama 就是外星飞船的名字。早期中文译本直接音译为拉玛。后来有研究者指出，Rama 应当译为罗摩——印度史诗《罗摩衍那》里的一位英雄，印度教中的神明，才符合阿瑟·克拉克的本意。因而此书在国内后来的中文版本，就都译作了《与罗摩相会》。我个人还是比较喜欢拉玛的翻译，就像我喜欢机器猫而不愿意去记哆啦 A 梦，没有什么原因，习惯了而已。

《与拉玛相会》中的拉玛，是一个独立的内封闭循环系统，它的复杂程度远远超过了人类对一艘飞船的想象。人类的天文学家起初以为它是小行星那样的天体，但它是巨大的，重量超过 10 万亿吨。它以不可思议的速度在太阳系中飞驰而过。然后，太空探测器证实了这一不可思议的事实：拉玛不是自然物体。令人难以置信的是，它是一艘星际飞船。

这个发现令整个人类社会震惊，联合行星组成了专门的拉玛委员会，全太阳系的人都在关注即将开始的拉玛考察，水星人甚至为了预防拉玛的潜在威胁发射了导弹。但是对这些，拉玛都毫不在意。

拉玛考察开始了，拉玛世界处处令考察者惊骇。阿瑟·克拉克以抽丝剥茧的方式，通过人类考察者的视角，一点点将拉玛世界呈现在我们眼前：

　　过了两秒钟，这世界就被照明弹照亮了。这一次，他没有失望的理由了。

即使这枚 100 万烛光的照明弹也不能把这巨大的空洞照得通亮，但已足够使他抓住它大体的样子和鉴赏着那巨大的尺度了。他是处在一个至少十千米宽，长度还不能肯定的圆柱体里的一端。从他在中心轴线位置的角度来看，围绕他的是一个曲线的壁。他所看到的是这个被一颗照明弹照亮的整个世界的地平线。他要把这景象凝结在他心里。

这平台包围住他，由两边伸延到天顶会合。不，这印象是错的，他必须放弃在地球上或太空中所熟悉的概念，他要适应这新的坐标系统。

他并不是在这奇怪的、反转过来的世界的最低点，而是在最高点。从这里看，所有方向都是向下，而不是向上。如果他从中心轴的位置走向那弯曲的墙，引力便会逐渐增加。当达到圆柱体的内表面时，在任何点上他都能够直立，脚向着星际，而头朝着旋转的鼓的中心。这种概念是相当熟悉的，自从最早的太空飞行以来，离心力便被用来模拟地心引力。但把它使用在这么巨大的空间里总不免使人迷惑，甚至震惊了。最大的太空站，新克莎5号，直径还不到 200 米。对于这个大了 100 倍的尺度是需要一些时间来适应的。

这个包围着他的管状的地平线被光和阴影所显示出来的东西可能是森林、平原、冻结的湖或者城镇；至于远一点的地方，因为照明度减弱而难以辨认了。窄的线条可能是公路、运河或者是修砌得很好的河，形成了隐约可见的地形网；沿着圆柱体一直到视线的尽端，是一圈更深的暗色的带。它形成一个完整的圆，绕过这世界的整个内部。牛顿突然想起了古人曾经相信过的那个传说中的环绕地球的大洋海。

考察者们逐渐深入拉玛世界，他们发现了海洋，目睹了日出、暴风……还有许多种不可思议的机器生物：

> 蜘蛛是一种活动感受元件，起到看和摸的作用，监视整个拉玛内部。有一段时间曾经有几百只以高速度活动，但不到两天就几乎跑光了，现在难得见到一只。
>
> 它们让位给一群更加醒目的家伙，要给这些家伙起个名字却极费心思。它们好像大脚掌的"洗窗工"，看来是专为擦亮那六条拉玛人造太阳而设的。它们庞大的影子横跨整个世界的直径，有时竟造成对面一端的暂时日食。
>
> 螃蟹像是"清道夫"，一队这样的家伙曾到过阿尔法营地，清除了四周的垃圾；要不是牛顿和麦瑟坚定地站在它们面前，双方紧张地对峙了片刻，它们会把一切都搬走的。此后，清道夫们似乎明白哪些东西是准动的，并按期来清扫。这倒是很好的安排，显示出高度的智慧——是清道夫自己，或是藏在某处的控制者。
>
> 拉玛处理垃圾的方法很简便：全部抛入海里，在那儿变成以后可以再利用的形式。整个过程极快，决心号一夜之间就不见了，鲨鱼同清道夫大概没有多大差别。
>
> 卢梭每发现一种新型的生物人，并用望远摄影镜头拍下一些精彩照片就感到无比高兴。不幸的是，最有趣的品种都在南极那边，围绕着大角小角在干着什么神秘的工作。有些像带吸盘掌的蜈蚣，似乎在检查大角。卢梭在较低的尖峰上，又发现一种介乎河马与推土机之间的粗壮家伙。还有一种好像双颈的长颈鹿，其作用活像是活动的起重机。

读者跟着探险者的脚步，焦灼而好奇地期待着拉玛人的出现。探险者走进城市，切开一座建筑的墙壁，深入其中，他们看到了水晶柱中的全息影像，以及拉玛人的宇航服：

在一个两米直径的柱子里面，是一件精心制造的战袍，或者说制服，很明显是为一种比人高得多的直立的物类穿用的。中间是一条金属带，围着腰或胸廓或地球上没有同等分类的部位，从这儿斜斜地向外伸出三条细筒，显然是为上肢而用——一共三只臂。

服装上还有很多凸出的袋盒、扣环、弹带之类的东西，从它们上面伸出一些工具，有管子、放电棒，甚至一些在地球的电子实验室里常见的小黑匣子。整套装备几乎像太空服一样复杂。虽然很明显，它只提供它所供穿戴的物种的一部分。

拉玛人最终都没有出现。至此，作者完成了拉玛世界的完整构想。接着，拉玛就直奔太阳，充满能量后扬长而去。人类和地球就这样被冷漠无情地甩了后面。

书中最后总结：

拉玛人把太阳系当成加油站——补给站——随你怎么称呼，然后弃之如敝屣，继续上路，去完成更加重要的事情了。他们甚至有可能压根儿不知道人类的存在。如此彻底的漠视，比任何蓄意侵犯还要恶劣。

拉玛也好，罗摩也罢，总之这个大飞船在地球人类眼中是近乎天神派来的神迹。地球人胆战心惊地靠近它，进入它，发现了一个完整的文明世界。这个世界按照自己的节奏有条不紊运转着，人类的到来丝毫不能干扰它。

从外星人降临指导人类的《童年的终结》到外星人无视人类存在的《与拉玛相会》，阿瑟·克拉克正好经历了二十年的时间。他对世界的认知发生了很大的变化，视野突破了人类的束缚，站在了整个宇宙的立场上。于是，他找到了困扰人类多年的那个问题的答案：那些宇宙之中科技水平远远高于我们的文明种群，为什么对我们的存在、我们的呼喊无动于衷？因为在他们眼里，我们就如蚂蚁，看我们一眼是好奇，不看我们才是惯常。

作者简介

凌晨，科普与科幻小说作家。中国科普作家协会理事、科学文艺委员会副主任委员，中国作家协会会员，北京作家协会会员。担任中国科幻星云奖少儿作品组评委、中国科幻水滴奖小说组评委等。曾获中国科幻银河奖一等奖、二等奖、读者提名奖等。代表作为长篇小说《月球背面》《鬼的影子猫捉到》。

打破个人主义的崇高

——《与拉玛相会》英文新版序

◎ 刘宇昆 文　耿辉 译

2017 年 10 月 19 日，夏威夷大学天文研究所的天文学家罗伯特·威里克检查毛伊岛上泛星一号望远镜拍摄的照片时，注意到一个奇怪的物体正以每小时 196000 英里的速度高速飞离太阳。

这个物体最终被定名为 1I/2017 U1，并且被戏称为"奥陌陌"（Oumuamua，夏威夷语"侦察兵"的意思）。它"形似雪茄"（媒体多用这个说法来描述它，频繁得就像荷马用"玫瑰色手指"来形容曙光，假如你在谷歌输入"形似雪茄的物体"，现在排名靠前的结果多达数页都是奥陌陌），颜色偏红，长达数百米，直径大约是长度的十分之一。它像体操运动员一样翻着跟头，大约每七小时转动一周，沿双曲线轨道加速飞向太阳，进入（并减速离开）太阳系，这表明它显然不是起源于我们附近宇宙的小行星或彗星。其实它的官方正式名称就能表明它有多特殊："1I"——国际天文联合会命名的第一颗恒星际天体。

形状、速度、轨道——奥陌陌的一切信息都引起了公众的遐想。它是外星文明派来观察太阳系的探测器？是满载神秘装置和器物的太空飞船？

正当这些猜测被付诸笔端，那位非比寻常的空中访客却离我们越来越远。科学界的主流观点认为它完全是自然形成的天体，也许是其他星系中类似我们奥特云的地方喷出的，不过我们也许永远不会如愿以偿地完全解开它的谜团。

与我们更加息息相关的是，在 1I/2017 U1 被命名为"奥陌陌"之前，有人建议用"拉玛"称呼它，而那，正是你们手中这本书（指《与拉玛相会》英文新版——编者注）里的外星航天器。

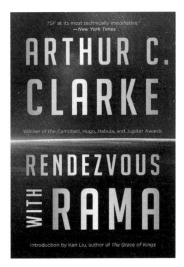

《与拉玛相会》2020 年刘宇昆作序版书影

2131 年，人类已经在太阳系大部分区域殖民。一个长五十公里、直径二十公里的圆柱形天体，以极高的速度沿着双曲线轨道进入太阳系，而且预计会以同样的速度离开，但它的起源我们不得而知。很快，科学家发现，这颗天体像子弹一样绕它的长轴高速自转，它显然不是自然形成的。一群无畏的探险者接受派遣，在这个神秘外星物体永远离开我们的控制范围之前，驾驶奋进号去对它进行研究。

这就是读者喜爱的硬科幻经典《与拉玛相会》的基本前提，这部作品的影响在全世界的文学和影视作品中随处可见，（正如"奥陌陌"的故事所描述）它激励了几代科学家和科幻读者。不过既然我们在如今这个时代阅读，而不是在 1973 年《与拉玛相会》出版之时，那么探究本书的妙处之前，我想说忽略它的缺点是不可能的，书中想象的未来跟我们如今的理想境界也相去甚远。

这不是一部旨在拷问特权或权力体系的小说，书中的女性角色屈指可数，她们出场时受到的凝视隔着一层滤镜，如你所知，这跟当时的主流叙事一样乏味透顶，书中缺乏一些声音去质疑和反对章节间充斥的殖民主义推断。（要明确的是，处于特权地位的人物也同样扁平失真，没有展现出更多精神上的复杂性和可靠性。这不是一部颠覆或刻意维护特权体系的作品——它只是对此视而不见，当作物理定律一样不去质疑。）在本书展现的未来图景中，有多元家庭、基因工程改造过的黑猩猩、根据科幻神话创立的新宗教、行星际政治……可是不知为何，这些都没有表露出根本的革命性，也无异于以20世纪70年代英美两国为模型的社会，只是奇迹般地抹去了一切对权力分配不均的深入挑战——即使在今天，我们仍然面对着同样的问题。

换句话说，这意味着本书根本就没有深刻的人物。我们觉得内心世界引人入胜或者表露出人性的人物，根本就没有。奋进号上的每个人物都清晰充分地体现出探索的本能和某种功能或作用；奋进号之外的每个角色，只不过是用来发表言论、进行某种政治或哲学讽刺的工具。

可是，尽管如此……这部小说还是迷人、动人、惊人。

我总觉得在某些领域"必须"阅读"经典"的言论令人生厌，仿佛此类作品是难吃但不得不吃的水煮蔬菜，或者是为了有资格发表观点而必须获得的徽章。经典不是必读，也无须捍卫。必须透过作品缺陷寻找其闪光点的看法也不应该灌输给别人。一部经典作品应该激励后来者取其精华，去其糟粕。尽管存在缺点，但是一部伟大的作品会经受时间的考验，愉悦新一代读者——因为书籍类似于人，都不完美，爱上具有深刻缺陷的奇妙作品是颇具可能的。

《与拉玛相会》继续收获着新一代读者的喜爱，因为它至少包含了两个角色，可以跟人类最伟大的文学艺术创作相媲美。

第一个是外星航天器拉玛。从北极的上帝阶梯到南极的大教堂，从圆柱海到微区域网格，克拉克的叙述举重若轻，唤起读者心中对大尺度、复杂性和神秘人工世界的敬畏感，仿佛把一颗星球从里到外翻了个个儿，让它显得比现实更真实。克拉克文学作品中蕴含的力量，媲美雪莱的《勃朗峰》和范仲淹的《岳阳楼记》，任何基于他作品的绘画、模型、电影改编或虚拟现实体验都无法与之媲美。结合工程技术说明一样准确的描述和以人为中心的形象比喻，克拉克展示出独一无二的技巧，把来自宇宙的外星造物刻画得形象易懂，但又没有剥夺诞生了它的想象空间。

面对日常经验之外的造物时，人类激情觉醒，克拉克因迷恋于此而成为这种长期文学传统（远比"经典科幻"更长久）的先行者和追随者。

And I have felt	我感到
A presence that disturbs me with the joy	仿佛有灵物，以崇高肃穆的欢欣
Of elevated thoughts; a sense sublime	把我惊动；我还庄严地感到
Of something far more deeply interfused,	仿佛有某种流贯深远的素质，
Whose dwelling is the light of setting suns,	寓于落日的光辉，浑圆的碧海，
And the round ocean and the living air,	蓝天，大气，也寓于人类的心灵，
And the blue sky, and in the mind of man:	仿佛是一种动力，一种精神，
A motion and a spirit, that impels	在宇宙万物中运行不息，推动着
All thinking things, all objects of all thought,	一切思维的主体、思维的对象
And rolls through all things.	和谐地运转。[1]

"浑圆的碧海"不假，华兹华斯和其他浪漫主义诗人醉心的崇高感，同构成经典科幻美学的惊奇感密不可分地联系在一起。只不过是有些人在大自然中发现，而另一些人在外星人、超巨型工程和未来中寻找。

崇高本身并不存在，而是需要与之面对的人类主体的参与（故而济慈把华斯华兹的美学描述成"个人主义的崇高"）。这就为我引出了本书中值得注意的第二个角色：你们。

把读者融入文本是现代文学评论的老生常谈，然而某件事常被提及不意味它必然是陈词滥调或有悖于真实。从本质上来说，是人类意识将文本整合并赋予含义，在此之前它们都是符号的静态组合（每位读者独特的生活经历、诠释体系、叙事预期、忍耐能力和喜好选择为

---

[1] 节选自华兹华斯长诗《廷腾寺》，译者杨德豫。

文本增光添彩)。《与拉玛相会》或许超越了任何一部科幻经典，格外调动了每位读者的个体主观性，来升华自身的文本。

如此看来，本书缺少具有传统角色曲线和戏剧张力的情节，反而平添了力量。其实小说中令人费解的众多决定，若透过引入的读者媒介来观察，就会开始变得合理。极具预言性的《与拉玛相会》不怎么像一部由人物驱动的现代作品，反而更像是最具当代特征的参与式叙事类型——电子游戏的蓝本。

每个扁平人物都充当一个镜头视角，读者透过他们进驻拉玛世界，自己去体验其中的奇迹。本书对于人类角色的情感生活鲜有着墨，因为读者／玩家面对拉玛实境的挑战时，自身的情感生活要有趣得多。取代传统情节的重复模式——准备出征、踏上征途、拨云见日、返回重整——呼应了游戏设计所围绕的"关卡"。这种叙述的基本结构是读者／玩家反复且戏谑的成长过程。角色不改变或成长，读者就心领神会，承担这项任务。与其说读者受邀跟奋进号船员共游拉玛，不如说是读者自己在体验拉玛。

然而，本书远非"以文字为基础的游戏"可比拟。在后者中，读者的想象可以顺势产生最高端显卡都无法呈现的奇观，而本书更有趣的地方在于，它拷问读者的自我意识。文本跟读者进行了一场潜意识的对话，特意提醒他们注意拉玛的不可知性。

拉玛内部没有一丝艺术的表达，一切都体现出十足的功能性。或许拉玛人觉得自己已经知悉了宇宙的终极秘密，鞭策人类的梦想与渴望已经不再困扰他们。

这并非展示（克拉克极其擅长展示，根本不用文字向你讲述就能突出拉玛的崇高感），而是讲述，这种讲述的作用至关重要。读者若能够依靠从共同的群体和经验中提炼出的诠释体系，得出正确的结论，那展示的技法当然合情合理。可是读者极有可能甚至一定会得出错误答案时，就必须要对他们讲述了。毫无疑问，拉玛美妙奇绝、简约雄浑、巧夺天工，可它没有展现出一丝一毫人类的价值，从根本上被定义为外星造物。人类角色始终凭借人类艺术去理解它：中世界大教堂、图坦卡蒙陵墓、希腊神庙……可是这些对比根本毫无用处，因为只要人类的自我意识阻隔其间，他们就无法理解拉玛。不过，可能会令人沮丧的是，小说拒绝明确解释拉玛的神秘之处，我认为这种无力感对它的吸引力来说至关重要。先向读者展示拉玛的艺术感，然后告诉他们只不过是陷入了个人主义崇高的陷阱，克拉克以这样的方式赋予读者一种全新的体验，对科幻小说而言独特的体验：与庄严雄伟的巨物不期而遇，它既非神圣，又非人造，从人类中心的宇宙视角来看，它完全无法理解，结构极端失衡。

被告知我们只不过是星系边缘一粒微尘上自组织的复杂化合物，这完全不同于自行发现我们并非宇宙中心的惊人体验。现如今，我们正高速冲进人类世时代，这种体验格外具有启发意义，值得我们思考。

作者简介

刘宇昆（Ken Liu），美国小说家。生于 1976 年，曾做过软件工程师、公司律师和诉讼顾问，现为全职作家。代表作有短篇小说集《纸动物园和其他故事》（*The Paper Menagerie and Other Stories*）、奇幻系列《蒲公英王朝》（*The Dandelion Dynasty*）等。被改编成影视作品的故事包括《爱、死亡和机器人》（*Love, Death & Robots*）中的《狩猎愉快》（Good Hunting）、《万神殿》（Pantheon）等。此外，还撰写过《星球大战：卢克·天行者传奇》等作品。

耿辉，科幻文学译者。主要译作有刘宇昆《奇点遗民》、安迪·威尔《挽救计划》、约翰·斯卡尔齐《怪兽保护协会》、奥克塔维娅·E.巴特勒"地球之种"两部曲等。

来自苏联的科幻经典：《太空神曲》

○ 苏学军

一、关于大时代

我初次接触科幻的时候是在初中，八几年的样子，正是对知识充满渴求的年纪，不管看到什么读物都以飞快的速度读完，中外名著、武侠小说、科幻小说等等，其中最吸引我的当然是科幻小说了，这类题材对刚刚具备阅读能力的青少年具有最强的吸引力。

记得那短短的一两年里，自己看了大量的科幻小说，有国内的叶永烈、郑文光、金涛等著名作家的作品，更多的则是国外的作品，其中最先是凡尔纳的著作，像《海底两万里》《神秘岛》等等，后来还有美国和苏联的许多作品，其中印象最为深刻的就是《太空神曲》。

在这里我想说一些个人看法，当时的社会正值改革开放之际，对来自欧美的作家和作品评价很高，我在阅读世界名著的时候首先也是从欧美名著和诺贝尔文学奖作品开始的，然而当我最后开始阅读托尔斯泰的作品时，我惊讶地发现所谓文学家，所谓世界名著，相互之间其实是有巨大的差距的，而托尔斯泰的作品更像是一览众山小的珠穆朗玛峰。

当然，这只是我的个人想法，不一定准确，而在我心中有同样地位的就是来自苏联的《太空神曲》。

谈这本著作还是要从我阅读它时身处的大时代说起。

20 世纪 80 年代初，改革开放初期，我当时正在北京清河镇上初中。镇上的街道和房屋一成不变，很少见到新建或者修缮的建筑，平日里能够吃到一顿肉包子，那真是极品美味的享受。报刊亭里的杂志种类也少得可怜，即便如此，也是一扇难得的让我窥见世界的窗口。回过头来看，当时的社会就像是凝滞在历史长河中一样。

《太空神曲》1973 年初版书影

不过在这样的凝滞中，一些迹象也越来越明显，出现了水果和羊肉串的个体户，人们的衣服颜色开始多样起来，飞鸽、永久等品牌的自行车里出现了山地车这样酷酷的款式，这些都表明一股力量已经在酝酿之中，即将爆发出巨大的能量。

后来的事情大家都知道了，国家的建设驶上了快车道，城市在以肉眼可见的速度扩张、崛起，高速公路从无到有，不断向天际线伸展，自行车人军迅速消失，而汽车快速增多，直至拥挤不堪。我们的国家在三十多年的时间里重新追上了世界的脚步，并正在向顶峰迈进。

不过，在我初中的年代，当时的中国，当时的北京，当时的生活，在我看来还处在停滞、简单、落后、闭塞的状态。

在那个时候阅读《太空神曲》，对于我内心的冲击就好像自己从历史中跨越了数个文明阶段而直接进入了星际大开发时代一般，即便从现在来看，小说中描绘的很多东西还是新鲜且前卫的。

二、《太空神曲》的宇航之路

《太空神曲》，阿·卡采赞夫著。卡采赞夫是苏联著名的科幻小说

阿·卡采赞夫

作家，对于他的生平我所知甚少，在我的意识里，这位作家就如同已经消失的苏联，是那么地遥远，并且永远都不会有交集。不过这不妨碍我对这位作家充满敬意，但也仅此而已，而这敬意就源自《太空神曲》。

小说发生的年代处于很近也可能很遥远的未来，社会接近于大一统，人类文明将目光投向了浩瀚的星空。天文学家接收到了来自外星的神秘电波，也就是"太空神曲"，于是人类响应遥远的呼唤，开始建造宇宙飞船航向宇宙深空。

作者在小说中不仅仅写了一个故事，而是从各个方面构建了一个近于真实，或者说令我们以为近于真实的世界。

首先来说宇航背景，小说从人类现阶段的科技水平开始延展，一步步深入太空……

星盘，即在近地轨道建造的抛物线天线阵列。

全球天线的金属线由一系列宇宙火箭牵引，它们沿天线外延作盘状飞行，火箭身后将是一道道极其纤细、如同熔化了的银色金属线。轻盈的、延展在整个半球上空的这些金属线编织成巨大的天线镜面。全球天线，是仅从其大小尺寸来说的；至于灵敏度，它将比一百公尺直径的射电望远镜要强百十亿倍……

正是这一设施监听到了来自太空的天籁神曲，吹响了人类出征宇宙的号角。

为了解决旅程漫长与燃料不足的矛盾，人类在航线上预制了好多公里长的太空加油车。

在相对论中，长时间的宇宙航行会使地球与飞船上的时间相差越来越大，情侣与亲属之间会因此而出现巨大的年龄差异或者永远相隔，这又促使人类开发了冬眠技术。

还有可以让人类快速学习的"祖先的记忆"辅助系统，此外，诸如飞船起航、制动等等构想，都让小说中描述的故事在合理的科学幻想中一点点真实起来。

奠定了坚实的基础之后，作者笔下的宇航世界有条不紊地向前推进。

第一代飞船在返航途中遭遇困境，将与太阳系擦肩而过，永远滑入宇宙的深渊，这时却遇到了极为先进的异星文明的飞碟，获得了友善的搭救。

新一代飞船虽然较晚出发，但由于应用了更新的宇航技术，更早返航，主人公本以为能见到思念的儿子，没想到儿子却在此前追随自己的脚步而去。这样的事情在正常的地球社会中是不会出现的，但正是这样的阴错阳差推动了人类的宇航事业一步步走向星空。

小说开始时，人类艰难起步，为了能够抵达另一颗恒星付出了艰辛的努力并冒了巨大风险；到小说后部，人类已经与诸多异星智慧生物建立了密切联系，同时开始向其他适宜生存的星球移民。这种巨大的跨越让读者看起来荡气回肠又顺理成章。

三、《太空神曲》的异星世界

好了，《太空神曲》中人类文明的飞船已经起航，飞向遥远的异星，在我们想象的尽头，一个个真实而又神奇的世界相继展现。

列勒星，天蝎星座第三十七号星，与太阳属同一星等，它的第三颗行星和地球高度类似，拥有海洋、陆地和智慧生命艾姆。

艾姆拥有高度的智慧，但他们的生命形态和生活方式却与人类截然不同，他们没有发展出发达的科技，也没有建立自身的文明，而是过着完全自然的生活。

艾姆在海洋中降生，他们的身体构造与海豚类似，整日在海洋中畅游、嬉戏、快乐地成长，这是艾姆一生中最为快乐的时光，生命的目的就是为了自由和快乐。

当艾姆长大成人之后，他们就会来到陆地，经过庄严的成人仪式，开启新的生活，在陆地上种植、生产。

度过这一段生命之后，艾姆进入新的生命阶段——繁殖。

艾姆会形成巨茧，在里面孕育变化，最终成为蝴蝶一般的生命，展开美丽的翅膀在空中自由地飞翔，寻找自己的伴侣，并在诞生新的小生命之后消失在汹涌的波涛中。

这就是作家笔下描写的列勒星智慧生物艾姆，这是一种三栖生物，在生命的不同阶段，他们是海豚，是人类，是翱翔在空中的蝴蝶。瞧，多么令人遐想的生命想象。

海豚是通过超声波来交流的，艾姆在海洋中快乐地歌唱，当无数只艾姆共同向星空中发出咏唱的时候，就形成了跨越星空，被人类所聆听到的"天籁神曲"。

盖亚星，人类发现的又一颗高度类似地球，有着丰富生物的行星。

星球上海洋、陆地、大气与地球非常相似，白桦、云杉、橡木、犀牛、野马……这些动植物简直像是地球的复制品，宇航员们甚至以为来到了洪荒时代的地球。只是有一点区别，盖亚星比地球小得多，这也就导致这里的生物相对于地球来说都成了微缩版，而人类则成了这里的巨人。

艾当诺星，人类宇航员降临的又一颗拥有智慧生命的星球。

这里的生物具有高度发达的科技水平，他们将海水冷冻起来，形成形状规则的大陆，并在其上建设有大量的机器工厂。人类宇航员在工厂内发现大量如同坦克的机器人，这些机器人拥有精巧的零件，可以模拟各种原生器官，人造心脏、人造肝脏、人造肌肉、血液循环系统等等。

这里的智慧生物为了寻求长生，用机器零件替换了身体的各个器官，从而形成了机器人长生社会。这些生物生存的唯一目的便是长生。

还保持着原始形态的智慧生物都被聚集在青春岛上过着日益窘迫的生活，他们追求自由而天然的生活，追求自由的恋爱和生育，渴望能有一个自己的孩子，但是这都被长生者严格控制着。

这三个不同星球孕育出不同的智慧生物，他们与人类迥异却也有着一些共同之处，也都在映射着人类社会深层存在的问题或矛盾。

四、《太空神曲》的人物与故事

初中时阅读《太空神曲》时，最为吸引我的是上述三个神秘的星球和其上生活各异的智慧生物，它们曾经让满天的星辰在我眼中都有了灵魂和生命。

不过当时我年龄还小，对复杂的情感和社会关系尚不能完全了解，对于书中描写的父子亲情、男女爱情和同事之间的友谊还缺乏明确的认知，因此脑海中对这些内容都没有留下什么印象。

这一次重读，却有了更新的认识。

宇航员拉托夫的飞船出现故障，将永远无法返回地球，他在心中时刻思念着自己的儿子；拉托夫的儿子阿尔谢尼继承了父亲的遗志，成为新一代宇航员，驾驶宇宙飞船沿着父亲的足迹航向深空；阿尔谢尼的妻子维琳娜原本是一位音乐家，出于对丈夫的思念，也对宇航发生了兴趣，经过祖先的记忆传承，成为一位出色的宇航员，乘坐新一代宇宙飞船，希望在遥远的异星与爱人相聚。

这就是《太空神曲》的基本感情构架，亲情与爱情交织，推动着新一代宇航员前仆后继踏入危险的宇宙，这岂非也是人类社会进步的深层动力？由此，小说中的人物变得真实起来。

此外，还有众多的角色充实了整部著作，包括这些宇航员的同事，也包括异星上相遇的智慧生物，他们共同构成了小说的人物社会。

其中还是要多说一下人类与异星生物之间发生的故事。

阿尔谢尼降落在列勒星三号行星，他和同伴们深入艾姆们中间考察他们的生活，考察结束之际，却因为物种认知间的误会困在艾姆的栖息地，而宇宙飞船将按时离去。关键时刻，一位刚刚破茧而出的女性艾姆抱着阿尔谢尼飞入空中，终于使其赶上了飞船，而女性艾姆却错过了寻找伴侣的机会，孤单地消失在波涛中。

拉托夫前往的盖亚星，虽然是一个与地球高度类似的星球，但是其上的一切都是微缩的，人类在这里就像巨人，像是神一样的存在。

宇航员洛夫斯基心底总因为身体矮小而自卑，在盖亚星，一切都是微小的，他反而成了巨人，因此他有了留下来的想法。但高大有时也是致命的，盖亚星的雨夜，黑色的闪电肆虐，洛夫斯基的身体成了最明显的目标，虚幻的强大最终让他付出了生命的代价。

艾当诺星上，安诺是生活在青春岛的智慧生物，他和配偶安娜希望有一个孩子，但这在青春岛是受到长生者的限制的。

人类宇航员的到来让安诺看到了一种自由的生活前景，为了追求这种权利，青春岛的生活者爆发了起义，试图推翻长生者的统治。但起义由于叛徒的出现而失败了，人类宇航员的牺牲换回了暂时的和平，失去配偶的安诺仍然向往着自由的生活，于是他跟随宇航员离开了母星，前往地球去体验他和安娜梦想中的日子。

五、我与中国科幻之路

两次阅读《太空神曲》，中间相隔三十多年，曾经的《太空神曲》在我的心里塑造了一个人类踏入星海的波澜壮阔的大时代，也描绘了一个个神秘、奇妙，让人充满向往的外星世界，对于后来走上写作之路的我，也树立了一座无法企及的高峰。

这一次重温，却让我有了不同的想法。

自己走上科幻写作之路，最初的目的是可笑却真实的：突然之间，所有地方都找不到科幻小说看了，那一个个类似《太空神曲》的极尽想象的美丽世界、惊心动魄的冒险和新奇有趣的故事突然都从我的眼前消失了。

现在看这是有些可笑的理由，但在那个年代却真实存在。

怎么办？自己写！不是为了向别人炫耀，不是想靠它赚钱，甚至不是为了发表，就是为了娱乐自己，简单而真实的理由。

这一写，就度过了自己的初中、高中和大学时代，总计写了有三四十万字吧。这些文字因为几次搬家，早就找不到了，当然也没什么遗憾，自娱而已，离发表水准还远。

随着年纪长大，独行之余有了孤单的感觉，于是也就渐渐有了一些志同道合的朋友。原来世界上不止我一个人喜欢科幻，我们成了一个小团体，经常聚在一起聊科幻，回想起来那是生命中一段相当快乐的日子。这个小团体中的很多伙伴后来都成了现今国内的著名科幻作家或者画家，想来都与那些年的聚会以及个人的坚持有关吧。

国家在飞速地发展，我也在不断地长大，蓦然回首之时，国家已经重新从文明的竞争中站立起来，回到了我们民族应有的位置。而我，在唏嘘青春已然逝去的同时，也不禁感慨，自己终是诞生在一个看似平凡却伟大的时代，让我可以亲身经历这场从落后到发达、从沉寂到复兴的历史变革。

说实话，现在来阅读《太空神曲》，它的文字、对话、描写和故事还有很多值得商榷之处，也并不推荐给年龄太小的读者阅读。但是纯粹从科幻的角度来评价这部作品，我个人的观点是它超越了很多所谓西方大师的作品，作为我心中的那座高峰从来也不曾降低高度。

回过头再说我与中国科幻，我们曾是仰望者、崇拜者和模仿者，但是当我回首自己走过的这段岁月，并且与国外同行来比较：中国科幻虽然仍处在行进的路上，并且远未看到尽头，甚至还在受到不同的干扰，但是就如国家的发展一样，中国的科幻作者和作品已经达到了与国外同行并肩行走的高度。

愿我们并肩同行，与科幻。

作者简介

苏学军，科幻作家。中国科普作家协会会员，北京市作家协会会员。曾获中国科幻银河奖一等奖、全球华语科幻星云奖最佳长篇小说银奖、水滴奖科幻长篇小说一等奖、永生奖最佳长篇科幻小说一等奖等奖项。代表作有长篇小说《洪荒战纪》，中篇小说《深蓝》、短篇小说《远古的星辰》《火星尘暴》等。

机器神话的重述与科幻构造美的基本方式

——解读《趁生命气息逗留》

万象峰年

美国科幻作家罗杰·泽拉兹尼的代表作《趁生命气息逗留》被誉为科幻文学史上"最出色的十大短篇"之一。小说讲述了人类灭亡后的地球上，人类遗留的两台重建母机互相对抗，其中一台母机制造了一台被"污染"的异常机器。异常机器迷上了消失的"人"，在挖掘人类遗迹的过程中了解到人类的特质。为了理解人类，它将自己"降格"为模仿人类感受的个体，从而复生了新的人类。小说充满古典的浪漫色彩，用广阔而诗意的文字描写了一个不存在人类视角的故事。

我在早期科幻阅读中读到这篇小说，它独特的美感让我大受震撼，而且每次再读都会心潮澎湃。我对科幻的认知，它占据了很重要的一个位置。在这里我会尝试分析这篇小说是如何通过三种基本方式来构造科幻中的美的。

一、机器神话

在科幻的语境里面，这个故事创造了一个给人类带来重生，重建人类价值的后启示录神话。让人类重临地球的是一台叫作弗洛斯特的代理机器。提供世界稳定秩序的是上界司命和下界司命两台母机，它

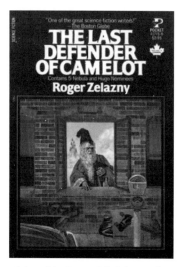

罗杰·泽拉兹尼短篇集《卡米洛特的
最后一个卫士》1980 年初版书影

们分别管理南北半球，从物质的调动到数据的监控，发出至高的号令。神话中的伟大力量不再是人或神，而是机器。这是一个讲述机器的神话。

美国社会哲学家刘易斯·芒福德（Lewis Mumford）从技术批判出发，提出过另一种类型的"机器神话"：机器在现代社会中前所未有地具有了合理性，机器运行的逻辑把现代社会组织起来，形成社会的价值和信仰。工业革命后，受此影响的人类社会加速转变为类似巨大机器的技术统治社会，高度组织化、自动化、目的化。

罗杰·泽拉兹尼开始登上文坛的 20 世纪 60 年代，正是芒福德发表他四部代表论著中的后两部——两卷本《机器神话》的时候，也正是美苏冷战这个世界范围最大的二元对立发展到恐怖高峰的时候。从泽拉兹尼倡导的新浪潮科幻改革来看，他关注的社会学领域和芒福德的研究领域正相契合。更直观的表现是，泽拉兹尼在后来发表的这篇《趁生命气息逗留》中，非常准确地按照芒福德的"机器神话"思想理论构造了整个世界观，并且对原本悲观的"机器神话"困局进行了针对性的"破局"。当然读者也可以认为，这只是泽拉兹尼与芒福德英雄所见略同，以及对其无意识的超越，他们的思想都已经化入时代的思潮中了。从这个"破局"的尝试中，我们可以看到科幻构造美的基本方式，也可以看到科幻是怎样吸收优秀的时代思想，并拓展出自己的视野的。

二、构造困境，打破范式

为了构造困境，小说首先设计了两个对抗的阵营。上界司命和下界司命所代表的是引领全球重建的力量，不仅拥有能力，而且拥有不容置疑的唯一合法地位。这正是致命的问题，按照正常的计划，它们不应该同时存在。上界司命在受到致命损伤后修复了自己，在这期间下界司命作为备份系统已经启动，双方互不承认，互不相让，互相摧毁对方重建的成果。强大与强大相加带来的不是两倍的强大，而是一个笼罩全球的诡异的死局。世界既处于战争状态，又处于末日后的重建状态。这是人类世界从二战到冷战的延续。

芒福德正是在这样的历史背景下提出了"巨机器"的概念。"巨机器"不仅包含传统意义上的机器，各种功能部件的自动化集合体，也包括由这个结构拓展出去的将人也纳入其中的自动化社会集合体。

小说中出现的各个机器角色，对应着作为"巨机器"运作的社会组织的五个组成部分：上界司命和下界司命对应着作为决策和控制中心的"首脑机器"；弗洛斯特和贝塔机对应着传达和运输的"官僚机器"；游荡的矿石粉碎机对应着提供动力的"经济机器"；莫德尔、建筑机器对应着使用机械臂直接生产社会商品的"劳动机器"；维护机器、机器蜘蛛、机器士兵对应着负责安全和维护的"战争机器"。它们本质上组成了一个无机的"巨机器"，又对位着被机器化后的社会组织。

这个困境看起来是无解的，因为只有人能够发出命令，结束这一切，而人类已经灭绝了。这是一场仿佛永恒的西西弗斯般的悲剧，当它具有悲剧感时，消失的"人"就隐隐浮现了，只有人才能读出其中的悲剧色彩。于是，"人"的定义成了破局的关键，也成了使得这个困境构造产生审美意义的关键。

接下来，小说设计了两种语言的对抗。机器使用可以度量的参数去理解世界，成分、体积、重量、温度；而人还具有一种特殊能力，能够用不可度量的方式去感知世界。例如弗洛斯特和莫德尔不能理解"冷"的感觉，即使机器努力去模拟"冷"的判断条件，它们得到的仍然是参数。

　　这对应的是芒福德所批判的：工业革命带来了描述可度量、可生产、可标准化之物的工厂语言（描述时间、效率、流程、能量等），这种工厂语言渗透到人类的日常语言中，统治了人类的生活和想象，塑造了机器世界观，创造了现代的机器神话；机器也由解放人的工具变成了统治人的"巨机器"。

　　在人类已经消失的末世里，人被机器同化的部分显得微不足道了，人最特殊的那一个内核被无限放大。类似的语言对抗在小说中还表现为，实用性语言和人类的艺术语言之间的距离，自动化的机器系统和用于创造的工具之间的对比，流水线建造起来的标准建筑和人类的艺术品、手工艺品之间的错落，机器沟通的信号和人类的意义符号之间的分别，分工明确不得逾矩的机器人和被丰富的人类遗物赋予意义的考古容器之间的微妙转变（芒福德认为容器技术是典型的多元技术，标准流水线则是单一技术）。当读者面对这一系列远离人的语言，疑虑人怎样才能被机器理解的时候，从此刻开始，"人"这个意象就从"巨机器"中被解放出来了，还原成了最本质的人。

　　两个合法性力量的对抗、两种语言的对抗，成为构造困境的两个范式，要走出困境就必须彻底地打破范式。小说里对时间尺度的描述，先是精确的"三十六个小时"，超越人类的"一万年"，去人性的等待一本书送来的"九十年"，下界司命花了一个世纪才评估出一幅油画是不是艺术作品。渐渐地，弗洛斯特只能以接近人的速度来阅读书籍，以接近人的速度来浏览视频，当它与莫德尔签订协议时，它说："我不以时间为基础和你交易。"协议结算的条件不再是时间，而是最终能否理解人。芒福德的现代机器神话里面，工业时代最关键的机器不是蒸汽机，而是时钟。历史上人类通过对时间的精确测量、规划、普遍化而进入了现代性社会，小说里机器通过对时间的扬弃而进入了理解人类之门。在这里，"人"的定义仍然是破局的关键。

　　小说用当代问题来构造困境，用打破范式来破解困境，这使得它具有了科幻小说最宝贵的创造性力量。打破范式的方式统统经由"寻找人的定义"这一核心点，这使得小说的主题向一个中心汇聚。机器在寻找"人"的过程中，一点点向人接近。读者在阅读的审美过程中，一点点将"人"的意象还原。一个没有人的视角的小说，最后以人的重生为落脚点。于是从文学上和思想上，机器的神话被重述为了人的神话。

正如同题目所由出的那首诗一样，《趁生命气息逗留》这篇小说也是古典的。那是人性依旧独特，依旧占有一个独立王国的时代。随着图灵测试的概念进入大众文化领域，"接近人性"也成为很长一段时期人们对机器突破常规方式的最高期盼，例如电影《人工智能》《霹雳五号》《终结者》（其中的正派）皆有所表现。到了新时代，新涌现出的一些作品，例如《机械姬》《她》《机器纪元》《西部世界》等，走向了另外一个打破范式的方向，一方面是对人性地位的扬弃，另一方面是把机器神话加强、转换为一种恐惧或焦虑，使机器成为人的替代或新的独立物种。智能机器由古典时代走向黑箱时代，人性由价值标准变成不再具有真假判断。"阿尔法 Go"将人类带入机器学习时代之后，后者那样的作品正越来越多。机器神话终于从人类和机器可以互相模仿的建造世界的神话变成了不可名状的解构世界的神话。

打破范式是科幻中最重要的构造美的方式，有时候科幻作品从一开始就是以这种方式搭建的。对常规范式的颠覆催生了许多科幻中的经典素材，比如平行世界、多重宇宙、时间旅行、空间折叠，也催生了很多科幻中的经典主题元素，比如对性别、种族、物种、生存方式的思考。已经很难总结出，我的创作有多少受到《趁生命气息逗留》这样的科幻经典的影响，它们组成的一个"场"把我带上了科幻创作之路。我创作的小说中有不少对二元性别的打破，对人类视角的走出，对人的造物的"变造"。例如在《三界》《三季一生》中，我有意识地使用了去性别的第三人称"它"来指代主角，这两篇以及《飞裂苍穹》等小说是以非人类的视角叙述的；在《三界》《百川之王》《幻象骑士》

中，人的造物超越了原先设定的目的，成为人的某种救赎。

三、面对复杂，超越对立

小说用作题目和文眼的这首诗《趁生命气息逗留》，是统领所有破局的关键符号，出自英国诗人 A. E. 霍斯曼（A. E. Housman）的诗集《什罗浦郡的浪荡儿》，一举对抗的是芒福德的机器神话中"巨机器""巨技术""战争机器"这三个核心概念。芒福德认为是战争机器让巨机器和巨技术得以相互演进，战争的整个社会动员过程将散乱的士兵塑造成只会服从的自动零件，让社会意识到一种新的有效的组织方式。小说中的上界司命系统和下界司命系统也是两台战争机器，从事着毫无意义的互相毁灭的事业。从字面内容上看，这首诗用不可度量的人的感受，对抗了"巨机器"标准、量化的旧有范式。如果放到《什罗浦郡的浪荡儿》这本诗集中去看，什罗浦郡的少年们离开家园成为雇佣军，也即"战争机器"中的零件。诗集颠覆了"机器神话"中描述的士兵的形象，讲述了在末日的大地上，在上帝也弃而不管的时刻（另见《诗末编》），一群远远谈不上崇高的雇佣军守卫同胞最后尊严的事迹。上下界司命和它们的手下就是人类的"雇佣军"，它们用忠诚，用笨拙的智慧，甚至用集权的机器逻辑，在末日后重建了人类的尊严。

泽拉兹尼不相信机器是人的牢笼，他不相信机器必然会消灭意义，他相信世界的复杂的演化会解开一切，就像一首诗一样，既轻盈又锋利。这种复杂性来自客观的宇宙规律，以及规律凝结成的技术，人世的复杂永远从属于前者。这就是科幻的魅力。

机器神话的重述是回归了人类中心还是打破了人类中心？这个问题可能没有答案。芒福德说："机器本身没有任何要求，不做任何承诺，是人的精神在要求和承诺。"当人陨落了之后呢？这恰如诗集所造的情境，诗集里持有意义的是神，小说里持有意义的是人。人的缺席同时召唤着人的本质。芒福德的那番话是为了说明机器并没有原罪。

然而当机器最后成为人，它也不可避免地背上了人的一切。这是一个没有答案的问题，因为科幻向我们呈现的是世界复杂性的一面。古典的悲剧式英雄所面对的命运的摆布，在科幻中转换为宇宙规律的诡谲。

科幻也借由世界的复杂性超越了对立。当机器想要和人对立时，它度过漫长末日，最终用非人类的方式重生了人。当人类想要沦陷于与生俱来的脆弱、悲观时，人类消失后这些竟成为最稀缺的品质。

大众比较熟知的中国科幻文本中，刘慈欣的《山》（又名《海水高山》）超越了山和海的对立，《微观尽头》超越了微观和宏观的对立，《三体》超越了弱小与强大的对立。这些作品为科幻的审美开拓了宝贵的空间。

四、为人类创造存在

弗洛斯特感到恐惧、绝望、失败的沮丧——这是成为人的仪式。结尾处，泽拉兹尼让获得了复杂世界的馈赠的人类，也承受了复杂世界的忧患。审判日被推迟了，但有一天还会回来，像人性一样缠绕着人类。在这里，人类是一种自我否定的存在。这让我们想起风起云涌的 20 世纪，追求理想社会的人类运动在激昂向前和自我否定中不断轮回，这是痛苦和真挚的。

为什么一个几乎没有人类视角的故事却能调动人的感情呢？也许从美学的角度能找到多种理论来解释，但是从一个蒙在被窝中打着手电筒看小说的读者来说，只要他的想象力到达，他就已经在那里了。在我的科幻创作和科幻阅读活动中，作者和读者是以创造存在的方式而存在的；如果作者和读者能有幸作为人类的一个小小代表，就可以这么说：人类是以创造存在的方式而存在的。

科幻至妙的一种美，就是为人类创造存在。

当我也写下那些没有人类主角的故事的时候，我存在于前人所未至之境。

仔细琢磨的话，《趁生命气息逗留》一文中的"技术"这个形象经历了一次降格和三次升格。一次降格是技术堕落成为"巨技术"，制造出"巨机器"，显然末日的到来就有战争机器同僚的"功劳"。第一次升格是技术失去了可以统御的人类后，变成了人类的遗志。第二次升格是技术终于使人类重生，升格成了人性的种子。这既不是人类最初给机器设定的功能，也不是机器自己预想到的功能。在潜在的主题上，技术最后第三次升格为自然，融入宇宙的规律中去了。

人创造了新的自然，从而为自己创造了新的存在，可以栖居的存在。这是科幻作者所能触摸到的最高的星辰。

五、对疫情时代的启示

这篇小说在新冠疫情时代能带给我们尤其特别的启示。

病毒的全球流行是现代性的典型危机，我们只能面对这个日益复杂的世界，全球已经不存在可以逃避的空间。在面对复杂世界这件事上，全世界的反应不是很理想。一方面，一些国家积攒的结构性矛盾使得它们不能从容面对复杂的世界；另一方面，对抗思维使得它们有意地简化了复杂的世界；再一方面，全球发展不均衡导致弱国穷国无力面对复杂的世界，它们一直都是全球化中被转移代价之地。全球政治中对抗思维大行其道，世界有再次陷入两极对抗的风险。疫情时代向我们，不仅向中国，也向全人类提出了超越对立的要求。

要超越抗疫和经济、人权之间的对立。这种对立的思维习惯在全世界经济体内具有普遍性。欧美没有在第一时间管控经营场所，印度拒绝富士康停工，等等，这些失误都导致了更大的人民健康和经济损失。第一波疫情袭来时中国抗疫的成功正是因为超越了对立的思维，依靠基于共同利益的公共治理的价值理念。

要超越两极对立。疫情恰逢贸易战愈演愈烈，并加剧了这个进程。对病毒暴发的简单粗暴归因，将疫情溯源的科学问题政治化，逆全球化的趋势，使得世界一度陷入新冷战的阴影。能否走出对抗思维、超越两极对立，意识到人类是一个共同体，是人类对自己负有的责任。

要超越强弱之间的对立。弱国穷国的疫苗接种率远低于发达国家。人类试图拿出解决方案，世界卫生组织发起协调全球免疫计划COVAX，推动疫苗从发达地区流向不发达地区，中国和美国也以不同方式将疫苗作为公共产品来提供。这是世界范围内地区强弱对立的一个缩影，全球发展不均衡问题有复杂深远的历史原因，中国提出的"一带一路"也在改变这样的全球结构。

《趁生命气息逗留》这篇小说在科幻传播渠道还很单一的2005年刊登于《科幻世界》杂志，成为一代科幻读者记忆中的经典，连带着作为"文眼"的霍斯曼的诗也广为人知。在今天回味这篇小说，它仍然能够对这个时代的问题有所启示。对于创作者，它仍然是我们想要去触摸的"高天好风"：

> 来自远方，
> 来自黄昏和清晨，
> 来自十二重高天的好风轻扬，
> 飘来生命气息的吹拂：
> 吹在我身上。
>
> 快，趁生命气息逗留，
> 盘桓未去，
> 拉住我的手，
> 快告诉我你的心声。

作者简介

万象峰年，科幻作家。曾获中国科幻银河奖读者提名奖，全球华语科幻星云奖最佳中篇小说金奖和银奖、最佳短篇小说银奖，中国科幻读者选择奖（引力奖）最佳中篇小说、冷湖科幻文学奖中篇小说一等奖等奖项。代表作有《后冰川时代纪事》《三界》《飞裂苍穹》《赛什腾之眼》等，已出版个人选集《一座尘埃》《点亮时间的人》。作品多次入选科幻年选，并被译为多种语言。

超越"赛博朋克"的《真名实姓》

◎ 谢云宁

我清楚记得那是 2003 年 5 月中旬，还是大三学生的我盘算着 6 月《科幻世界》也快到了，于是一口气读完 5 月刊《真名实姓》连载（一），这下可惨了，整个人像中了魔咒似的，每天都要急煎煎地往校园中的几家书摊跑好几趟。这样郁闷地过了大半个月，依然没有看到 6 月刊的踪影。后来才听《科幻世界》编辑说起，书早就印好堆在仓库里，只是因为非典的缘故，压后很久才面市。

毋庸置疑，初读《真名实姓》给我的冲击是巨大的：紧凑、细腻、富于意趣的文字（当然其中有译者李克勤老师出色的文字功底的功劳），此起彼伏的悬念，以及扣人心弦的情节。但给人震撼更为强烈的还是弗诺·文奇（Vernor Vinge）笔下那个光怪陆离、眼花缭乱的"近未来"网络世界：灌木上面微颤的水珠，雾气弥散的氤氲沼泽，汹涌扑腾的火红岩浆……栩栩如生、充满细节和质感的魔幻世界如扑面而来的孢子群，在你面前徐徐展开，令人"沉浸式"地身临其境。我像是个无意间闯入一家玩具琳琅满目的商店的懵懂孩子，痴痴地望着四周新奇炫目的玩具。我不由得感叹作者知识的广博（第一感觉是作者本人一定就是位深谙视频网络游戏的"大巫"），他对于整个通信网络物理技术层面有着如此巨细靡遗的了解——盘根错节的互联网，电力网络，通

弗诺·文奇

信卫星，计算机系统，数据库，网络协议，数码的传输与破译，甚至是金融流通，人机互联的脑关……文奇对这一切的熟悉程度好比逛自家的后花园。过去我只是隐约听说文奇的厉害，一位退休的数学及计算机教授，几年间拿了几个雨果奖、星云奖，如今才真正见识到他厉害到了什么地步，不由暗暗为自己能遇到这样美国最新潮"赛博朋克"的佳作而高兴不已。

文奇与我过去读到的科幻作家都不太一样，他"慷慨"得让人感到奢侈：《真名实姓》只是一篇几万字的中篇，堆砌其间的那些非凡的创意却足够让其他"吝啬"的作者们完成好几个长篇了。他的一些看似随意的细节描写甚至到了让人瞠目结舌的地步，从阴雨天气对探测卫星分辨率的影响到暮年女性对颜色感知的迟钝，文奇无异于一位无所不知的"天人"。网上有些网友对小说的结尾诟病不已，而在我看来，文奇对结局的安排令人叫绝：回到了现实层面，两个无足轻重的"小神祇"的见面让故事峰回路转；通过对邮件人真实面目的揭露，文奇回答了"人工智能是否会进化得超出人脑高度的自我意识，对人类社会造成威胁"这个科幻小说常面对的问题。文奇的答案并不是最新奇的，但可能是最为合理的。只要想一想，即使人工智能能突破图灵测试，但如其他一些科幻作品中那样出现暴涨的无所不能的计算机智慧是不大可能的；反而是那些冰冷低智、带着人类初始使命的程序，有着笨拙蛮横的力量，如同历史上野蛮人入侵对易脆的人类文明带来的致命威胁。

当年的我读完《真名实姓》后仍意犹未尽，兴冲冲地想在互联网上找些关于文奇的信息。面对眼前展开的英文页面，我一下子蒙了——

《真名实姓》出版于 1981 年！是的，我无法让自己平静下来。1981 年是个什么概念？就在前一年，IBM 公司才推出第一台真正意义上的 PC 机（8086 的处理器，1MB 的内存），而在此之前电脑还只是少数狂热爱好者手中拨弄的"怪物"。美国军方为应对"核战争"而构建的网络，还如同白垩纪遗留下的恐龙庞大的骨架。即使已有民用机构加入，网络也只是静悄悄地躺在大学或研究所中，更不用提什么网络游戏了。这

《真名实姓》1981 年初版书影

又让我猛然想起文奇文中描述的网络世界竟然是构建于无线电波之上，而非光纤——因为到 80 年代中期光纤才横空出世。我知道到 1984 年，号称"赛博朋克"浪潮开山之作的《神经浪游者》才出版，于是想当然地把《真名实姓》诞生的时间放到其后甚至以为是最近几年。这一切，让我无所适从，或许任何的溢美之词都不过分，这部天才之作远远地超越了它所诞生的时代。不难想象，《真名实姓》在出版之初并没有引起多少人的注意。毕竟文奇所描绘的世界，对于那个时代的所有科幻迷来说，是那样的抽象、遥远、不可名状。事实上，《真名实姓》在当年也并未摘得雨果奖或星云奖的桂冠，却在二十六年后的 2007 年被追授普罗米修斯名人堂奖（该奖旨在表彰那些弘扬自由主义精神的幻想小说）。由此看来，《真名实姓》的伟大之处正是经历时间的磨砺才逐渐彰显。

从网吧回到宿舍，我翻出了那本没怎么读懂的《神经浪游者》，再联想过去所读到的一些"赛博朋克"作品，包括斯特林（Sterling）的《自行车修理工》等。这类作品有着差不多的风格和主题。20 世纪 80 年代威廉·吉布森（William Gibson）掀起的"赛博朋克"浪潮像是一艘巨船，那些 70 年代焦头烂额的新浪潮作家以及一些籍籍无名的梦想

者，如逃离孤岛般一股脑涌了上去。按照《神经浪游者》的模式，"赛博朋克"的主人公是一些沉湎于迷幻药物、悲观厌世的流浪者或情绪化的白领年轻人，他们的肉身被禁锢于严重污染的工业化大都市，灵魂则飘荡在驳乱芜杂的网络社区。在吉布森、斯特林们的笔下，整个网络世界阴森黑暗，如同一家光线昏暗、墙纸剥落的低档旅店，弥散着腐烂的气味。他们如"局外人"般生活着，虚无如同鬼影般尾随着他们，孤独无依的个体与外部世界进行着殊死的抗争。而文奇的《真名实姓》却完全是另一番情景：主人公波拉克在现实中是一位小有名气的互动小说作家，即使在网络中他也显得幽默睿智、温文尔雅，是个拥有非凡能力、几分陈腐美德的理想主义者，这一点也不"朋克"。尽管《真名实姓》也充满了令世界轰然颠覆的阴谋与危机，但通篇充盈着明亮厚实的色彩，向读者传递着一种充满秩序的力量感，更为重要的是其结尾有一个异常光明的未来。在叙事手法上，《真名实姓》与"赛博朋克"作品多线条展开、跳跃的情节不一样，完全是传统的线性叙事，一点也不"后现代"。或许，它们最大的区别还在于对网络世界科技层面的描述，"赛博朋克"作品更多是把赛博空间作为一个背景舞台，而不是如文奇那样充满野心地、一砖一瓦地去构筑整个细致入微的世界。于是我开始释然了，这应该是文奇无法成为"赛博朋克"旗手的原因——他的文本是无法被后来的作家们模仿跟随的。在这个意义上，"赛博朋克"让吉布森抢了先是理所当然的，《真名实姓》从未属于，而且早已超越了这个流派所开拓的广袤疆域。

此外，文奇非常清晰深刻地预见了网络对于人类社会的影响。就在今天日新月异的互联网如阳光般渗透入我们生活每一个角落的时候，我们的故事大多还停留在网络风花雪月的情感故事层面上，而在80年代初，文奇对于几十年后蜗居在网络中的人们形形色色的生存状态的预言何其准确。我无法想象文奇是怎样不可思议地洞悉这一切的。正如《真名实姓》中男主角的一句感慨："一条鱼儿怎么可能想象坐在飞机里的人所体验的东西？"文奇的《真名实姓》向我这样的科幻初习者打开了一扇窗口，窗外是高耸入云的积雪山巅。我在感受到强烈的井底之蛙般挫败感的同时，又满心受到鼓舞。对于科幻，一切忧虑、彷徨的情绪都是毫无必要的；对于科幻本身，形式与技巧是相对次要的，厚重的内容与思想才是真正吸引人的地方。

《真名实姓》让我看到了通过不断提升，科幻可以达到的一种高度，一种可能性。科幻作品当然不是留给科学家去完成的，但是，如果一位谙熟最前沿科技发展的科学家，同时又具备强烈的人文关怀，有着非凡的文学修为、强大的理性力量，这样的境界多么让人神往呀！

在《真名实姓》被引入中国二十年来，我们有幸陆续读到了文奇诸多作品。他的作品大致可以分为两类：一类是银河系尺度上的星际战争故事，如《三界》三部曲（《深渊上的火》《天渊》《天空的孩子》），天才地创造出一个波澜壮阔、被精心设计的宇宙，不同的宇宙区域有着全然不同的物理法则，孕育了形态各异的文明。这样新奇的创意赋予了陈旧的太空歌剧一种焕然一新的硬科幻灵魂。除此之外，《彩虹尽头》《为和平而战》《费尔蒙特中学的流星岁月》《循环》则是一系列讲述可预见的"近未来"世界的惊奇故事，全景式地展现出炫目突进的科技对于人类社会的巨大冲击。

表面上这两类题材看上去相距甚远，实则来源于同一母体——"超人剧变"。这一概念最早是1982年文奇在卡内基梅隆大学召开的美国人工智能协会年会上首次提出的：智能的提升（有可能是人类智能被生物技术提升，也可能是AI的"觉醒"）将导致一个"超人剧变"的临界点；当越过这个技术奇点，旧的社会模式将一去不复返，新的规则开始主宰这个世界。

《真名实姓》更像是这一"超人剧变"宏大宇宙的一个精彩序章。其后数十年来，文奇坚持用他卓越的想象力构建出一个个引人入胜而又充满警示意味的故事，佐证着自己的理论，也为人类提供了一份百科全书式的"奇点之后人类生存指南"。

在新冠疫情全球蔓延后的今天再次重读《真名实姓》，小说又给予我们一些新的感悟。"科幻已然照进现实"，如今我们已经越来越长时间地栖息于网络世界，大数据、云计算、物联网、自动驾驶、AI、数字化货币，已经影响到我们社会生活的方方面面。物理世界防不胜防的新冠病毒更是推动了网络化生存的常态化，人类不得不更多地选择在线上沟通。

科技的飞速提升让我们的网络生活越来越接近《真名实姓》中无所不能的魔法"神祇"。我们也愈发深刻地感受到，由代码构建的虚拟世界并非一个虚无的空中楼阁，身处其中的我们如此地"有血有肉"，如此地"真实"。

当然，文奇在《真名实姓》中忧虑不已的网络安全、黑客入侵与人工智能 AI 失控诸多问题，今天的我们仍需要抱有足够的警醒。

可以说，《真名实姓》诞生四十多年来，早已超越了科幻文本与流派的局限，成为一部穿越了时代的"奇点启示录"。

作者简介

谢云宁，科幻作家。曾获中国科幻银河奖最佳长篇小说奖、全球华语科幻星云奖最佳长篇小说金奖。代表作为《穿越土星环》。

如果没有语言，人类会怎样？

——奥克塔维亚·E.巴特勒《语音》新读

◉ 王侃瑜

一

奥克塔维亚·E.巴特勒（Octavia E. Butler）在美国乃至世界科幻史上都是一位重要作家，曾数次获得雨果奖和星云奖，并于1995年成为第一位获得麦克阿瑟奖金的科幻作家，除此之外还获得了美国笔会（PEN American）颁发的写作终身成就奖、美国科幻奇幻作家协会（SFWA）颁发的至点奖（Solstice Award），并被列入位于西雅图的流行文化博物馆（MoPOP）的科幻奇幻名人堂（Science Fiction and Fantasy Hall of Fame）。可惜她在国内的译介很少，多年来只有三个短篇被译入中文，直到2019年才有国内出版社买下她后期创作的两个长篇系列版本计划引入，国内读者对她的了解也十分有限，因此我想先对她的生平和创作做一简单梳理。

巴特勒是一位黑人女性，1947年生于美国加州帕萨迪纳

奥克塔维亚·E.巴特勒

的一户贫困家庭，父亲是一位擦鞋匠，母亲是一位女仆。7 岁丧父之后，她在母亲的照顾下长大。性格内向的她成天泡在图书馆里，很快迷上了科幻小说。梦想成为作家的她央求母亲给自己买了一台打字机，十来岁起便开始进行创作，立志有朝一日成为职业作家。但直到读完大学以后，巴特勒才经由美国西部作家协会为支持少数族裔作家而设立的项目接触到当时已负盛名的科幻作家哈兰·艾里森（Harlan Ellison），并在他的鼓励下参加了为期六周的号角科幻写作班（Clarion Science Fiction Writers Workshop），当时的导师之一正是同为黑人的科幻作家塞缪尔·R. 德兰尼（Samuel R. Delany），后来她与两人都成了朋友。借此契机，巴特勒也发表了她最初的两篇职业小说。

之后的五年内，巴特勒没能发表新的小说，而是继续通过打零工来支撑自己的写作。1976 年，她出版了自己的第一部长篇小说《心灵模式领主》（*Patternmaster*，1976）。"心灵模式者"（Patternist）系列到 1984 年完结共五部长篇，围绕一群可以在意识网络中相互交流的心灵感应者展开。其间，巴特勒还出版了自己最为知名和畅销的作品《血缘》（*Kindred*，1979），讲述美籍非裔的女主角从 1976 年的洛杉矶穿越回美国内战前的马里兰州，遇到了自己的祖先——一位白人奴隶主和一位黑人女性，并且试图拯救他们同时也拯救自己的故事。1987—1989年间，她又相继出版了"莉莉丝的孩子"（Lilith's Brood）系列（又名"异种生殖"[Xenogenesis] 系列）三部曲：《破晓》（*Dawn*）、《成年礼》（*Adulthood Rites*）和《成熟》（*Imago*），描绘核末日后的世界，外星人与地球人进行基因交换以创造出更强的物种。1993 年和 1998 年，她分别出版了"地球之种"（Earthseed）系列（又名"寓言"[Parable] 系列）的两部作品：《播种者寓言》（*Parable of the Sower*）和《天赋寓言》（*Parable of the Talents*），讲述一群拥有共同信仰的人如何在社会经济和政治崩溃后的 21 世纪美国寻求另一条生存之路。《天赋寓言》一书为她赢得了包括星云奖在内的诸多奖项。巴特勒曾经试图延续这个系列继续创作，却经历了严重的写作瓶颈，不得不转而创作了"相对轻松一点的"独立长篇《雏鸟》（*Fledgling*），写的是与人类共生的吸血鬼群体的故事，这也成为她最后一本长篇小说。直到2006年在家附近因中风摔倒伤及头部而去世，巴特勒都没能完成计划中的"地球之种"系列后续四本小说。

除了长篇之外，巴特勒还创作了一批优秀的短篇科幻小说，并以《血孩子》（*Bloodchild*）为名结集出版（1995；2005），其中《血孩子》一篇讲述人类在外星球上享受具有昆虫般外形的外星人的保护，同时也作为外星人孕育后代的宿主，探索了人类与外星生物复杂的共存关系，横扫当年的星云奖、雨果奖和轨迹奖最佳短中篇。另一篇知名作品《语音》（*Speech Sounds*）则为她赢得了1984年的雨果奖最佳短篇，这也是我想要着重介绍的篇目。

发表《语音》的《阿西莫夫科幻杂志》
1983年号

二

与巴特勒很多其他故事不同，《语音》的世界中没有外星人、超能力或者时间穿越，只有一场肆虐全球的瘟疫。在人们注意到之前，疾病就已迅速蔓延开来并感染了所有人。这种疾病不会直接夺走人的生命，而是针对性地破坏人的语言能力，染病后要么失去听说能力，要么失去读写能力，或者同时丧失，并且永远不能恢复。伴随着语言能力的削弱，人们愈发趋近于动物，他们变得易怒、暴躁、善妒，智力也随之衰退。受疾病影响相对较小的人们保留了听说或者读写的能力，却无法在他人面前显露，不然很可能因别人的嫉妒而遭遇不测。整个文明社会的秩序彻底崩塌，不再有政府、企业、警局，人人自危，除了用粗糙的手势勉强进行交流之外，人和人之间已无法通过其他方式相互理解。而手势的不精确和攻击性又容易造成误解，导致冲突的产生。

故事围绕主角莱伊一路上的见闻展开，从她的视角来观察一个没有语言的瘟疫后世界：巴士运营不定时，巴士是司机的私人所有物，他在车窗上张贴旧杂志上的图片，表明他愿意作为车票接受的物品；道路坑坑洼洼，可能是弹坑或者别的什么，无人维修养护，连行人都很少见；两个年轻人之间的争执化作更大范围的冲突，一丁点的冲撞都会扩散成打斗，甚至枪击。当争斗扩散到巴士无法继续行驶的时候，司机踩下了急刹车，富有经验的莱伊下车观望，躲在树旁以防枪击，同时确认自己怀里的自动手枪还在以备不时之需。就在此时，街对面驶来另一辆车——一辆运转良好的小汽车，如今已十分罕有，既可当运输工具又可当武器，下车的男人穿着一身洛杉矶警察局的制服，而莱伊知道警察局早已不复存在。络腮胡的警察下车询问莱伊车上的情况，用催泪瓦斯将车上的人都逼下来，解决了冲突，又和莱伊一起帮助乘客安全下车。随后，络腮胡示意莱伊同他一起走，莱伊在旁人的威胁下，经过内心挣扎，最终上了他的车。故事的第一幕至此结束。

巴特勒用冷静的叙述语调和翔实的细节描写描述了这一系列情节，她并没有在故事一开始便告知读者发生了什么，读者知道有瘟疫，知道这是一个破败的世界，却不知道瘟疫到底对人造成了何种损伤。我们追随主角的视角，看年轻人彼此挥舞拳头，看巴士司机展现愤怒，看莱伊和络腮胡通过手势交流，却不知道他们为什么要这样做。在这个世界里，你能听见咕哝声、尖叫声、抽泣声、低语声，却没有对话，没有承载人类思维和文明的语言。细心的读者可能会注意到这种微妙的缺失，继而去想为什么，巴特勒却在第一幕临近结尾才揭示真相，告诉读者这场瘟疫影响了人的语言能力。

通过一连串动作描写，巴特勒设想了没有语言后的世界人们如何进行沟通，或者无法彼此沟通。"一名妇女晃了晃司机的肩膀，并指着闹事的家伙发出模糊不清的低语。司机一龇牙，以同样的声音回答了这名妇女，她吓得退了回来。""莱伊仿效着他的动作，用自己的左手指了指那辆巴士，然后又在空中挥舞了两下拳头。""一个刚才打架的男人碰了碰另一个人的胳膊，然后指了指络腮胡和莱伊，最后他又抬起右手的食指和中指，这动作就像是行了一多半的童子军举手礼。"在我们的科幻创作中，实在太容易用空泛的副词来修饰动作，巴特勒这样精细的动作描写，不仅符合小说的基本设定，也展现了深厚的写作功底，实在令人叹服。

故事的第二幕随着莱伊上了络腮胡车而开始，这一幕中也有不少传神的细节。络腮胡每到一个路口便停下来等莱伊指示方向，并且遵循她所指示的方向前进，莱伊确认了他心怀善意，不过是想载她一程。在无法用语言交流的世界里，对于他人真正意图的了解都要靠猜测，善意也要一点一点逐步确定。还没上车的时候，莱伊便着重观察男人的表情，看他有没有应和旁人猥琐的暗示，倘若有一丁点儿，她便不会上车。

他们通过信物交换了彼此的名字：挂着黑色石头的金链子——奥伯斯蒂安（黑曜石），外观形似金色麦秆的大别针——莱伊（黑麦）。他们不一定能够准确领会对方真正的名字，但这样的信物便已足够。人通过物而获得象征，在这样一个世界中既是锚定自我，也是赋予他人代号，这样的象征使他们与日趋野化为原始动物的其他人产生区别，表明他们心底仍保有文明社会的火种，仍能够进行自我认知。人类之外的其他动物是不需要名字的。

故事进行到一半发生了一个小高潮，莱伊后知后觉发现奥伯斯蒂安能够阅读地图，他保有她已丧失的读写能力。一瞬间，愤怒和嫉妒涌上她的心头。为什么他拥有自己最珍视的东西？扮演警察的他要读写能力有什么用？刻骨铭心的恨意让她在一瞬间很想杀死他，枪就在手边，冲动之下她完全可能做出可怕的事情。但瞬间之后她平静了下来，并且重新陷入绝望。她脸上转瞬即逝的表情让奥伯斯蒂安意识到刚才发生了什么，而他一瞬间也嫉妒莱伊仍保有他所看重的听说能力，命运好像同两人开了个玩笑。如此微妙而瞬时的心理活动通过表情来呈现，再次提醒身为科幻作者的我们在平时的创作中能否关注到这种细微之处，这样微小却有张力的时刻不仅增加了小说的文学性，更在这篇作品中呼应了主要的科幻设定。哪怕莱伊和奥伯斯蒂安都是相对受疾病影响较小的人，但他们在某些瞬间仍会被疾病所造成的易怒和冲动驱使，如果理智没能及时重获掌控，那他们就会堕入深渊，滑向动物性的那一侧。再继续往下想，这真的只是疾病所造成的吗？不是人的本性吗？剥除文明的遮羞布后，人类的劣根性重又浮出水面，只有少数人仍知道要去控制和掩饰。

接着，巴特勒又将笔锋转向人的另一样本能：性。奥伯斯蒂安发出性暗示后，莱伊拒绝了，他再次邀请，她再次拒绝。她无法忍受在这样的世界中怀孕并诞下新的生命，她充满绝望。在这里，我们回顾一下作者在上文抛出的所有线索便不难理解莱伊绝望的原因：她本是加州大学洛杉矶分校的一名历史教师，还是一位自由撰稿人，疾病却夺走了她引以为傲且赖以为生的读写能力，尽管她是人群中少数的幸运儿，保留了相对完整的听说能力及理智，但她仍痛不欲生；她失去了自己的丈夫和三个孩子，在这个倾颓的世界中独自存活，她的藏书和手稿如今只能作为燃料被焚烧；她身边没有任何保有同等程度智力的人可以交流，她的男邻居已经日趋退化为动物，很少洗漱，随地大小便，养了两个女人照管自己的菜园，他曾明示想要莱伊成为他的第三个女人。绝望的她时刻处于煎熬之中，数度欲拔枪自杀。在这样一个文明丧尽的世界里她看不到希望，找不到活下去的理由，更别提孕育生命了。奥伯斯蒂安此时掏出了安全套——又一样人类文明的象征，莱伊笑了，接受了他的性邀请。人与人的肢体接触无法被其他东西替代，拥抱、触碰和抚摸能给人以爱和慰藉，能令人放松和愉悦，莱伊已经很久没有获得过这种愉悦了。

绝望的莱伊好不容易找到她可以抓住的东西，找到活下去的希望和可以憧憬的未来，她做出了小说开始以来第一个主动的行为：询问奥伯斯蒂安是否愿意跟她回家。又是一番手势交流，犹豫与劝说，谈判和妥协，他同意了，他们在一起了。这里我们可以对比作者在表现莱伊的犹豫和奥伯斯蒂安的犹豫时有何不同。莱伊是小说的视角人物，作者得以进入她的大脑，知道她的心理活动，因此可以直接从内部向读者展现她的犹豫。而奥伯斯蒂安的犹豫则完全是通过他的肢体动作和面部表情来呈现的，是一种外部的展示，从莱伊的视角所见。在科幻小说中，我们很容易将笔墨聚焦于设定之上，忽略人物的刻画，作者没有简单地用"他／她犹豫了一番"来将犹豫的过程一笔带过，从而让场景更加真实和丰满。

故事的第二幕至此结束，莱伊找到了伴侣，她不用再去帕萨迪纳寻找亲戚，可以和奥伯斯蒂安一起回家，在荒原之上重建生活的希望。未来是光明的。

故事最后的第三幕接连发生了数个事件和转折。回家路上，莱伊和奥伯斯蒂安看到一个女人被追杀，坚持自己警察身份的奥伯斯蒂安当然会下车干涉，莱伊也绝对不会坐视不管。男人刺了女人，奥伯斯蒂安开枪打了男人。莱伊检查倒地的女人后发现她已断气，而假死的男人趁奥伯斯蒂安不备偷走他的手枪射死了他，莱伊紧随其后又用自己的手枪杀死了男人。比起先前缓慢的铺垫，这一连串情节实在发生得太快。地上一下子躺了三具尸体，留下不知所措的莱伊，她才刚刚看到未来的希望，转眼间便被夺走，她又是独自一人了。这一段可以说是第三幕的高潮，巴特勒充分调动读者的注意力，我们随莱伊一同紧张，随她一同从满怀希望到再次堕入绝望的深渊。要在故事中写如此大幅度的转折和动作戏很不容易，稍不小心就会显得虚假做作，实在有太多科幻小说因为此类突兀的情节而被诟病，但巴特勒的处理却让一切显得自然合理。她从故事开始便不断铺垫瘟疫后的社会现状，人们容易爆发冲突，需要携枪自保，一切都有可能发生。莱伊心中一直挂念的自己上膛的枪，直到这一刻才终于被使用。而这些都并非毫无来由，溯其源头正是这场使人类丧失语言能力的瘟疫造成了社会和人心的变化，小说从科幻设定到人物行为是自洽的，并且一气呵成。

故事的最后，一男一女两个孩子跑到女人身边，死去的是他们的妈妈。心如死灰的莱伊当然不想再抚养任何孩子，在这样的世界里，养大他们又有什么用？可出于人道主义，她觉得还是应该埋葬尸体，在她触碰女人尸体的同时，小女孩开口说话了。读者的震惊恐怕不亚于莱伊，这是全篇小说中第一次出现对话，第一次出现可辨识的人类语言，也是全篇故事的高潮。随后，小男孩也开口说话提醒小女孩不要出声，他们的妈妈一定教过他们不要在人前展现语言能力，不然会被旁人嫉妒。两个说话的孩子让莱伊重获希望，或许疾病失去了效力，或许新出生的孩子具有免疫力，文明有可能被重建，而她也有了新的任务——保护并教育这两个孩子。希望在绝望中重生。

回顾整篇小说，作者刻意给自己设置了高难度的挑战：不用对话来推动情节。在我个人和很多其他科幻作者的写作中，很多时候都不自觉用对话驱动故事。确实，这是最容易的方式，我们每个人每天都在说话，语言是传递信息的主要方式。巴特勒却提出了一个设问：如果没有语言，人类社会会变成什么样？她通过全篇用肢体、表情和心理活动来展现人物思考、交流并推动情节，向我们呈现了一种写作典范：不使用空洞而无必要的对话，字字落到细节和实处。这对我们来说无疑是一种启发和提醒。而她在做这一切时并没有一开始就大声宣告引起读者注意，而是点滴积累和推进，直到结尾处女孩的那声"不"才让人惊醒，意识到这是一篇没有对话的小说。这种刻意回避对话的写作形式与故事的核心科幻设定又是密不可分的，再次让人感叹于小说从思想到形式的一致性。

三

《语音》写于将近四十年前，放到今天来看仍有深刻的含义。经典之所以成为经典是因其具有普适性，而且常读常新。这篇小说最直接的启发是让我们思考语言的重要性，整个人类文明都建立于语言文字的基础之上，如果没有办法读写，我们将无法传承知识与文化，如果没有办法听说，我们将很难进行有效交流。在《语音》的世界中，人们通过简陋的肢体动作来交流，可这种方式只能承载最简单的信息和最鲜明的态度，将一切复杂的思想和情感抽象为同意、反对、友善、敌对……小说没有写到聋哑人在染病后会发生什么，但我想按照故事的世界观设定，他们要么由于伴随语言能力丧失而来的智力衰退同样失去了自己的手语能力，要么因为仍保有通过手语交流的能力而惨遭旁人嫉妒和加害，要么就是因为害怕而不再轻易展现自己的手语能力，使自己泯然于众。大规模瘟疫伤害到的绝不仅仅是得病的人。

小说中的瘟疫很容易让人联想到新冠疫情，极强的传染性使其在短时间内迅速爆发，而其源头也如小说中那样没有定论，在非常有效的疫苗被开发出来之前，人类社会无法将其彻底歼灭，只能适应与之共处的新常态。疫情所带来的绝望感也无比真实，疫情初期，有多少人像莱伊一样遭受巨大的精神压力，觉得看不到未来、找不到生活的意义，即便暂时没有因疾病本身而遭受生命威胁，也处于崩溃的边缘。疫情对于社会公众的影响不只是公共卫生方面的，更是经济、文化、心理等方方面面的。巴特勒用大半篇幅描绘了一个灰暗的世界，但仍在结尾留有一抹亮色，这也提醒了我们无论当下或短暂的未来里世道有多艰难，一切终将过去，新的时代也会开启。

疫情以来，网络上爆发了诸多论战，有些与疾病本身有关，更多的则无关。在观察这些争论的过程当中，我们不难发现《语音》带来的另一层启发：交流的无力与冲突的产生。也许剥除了面对面交流的温度以后，网络这种媒介所能传递的信息在某种意义上也是缺失的，隔着电脑让人更容易将观点是非化、立场两极化、言论扁平化、情绪极端化，这像极了《语音》中瘟疫后的肢体交流，人们所能传达的东西受到了极大限制，稍有不慎便会触怒他人，并且误伤旁人，从而导致争斗的扩散。或许我们应该警惕的是《语音》中的疾病——使人交流受限的原因——会变成长期简单化、极端化交流的结果，成为我们现实中未来社会的某种疾病。更可怕的是，倘若习惯了这种交流方式，久而久之我们是不是也会形成相应的思维模式，从而滑向集体失智的深渊呢？疫情的发展在某种程度上催化了隔阂与争议的产生或显形，在多种维度、多个层面，小说或许都能起到警示作用，提醒我们在裂隙扩大到无法弥合之前采取行动。

在很多科幻小说中，我们都会看到宏大叙事，外敌当前时人类会团结一心，共同迎接挑战。毕竟外星人都快来毁灭地球了，内斗还有什么用呢？可是当病毒威胁到世界各地数以万计的人类生命和未来数年内的全球经济时，人类团结了吗？当然有，但也有猜疑、嫉妒、争夺、推卸责任、丧失同理心……那些宏大叙事的科幻小说在某种程度上是一种乌托邦，而巴特勒的《语音》却选择了截然不同的另一条路，用显微镜观察灾难下人类社会的一个小角落，折射出的是更宏大的社会图景和更幽微的人心。她没有在小说中添加多少科学技术细节，没有去描绘适合影视化的大场面，没有甩出新颖有爽感的脑洞，她只是设想了一种疾病的可能，沿着这个方向进行推演，并将所有细节落到实处，真切关怀社会与人性。这不是当下国内科幻主流的审美方向，却是让科幻光谱更丰富多彩、不可或缺的方向。

一直以来，我在创作科幻时所坚持的也是这个方向。我在过去的几年内沉迷于书写人和人之间各种交流沟通的尝试，彼此理解或发现永远无法完全理解他人的过程，《脑匣》中的恋人、《链幕》中的姐弟、《语膜》中的母子、《失乐园》中的夫妻皆是如此，新的科技可能赋予人们新的交流方式，却不一定使沟通变得更容易，且不说那些根本没耐心、没意愿理解他人的人，就算你愿意费心，就算你拥有前沿科技的加持，你就能够真正理解他人了吗？我不能说这个主题承继自《语音》，却无疑是巴特勒在作品中关注的一个方面。她在小说中通过以小见大的写作方式，同时关怀了个体的内心和更广大的社会，这也是我所追求并在学习中的。巴特勒不愿被称为"科幻作家"，并非因为她不爱科幻，而是因为她知道许多人对"科幻"抱有刻板印象，如果她的书被打上科幻标签就可能流失一部分读者，她选择与非专注科幻的小出版社合作，以使自己的作品接触到更广大的读者群。对于现阶段的我来说，选择更多在文学杂志和出版社发表、出版作品，而非科幻迷集中的科幻杂志和出版社，也有类似考虑。我相信，只有当科幻走出自己的小圈子，在其他市场上拥有一席之地，并且不是单纯因为其"科幻"身份受到热捧，而是被放在更广阔的评价体系下来讨论和欣赏，才能真正让科幻为更多人所了解，才能将科幻所想传递的核心信息扩散到更广泛的人群中去。

（本文所采用的《语音》译名和引用的中文文本参照耿辉的译本）

作者简介

王侃瑜，科幻作家、学者、编辑。曾获全球华语科幻星云奖最佳科幻电影创意奖金奖、评论奖银奖、最佳中篇小说奖银奖等。作品散见于《收获》《花城》《克拉克世界》等刊，被收录于海内外各类选集，已出版个人小说集《云雾2.2》和《海鲜饭店》，并在《新文学评论》《幻想艺术》等发表论文。作品被译为十余种语言。

"恐龙文明"三部曲：
借异族之名，观照人类

◎ 滕 野

罗伯特·J.索耶

"恐龙文明"三部曲是加拿大科幻作家罗伯特·J.索耶的作品，创作于1992—1994年间，中译本首次出版于2005年。整个系列由《远望》《化石猎人》《异族》三本书组成，前后联系紧密，因此虽然是三本书，但不应该割裂开来看待，而应该视为一个整体。

在这三部曲中，索耶做的是科幻作家们最常做但往往也是最困难的一种工作：构建一个外星文明，一个人类之外的"异族"。

巧得很，三部曲的结尾的标题也是《异族》。

这项工作吃力不讨好。科幻读者们的口味"变刁"的速度远远超过科幻作家们突破自我的速度，起初读者们对"外星人"这一题材非常宽容，只要与人类有所差异就行，例如DC（Detective Comics）的超人，超人的形象与人类完全没有区别，只是具有各种不可思议的能力，但读者们欣然接受他是一个"外星人"的设定。

但随着科技进步、教育普及，"外星人"这个词汇所蕴含的魔力被一点点剥离，如同过去将上帝撵下神坛一样，科技又开始将科幻中的神秘面纱一一揭开，很不幸，面纱下的东西往往虚假而苍白。

从技术角度而言，科幻是一种速朽的文学。连欧美科幻三巨头之一的罗伯特·海因莱因都承认，在他的《爆炸总会发生》撰写期间，"核物理学发展迅猛，我的小说五次被现实超越"，以致他不得不修改小说中的好些内容，这样才能跟上科学的进程。

有人会反驳：那都是过去的事了，当代科幻已经不那么常被现实超越了，近十几年来，科幻所能抵达的想象力边缘对科学来说遥遥无期，像什么中微子通信啦、智能 AI 啦……

但不客气地说一句，这纯粹是因为科技发展太过迅猛，科幻作家们已经没法理解前沿科技领域在讨论什么东西了，那是需要一个人经历完整的博士教育后才能勉强做到的事情。

于是科幻作家们只好退而求其次，找一些显然远在天边的名词，绞尽脑汁地把它们融入自己的创作之中。对小说而言，中微子通信跟电话本质上有什么区别吗？至于智能 AI，完全是借机器之名写人罢了，有多少爱情故事、悬疑故事或侦探故事披上一层 AI 的皮，就摇身一变成了科幻故事？

另一方面，科幻作家非但赶不上科技进步的速度，同样也赶不上读者群体文化素养提升的速度。在超人被创造出来的时代，"外星人"就像魔法，是解释一切不可思议的现象的钥匙；但随后读者就开始提问：为什么外星人长得这么像人类？

于是科幻作家们开始想办法改变外星人的形象，令其具有足够的"陌生感"，好让读者相信它们的确来自外星球。这些努力包括但不限于改变外星人的肤色、五官分布、肢体数量，从火星公主到尤达大师到 E．T．到虫族再到异形，我们可以看到外星生物的确越来越"非人化"，但读者的提问也愈发尖锐：为什么外星人身上地球生态系统的影子如此浓重？为什么它们都有脊椎，都是对称分布，都长着能从地球生物身上找到原型的触手或獠牙？

科幻作家们在这样的问题面前节节败退。公允地讲，这些问题太强人所难了，科幻作家们都只见过地球上的生物，他们的想象也只能从这些生物中取材，而它们长成如今的样子是数十亿年进化的结果。

要求科幻作家创造一套不同于现实的、完整自洽的生态系统，等于要求他们对进化论和生物学有极其深刻的理解，深刻到可以自己在脑子里模拟这数十亿年的进程，并把这数十亿年的进程引向与如今完全不同的另一个方向。

但科幻作家左支右绌、窘态毕露的样子并不能激发读者的怜悯之心，相反，读者们得寸进尺，步步紧逼，终于，他们给出了致命一击：为什么外星人都是碳基生物？

要回答这个问题，等于是要科幻作家回答地球生命的起源：为什么三十亿年前，在死气沉沉的原始海洋里，首先开始自我复制的是那几个碳基大分子，而不是其他化学分子？

这不是科幻作家的课题，是诺贝尔奖得主的课题。

但科幻作家们的勇气是令人敬佩的。他们掌握的知识与专业人士的差距，可能比小学生与博士的差距还大，但他们却并未因此退缩，而是真的试图回应读者的期待，从"分子化学"这种最为基础的层面去构建一种新的"外星文明"。

于是我们有了描述硅基生物和氨基生物的科幻小说。

可读者无情地又一次抛出新问题：凭什么外星文明是由"化学分子"构成的？凭什么它们拥有人类可以理解、描述的形体？不依靠分子甚至不依靠基本粒子，有没有可能形成生命？

这下科幻作家再度溃不成军。他们苦思冥想，终于从洛夫克拉夫特的"克苏鲁神话"及与其类似的文学中找到了出路：

1. 不再直接描述外星文明，避而不谈；

2. 令外星人主动选择变为人类熟悉的形象；

3. 使外星文明与人类或地球具有某种联系。

这些都是不算解决办法的办法，很偷懒，但很有效。

第一个办法的典型代表是克苏鲁神话，不直接描述古神，只描述古神如何令人疯狂。

第二个办法的典型代表是《地球停转之日》，直接让外星人化身为人类，借口是"方便沟通"。

第三个办法的典型代表就是罗伯特·索耶的"恐龙文明"三部曲。

整个"恐龙文明"系列的故事基于一个非常简单也被无数人畅想过无数遍的假设：若恐龙没有灭绝，会怎么样？

既然恐龙是地球生态系统已有的生物，那么恐龙文明中的各个物种就可以直接比照地球生态系统来写，合情合理。其中还暗含了另一层意思：恐龙文明在社会层面的组成也可以直接比照人类社会来写。

人类有语言，有教育，有书籍，有历法，有战争，有权力……那么恐龙的文明里，这些东西同样一应俱全。

事情好办多了。

恐龙也靠声带说话，也靠指头写字，受伤了也会流血，年老了也会死。

恐龙也要吃喝，也要社交，也会组成家庭和部落，也会愤怒、会悲伤、会欢欣、会爱。

于是砖瓦备齐了，可以在此之上搭建一个熟悉而陌生、合理而荒诞的异类文明了。

索耶构建恐龙社会时，对人类社会的比照是全方位的，其中最重要的是历史和思想脉络方面的比照。毋宁说，正是这种比照，使得"恐龙文明"不同于一般的描写政治的太空歌剧，而真正变成了合理的"异类文明史"。

"恐龙文明"的第一部《远望》，是

《远望》1992年初版书影

恐龙——他们自称昆特格利欧人——发现自身生活于一个圆形的世界上，并就此对宗教和神创论产生怀疑的过程。年轻的宫廷占星师学徒阿夫塞与王子迪博一同乘船出海，去朝觐"上帝之脸"。这是昆特格利欧人成年礼的一部分。

"上帝之脸"离昆特格利欧人居住的陆地十分遥远，它是一个浮在空中的巨大的、色彩缤纷的圆形物体。确定了昆特格利欧人宗教信仰的先知拉斯克声称，这是上帝的面容。但阿夫塞通过自己的观测，发现"上帝之脸"上居然会有类似月相的周相盈亏现象发生，更进一步地，他推断出"上帝之脸"实际上不过是个巨大的行星，而昆特格利欧人生活于这一巨行星的一个卫星上，二者处于潮汐锁定状态。卫星始终以一面朝向巨行星，而昆特格利欧人生活的陆地位于背对巨行星的那一面。

阿夫塞一开始不敢相信这个结论，他感到自己的世界被颠覆了，甚至想过要不要从桅杆上跳下去，摔死算了。但学者的良知令他无法欺骗自己，更无法欺骗昆特格利欧人，于是他选择活下去，并向自己的好朋友迪博王子以及他所乘坐的戴西特尔号船长瓦尔–克尼尔解释他的发现。

当然，迪博王子把这当成笑话，克尼尔船长则直接命令他闭嘴。就在这时，一头蛇颈龙类生物出现在海面上，它或它的同类曾经袭击过戴西特尔号，并咬掉了老船长的一截尾巴。克尼尔勃然大怒，下令扯起船帆，越过"上帝之脸"，继续向前航行。之后，阿夫塞协助克尼尔杀掉了蛇颈龙，并成功说服老船长不再原路返回，而是一路向前。

这是巨大的冒险。阿夫塞的理论是，世界是个球体，再往前就可以回到昆特格利欧大陆的另一边；而先知拉斯克的宗教体系对世界的解释是，陆地是个巨大的卵，在无穷无尽的"大河"上不断向前漂流，"上帝之脸"在遥远的前方为昆特格利欧人看顾着河面上的危险，并保证这些危险不会威胁到陆地。

最终，事实证明阿夫塞是正确的，他们真的回到了大陆的另一边。

从海安长途跋涉返回首都的过程中，阿夫塞结识了望远镜工匠瓦博-娜娃托，在克尼尔的船上，阿夫塞观测"上帝之脸"时使用的望远镜正是娜娃托制造的。两人的思想激烈碰撞，他们在阿夫塞的基础上推导出了一个更进一步的结论：昆特格利欧卫星离巨行星太近了，很快就要被行星的引力撕碎。在人类的物理体系中，我们会这样说：昆特格利欧卫星即将越过行星的洛希极限。

昆特格利欧的世界就要毁灭了。阿夫塞和娜娃托是最先意识到这一点的两个人。两人度过了温柔的一夜后，阿夫塞返回首都，但随之而来的是以皇家高等祭司耶纳尔博为首的宗教人士的迫害。

昆特格利欧人有一个生理特点：说谎时口鼻部会变蓝。但有极少一部分昆特格利欧人能够面不改色地说谎，这样的人被称作"魔鬼"。阿夫塞在首都宣扬自己的理论，却遭到民众的质疑，民众认为他在撒谎，阿夫塞用自己的口鼻没有变色来为自己辩解，但民众反而把他叫作"魔鬼"。

由于阿夫塞不肯放弃自己的理论，高等祭司耶纳尔博挖掉了他的眼睛。就在阿夫塞被处刑之后，首都发生了剧烈地震，这是由于卫星逼近洛希极限而产生的地壳运动。在铁一般的事实面前，阿夫塞最终说服了迪博——此时这位王子已经继位成为国王——他们决定逃离这个即将毁灭的世界，"到星星上去"。

很容易看出，阿夫塞这个人物糅合了诸多伟大人类学者的生平和成就：用望远镜眺望夜空——伽利略；发现自己生活的世界并非宇宙中心——哥白尼；环球航行——麦哲伦；预言引力效应——牛顿；因真理而被宗教迫害——布鲁诺。

"恐龙文明"的第二部《化石猎人》，主角是阿夫塞和娜娃托的孩子科-托雷卡。娜娃托负责了昆特格利欧人的"出逃计划"，她所做的第一件事是进行资源普查，为此，生物学家托雷卡和克尼尔船长一同扬帆出海，寻找是否还有未被发现的大陆。他们一路航行到南极，在这里，他们发现了许多种新的生物，但进行解剖后，托雷卡发现它们的

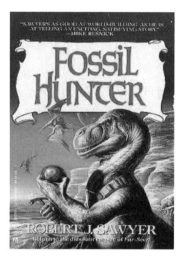

《化石猎人》1993 年初版书影

结构都和翼手龙相似。经过反复的思考和心理斗争，托雷卡最终说服自己：这些生物是由翼手龙"变"来的。

托雷卡完成了人类学者达尔文的工作，创立了进化论。上帝再一次被科学赶下神坛，昆特格利欧人至此明白了，非但世界不是上帝创造的，连生物都并非出自上帝之手。

《化石猎人》中有三条比较清晰的剧情线，除托雷卡创立进化论外，第二条剧情线是昆特格利欧人发现一艘埋藏于巨厚沉积岩层之下的外星飞船，并找到了飞船里的无数生物遗骸。

这是上一轮宇宙的幸存者，一位"上帝"的杰作。这个"上帝"从地球的原始海洋中抽出右旋氨基酸送往其他星球，他的工作导致了一个叫"杰佳齐"的智慧物种的诞生。他指挥这个物种把地球上的恐龙送往昆特格利欧人如今所住的卫星，并移来一颗陨石，毁灭了地球上的恐龙。这是因为，"上帝"发现，在通往智慧的道路上，爬行类和哺乳类的大脑容积都在沿着一条陡峭的曲线上升，可爬行类所占据的生态位已经不允许哺乳类继续发展，于是他为哺乳类扫清了进化路上的障碍。

第三条剧情线则直接下启第三部《异族》。在《异族》中，托雷卡和克尼尔船长找到了一片群岛，群岛上生活着另一种智慧恐龙，但一看见这种恐龙，除托雷卡外的其他船员就都会进入狂暴状态，这些船员杀死了数只异族恐龙。

这种狂暴出自地盘争斗本能。昆特格利欧恐龙每次生育都会产下八枚蛋，如果八个后代都成活，人口将以八次方量级的速度增长，直接后果就是每个村庄、部落里都没有足够的空间，这会使得被侵犯地盘的恐龙陷入疯狂，自相残杀。于是昆特格利欧人发明了"血祭司筛选"制度，血祭司会在幼儿出生后迫使它们跑起来，并逐一吞下落在后面的七个幼儿，只留下最强壮、跑得最快的那个。

但昆特格利欧人的皇室是先知拉斯克的直系后代，每一代皇室的八个孩子都可以免于接受筛选，而是直接成为下一任国王和七个省份的省长。迪博国王的一位兄弟罗德罗克斯曝光了这一事实，并要求重新进行筛选仪式，他自信是八个兄弟姐妹中最强壮的一个，最有资格继承王位。

《异族》1994 年初版书影

昆特格利欧人民愤怒了，所有的部族都取消了血祭司制度。迪博不得不接受现实，阿夫塞为他出了一个主意——用一只霸王龙代替血祭司，把迪博和七个省长都放进一个巨大的竞技场里进行死斗。阿夫塞和迪博对霸王龙的生理特点进行了详细的研究，制定了针对性的战术，最终迪博胜出。

可除迪博以外，阿夫塞和娜娃托的八个孩子也都未经历过血祭司的筛选，这是由于他的巨大贡献。就在迪博筹备生死斗之际，阿夫塞的数个孩子接连遭到谋杀，阿夫塞最终查明凶手是他的另一个孩子德罗图德，德罗图德选择了自杀来赎罪。

此后《异族》的故事展开，阿夫塞在这一部故事的开头遭遇了一场车祸，车祸后他的肢体大量再生期间，连过去被挖掉的眼球也一并长了出来。可不知为什么，虽然眼球恢复，他却仍然失明，而且饱受噩梦折磨。

迪博国王为他推荐了一名心理医生默克蕾博。经过多次交谈和深刻剖析，默克蕾博指出，阿夫塞的噩梦源于他第一次环球航行之后、遇见娜娃托之前。在《远望》里，那时他走入了一个村庄育婴堂，目睹了血祭司吞食七个新生婴儿。自那时起，对血祭司的恐惧就深深刻在了他的潜意识中。而在《化石猎人》中，阿夫塞替迪博出谋划策使他通过死斗筛选的过程，就像一位血祭司一样，将迪博的兄弟姐妹逐个淘汰。

于是在阿夫塞的潜意识里，他成了他自己最为恐惧的血祭司。噩梦找上了他，挥之不去。潜意识拒绝让阿夫塞复明，拒绝让他看到这样的自己。

与此同时，托雷卡与异族恐龙共同生活了一段时间，学习他们的语言和文化。异族恐龙有两个与昆特格利欧恐龙不同的生理特征：第一，他们没有地盘争斗本能；第二，他们撒谎时口鼻不会变蓝。

默克蕾博指出，昆特格利欧人整个社会都是病态的，他们过强的地盘争斗本能很可能就来自童年时经历血祭司筛选的恐惧。而异族恐龙没有这种仪式，托雷卡也因免于筛选而不具备地盘争斗本能。她完成了人类社会中弗洛伊德和荣格的工作。

发现埋藏在岩层中的外星飞船后，娜娃托亲自接手了对它的考察工作。这是杰佳齐当年用来从地球运送恐龙的"方舟"之一，但因为意外坠毁于地表。娜娃托无意间启动了其中的一件设备，这东西开始以极快的速度将飞船周围的岩层转化为一座直入云霄的高塔，娜娃托乘坐升降梯登上高塔顶端，就像童话故事里攀上仙藤抵达云端的巨人城堡的孩子一样。在塔顶，她看到了杰佳齐留下的监视系统，这系统不停地传回来自其他世界的信号，其他被杰佳齐输送了生命的世界的信号。她也就是在这里发现，所有这些世界的生命都起源于地球。

娜娃托看到了地球如今的面貌，一种奇怪的"无尾两足动物"统治着它。

娜娃托还不小心打开了塔顶通往宇宙空间的气密门，这令她陷入了短暂的失压昏迷状态。于是娜娃托意识到，昆特格利欧人想要前往星空，就得拥有比滑翔机更强大的交通工具。

托雷卡返回戴西特尔号后，异族恐龙追了上来，要替被昆特格利欧人杀死的同胞报仇。他们的舰队追着戴西特尔号一路返回昆特格利欧大陆，迪博国王发动了一场战争，将整个舰队歼灭在海岸上。在战争前夜，托雷卡带着阿夫塞前往异族恐龙舰队做最后的和平努力，但异族恐龙用枪射伤了阿夫塞。

阿夫塞进入弥留，此时他的潜意识终于大发慈悲放弃了争斗，让他重新看见了星空。在这一夜之后，阿夫塞看着他所爱的朋友和家人们的面庞，终于长眠。

索耶用阿夫塞这个人物观照了人类科学启蒙的那段时光，将15—20世纪这五百年的漫长岁月浓缩在一个人物的一生内，将日心说、地圆说、万有引力、进化论、潜意识等种种伟大的、对人类世界观产生震撼的发现浓缩在三本小书内。

对"恐龙文明"三部曲的最好概括莫过于《异族》开头的引子：

> 历史上，昆特格利欧恐龙曾经历过三次巨大的震撼。
>
> 首先，阿夫塞给人们带来了宇宙学的震撼。他否认了天堂里上帝的存在，将我们从宇宙的中心地区抛至漫无边际的偏远地带。
>
> 然后，托雷卡给我们带来了生物学的震撼。他证明了我们并不是上帝的双手创造出的神圣生灵，而是由别的物种自然进化而来。
>
> 最后，默克蕾博给我们带来了心理学的震撼。她证明了我们并不是在遵照高尚的原则用理性来规范言行，而是受潜意识中黑暗力量的驱使。

索耶建立了一个合理且有血有肉的外星文明社会，这是科幻最核心的魅力之一，也是科幻作家的终极追求之一——在一个假设之上，以科学和历史的逻辑进行推演，描述单独的人物和集体的社会的变迁。

当然，这种逻辑，终归是人类的逻辑，所以不可避免地，这样的推演始终都会带有人类的影子。

"文学是人学"，这一说法的源头众说纷纭，有说是高尔基，有说是 19 世纪法国的丹纳，也有说是华东师范大学教授钱谷融。但无论出自何人之口，论断总是不错的：一切文学，到最后都是人学，都在写人。科幻当然概莫能外。

挑剔的读者或许对此会有不满，会嫌"还是不够陌生"，就像我小时候读到地球竟是昆特格利欧人和其他许多星球文明的起源时一样：怎么又把人类放到一个中心地位上去写了？

多年以后回头再看，对这样的埋怨，换作是我也只好耸耸肩，就认了吧。

借异族之名，观照人类，能做到这一点，已经非常了不起了。科幻毕竟是科幻，但也只不过就是科幻。

与传统文学相比，科幻的观照更多了一份只存在于技术和宇宙背景下的宏大浪漫。

不妨直接引用"恐龙文明"三部曲的结尾作为这篇小文的结尾：

多数昆特格利欧人的飞船都已飞向了由轨道望远镜发现的新世界，少数飞往了已经有生命形式的星球，但最后这艘飞船有一个特殊的使命。

她要回家。

丽丝猜想着，当他们到达最初的家园时，那些奇怪的无尾两足动物，昆特格利欧人久已失散的同胞，会不会很高兴见到他们。

时间会告诉我们答案。

全力加速的警报声响起。

戴西特尔号星际飞船急速前行。

作者简介

滕野，新生代科幻作家。曾获中国科幻银河奖最佳中篇小说奖，全球华语科幻星云奖年度新星银奖、中篇小说银奖，"未来全连接"超短篇小说大赛金奖，未来科幻大师奖等。代表作为《隐形时代》《辽河天涯》《第四人称》等，出版个人小说集《回归原点》。多篇作品被译为英文、日文、韩文等。

死亡宿命和因爱而生
——重读特德·姜《你一生的故事》

○ 何庆平

一

"你的父亲很快便会向我提出那个问题，这将是我们夫妻生活中最重要的一刻，我希望专注地倾听，记下每一个细节。"

2015年，我第一次读到特德·姜《你一生的故事》，刚读了开头就被吸引了，读到后边更是深为震撼。那时的我已读过不少国内国外经典科幻小说，对科幻小说形成了一些固有的认识，但这篇小说以一种极致的新奇感，完全刷新了我的认识。完全没有想到，科幻小说还可以这么写。

小说没有特别硬核的科学设定，所涉传统科学只有费尔马最少时间定律及变分原理，但其语言学内容详尽扎实，外星生物语言文字的设计非常具体。外星生物同步并举的意识模式，与人类连贯的思维方式截然不同，却又

特德·姜

如此细致入微、合情合理。小说的叙事结构与故事内容完全匹配，理性认识与感性体验浑然交融，充满艺术的美感。

不过，虽然小说给我很大冲击，但之前我并没有深入解读过它。它就像一份厚重的精神礼物，彼时的我还不能很好地领受。

2020年新冠疫情暴发后，我在家里待了两个多月。每天早上醒来第一件事就是查看疫情确诊人数，然后浏览疫情相关文章，常常被各种事件牵动心绪，有时震惊，有时恐惧，有时悲伤，有时愤怒。疫情让我真切体会到生命的脆弱与命运的残酷。

可能是因为看到不少疫情带来的死亡，有一天晚上我忽然想起《你一生的故事》这篇小说，想起主人公在月光下跳舞时"看见"未来女儿的死亡。

于是我重读了小说，依然很受震撼。女主人公面对未来女儿死亡宿命的态度，很大程度缓解了我当时的焦虑心情。

接到经典新读的约稿后，我第一时间想起这篇小说。

是时候打开这份精神礼物了。

二

重读小说，更加发现开篇的匠心独具。女主人公"我"立足现在这个时刻，讲述女儿"你"即将开始的一生。先是怀上女儿的这个晚上，再是女儿12岁时的一次母女拌嘴，再简要概述了未来："以后，等你来到人间两三年后，你爸爸和我将卖掉第一所房子。等到你离开人世，我将卖掉第二所。到那个时候，我会和内尔森搬进农场的房子里，而你的爸爸将和那个我不记得名字的女人一起生活。"

小说开篇出现了两个惊奇之处。第一，一般小说都是从叙述者选定的现在出发，追忆过去发生过的种种事情，而这篇小说却是在讲述未来将会发生的事情。最为奇特的是女主人公不是用一种想象的口吻展望不确定性的未来，而是用一种追忆的口吻讲述必然发生的未来。看到这里的读者，想必都会生出疑问：难道叙述者"我"是一个能准确预知未来的预言家吗？

第二，"我"讲述起了女儿将会早早离世，可是态度却非常平静。对一个母亲来说，女儿意外离世应该是不忍提及的事情。而小说开头这个段落中却提到好几次，比如"最适当的时机应该是你准备好自己要个孩子的时候。但是，我们永远也不会有那个机会了"，还有"等到你离开人世，我将卖掉第二所"等等。在叙述中能看出"我"对女儿饱含感情，但"我"说起女儿离世时又是这么平静，两者形成反差。

如此，小说开头在不动声色之中建立了悬念。朴素平实的语言隐藏着丰富的内涵，将读者的期待感拉满。这种写法让我想起了海明威的冰山理论，读者见到的只是冰山一角，其实水面下还有着巨大的冰山。冰山理论不一定适合每篇小说，但作为一种技巧用在开头往往令人惊艳。

结合小说结尾来看，更能体会开篇的精巧。开头第一个段落包含现在、未来与过去。首先叙述现在"我"跟你父亲跳舞，再插入未来女儿12岁的生活片段，再回溯过去外星生物的到来。结尾最后一个段落则包含过去、未来和现在。先讲述过去外星生物的离去，再叙述未来"我"将与你父亲分手、与你分别，最后是现在两个人在月光下跳舞。小说的开头和结尾构成闭环，有一种对称的结构美感。

三

开篇第一个段落之后，第二个段落变得好懂一些。这个段落讲述过去发生之事：因外星生物突然降落，军方找到身为语言学家的女主人公帮忙破译外星生物的语言。第二个段落篇幅较长，最初阅读这个段落的我，以为小说接下来会一直这么"正常"，没想到紧接着的第三个大段落，如同一记重拳狠狠打在我心上：竟然是讲述未来"我"和"你父亲"去辨认25岁的"你"登山坠落后的尸体。

　　我记得太平间的样子，铺着瓷砖，到处是不锈钢，冷冻设备嗡嗡低鸣，弥漫着防腐剂的味道。会有一个勤杂工掀开罩单，露出你的脸。你的脸会有些不对劲，但我将知道，那就是你。

　　"是的，是她，"我会说，"是我的女儿。"

　　那个时候，你是 25 岁。

不比之前简单提起女儿离世，这里是一个母亲辨认女儿尸体的具体过程，本该酝酿着何等惊心动魄的情感，但是"我"的态度竟然如此平静。语言也异常简洁，没有多余的态度和情感的描述，在"我"确定是女儿尸体之后，叙述戛然而止。惜字如金的写法，却能给读者极大的冲击。一篇聚焦语言学的科幻小说，展示了如何在语言中构造巨大张力。

　　第四、五个大段落恢复正常，讲述过去"我"参与外星语言破译工作，与外星生物隔着视镜进行对话交流，试图破译外星生物奇特的语言密码的事情。之后第六个大段落，又是叙述未来。前一部分是给学生上语言学课程，后一部分是 5 岁女儿学习语言的趣事。这个未来段落跟前后过去段落存在着直接关联，都聚焦于语言学习。未来内容与过去内容，从这儿开始有了勾连：过去导向未来，未来印证过去。

　　从此，小说的阅读之旅不再那么艰难。随着叙述深入，谜底逐渐揭开。读到后边，会彻底明白小说为何跳跃穿插这么多未来记忆。

四

　　之前我对小说结构的理解是印象式的，这一次我对小说结构进行了具体分析。小说共有四十六个段落。开头段落描述"现在"这个时间点，"我"和你父亲在院子里跳舞。从这个时间点出发，小说展开对未来和过去的讲述。涉及女儿的生活时，是未来将会发生之事；涉及学习外星语言的过程时，是过去已发生之事。此外，那些没有明确语态，主要用于解释原理与设定的内容，基本是跟过去事件相连，是过去的"我"学习外星语言中获得的认知，因此可以看成过去。我汇总了段落的"时态"，列出表格：

时刻	段落编号
现在	1，46
未来	1，3，5，7，11，13，15，17，19，21，23，25，28，31，33，35，36，38，41，43，45，46
过去	1，2，4，6，8，9，10，12，14，16，18，20，22，24，26，27，29，30，32，33，34，35，37，39，40，42，44，46

再汇总未来段落的时间线，列出表格：

段落编号	女儿年龄	事件简述
1	12 岁	母女俩因打扫卫生拌嘴
3	25 岁	女儿意外离世，母亲辨认尸体
5	5 岁	女儿学习伴娘这个词
7	16 岁	女儿初次见到母亲男友内尔森
11	约 15 岁（高中低年级）	女儿跟母亲讨论前一晚派对
13	6 岁	女儿兴冲冲为去夏威夷做准备
15	22 岁	母亲参加女儿大学毕业典礼
17	13 岁	母亲带女儿去商场买衣服
19	1 岁多（刚会走路）	母亲看到女儿学走路的心情
21	15 岁	女儿抱怨父亲管得太宽
23	（无明确时间）	一个关于孩子的笑话
25	14 岁	女儿询问一个学术用词
28	14 岁	母亲告诉女儿"非零和游戏"
31	2 岁	女儿不愿入睡，母亲强逼

段落编号	女儿年龄	事件简述
33	3 岁	女儿被沙拉钵砸到
35	25 岁	太平间里看到女儿的脸
36	3 岁	母女两人爬一段盘旋楼梯
38	几个月	母亲给还是婴儿的女儿喂奶
41	约 7 岁（估计）	母亲给女儿念书上故事
43	（无明确时间）	未来很多年轰然而至
45	一天	母亲观察刚分娩的女儿
46	（无明确时间）	简述多年后将离婚、失去女儿

从以上两个表格可知，小说的主体结构为未来记忆与过去记忆交叉叙述。过去段落，是学习外星生物语言的过程，专业性很强，充满理性深度。未来段落，是女儿生命中发生的事情，较为生活化，充满情感浓度。过去段落，严格按照时间顺序进行。未来记忆，讲述顺序是跳跃的。这样一种结构，与女主人公记忆状态吻合：

在我学会以七肢桶语言 B 作为思维工具之前，我的记忆仿佛是一截烟灰，意识的香烟连续不断燃烧着当前，遗下一长条无数细小微粒组成的烟灰。学会七肢桶语言 B 之后，有关未来的记忆好像巨大的拼图游戏的拼板，一块块拼合起来，每一块都是过去或未来的岁月。它们并不依次而来，顺序拼接，但不久便组合成为长达五十年的记忆，这是我学会语言 B、能够用它思维之后的记忆，从我与弗莱帕、拉斯伯里的讨论开始，直到死亡。

女主人公过去的记忆有先后顺序、连续向前，未来的记忆没有顺序、跳跃而来，这与小说的叙事结构段落排布彼此映照、互为诠释。读者在读懂内容的时候，会更加理解结构；读者在分析结构的时候，会更加理解内容。而且未来的记忆穿插在过去段落之中，部分未来段落与上下文过去段落有密切联系，作为一种补充或者例证。

这篇小说结构和内容达到完美统一，堪称创作的经典范本。

五.

在上述谈结构的过程中，已涉及主题相关内容。小说主要围绕三个主题展开：科学主题、哲学主题和情感主题。

科学主题是指与地球人类看待世界截然不同的思维意识模式：同步并举式。小说从外星生物语言的特点出发，结合物理学上的费尔马最少时间律以及变分原理，详细描述了外星生物具有同步并举式意识模式。小说对语言与思维的关系的描述，与语言学上著名的"萨丕尔—沃尔夫假说"有密切关系，该假说认为语言与思维之间存在对应性。

小说中让我更感兴趣的地方在于物理学内容。人类在与外星生物进行科学交流时，首先在费尔马最少时间律上获得回应。这条定律可表述为：一束光实际所取的路线永远是最快的一条。人类继而发现，外星生物将动能之类复杂的概念视为基本，而对速度这样的概念却用复杂公式表示。外星生物与人类在物理概念的理解上是相通的，但在数学表述形式上完全相反，正好颠倒过来。从这样的差异当中，研究人员认识到外星生物在思维与意识上的差异，这是因果关系与目的导向的不同。

女主人公与盖雷对费尔马最少时间定律的讨论，是理解小说设定的重要部分。以往我们熟知的物理定律，确实是用因果关系阐述的，如牛顿第一运动定律"当一个物体没有受到外力作用时，它将保持静止或匀速直线运动不变"，前半句说的是原因——"一个物体没有受到外力作用"，后半句是结果——"它将保持静止或匀速直线运动不变"。第二、第三运动定律也可以找出对应的因与果。

我们中学时期学习光的折射，也是从因果关系解释。光在不同介质中传播速度不同，从空气中照射入水中，就会发生折射。而费尔马最少时间定律却不是从因果关系阐述，而是从目的导向阐述：光要找到耗时最短的路线。因果导向与目的导向的区别，正是这篇小说的核心设定。地球人类与外星生物七肢桶的意识不同，就是因为从他们的祖先开始，就对相同的物理世界建立了不同的理解向度。

> 当人类和七肢桶的远祖闪现出第一星自我意识的火花时，他们眼前是同一个物理世界，但他们对世界的感知理解却走上了不同道路，最后导致全然不同的世界观。人类发展出前后连贯的意识模式，而七肢桶却发展成同步并举式的意识模式。我们依照先后顺序来感知事件，将各个事件之间的关系理解为因与果。他们则同时感知所有事件，并按所有事件均有目的的方式来理解它们，有最小目的，也有最大目的。

外星生物是从目的导向角度理解物理定律，建立了完全不同于人类的世界观，女主人公在学习外星语言过程中也建立了这种意识模式，因此预知到了未来。

小说这一科幻设定太奇妙了。以前所见的涉及物理定律的想象，已是比较深层的科幻设想了，而这篇小说的设定是对如何理解物理定律的想象，在前者基础上更深一层。这种想象不是空中楼阁，而是以现有的科学定律作为支撑。小说改变了我对物理定律的理解，也拓宽了我对外星生物的可能性想象。

一篇好的科幻小说，能给普通读者带来认知上的进步。而一篇卓越的科幻小说，是能给资深科幻爱好者和科幻小

特德·姜短篇集《你一生的故事及其他》2002 年初版书影

说创作者带来认知上的进步。从这个角度而言，《你一生的故事》是科幻小说中的科幻小说。或许我们也可以从物理学和其他学科中，找到某个有趣的底层定律和原理，从另一个全新的角度去理解它，将之发展成一篇科幻小说。

六

小说的哲学主题从上述的科学主题中延伸出来。在小说中，如果具有了同步并举式思维意识，便能预知未来。但是预知未来真的成立吗？换句话说，未来是确定的吗？如果未来是确定的，那人的自由意志还存在吗？历史上很多人讨论过相关问题，比如决定论与自由意志的冲突。还有在时间旅行话题上出现的"祖父悖论"，也涉及这一冲突。

既然小说核心设定关涉预知未来，不可避免也要讨论这个问题。在小说的第三十二段落，结合"岁月之书"的寓言，深入浅出地解释了预知未来和自由意志之间的悖论。同时小说提出会不会有一种情况：预知未来改变了一个人，唤醒了她的紧迫感，使她觉得自己有一种义务，必须严格遵照预言行事？

小说第三十三段落，是这种情况的一个例子。女主人公"我"和盖雷在一家商店厨具当中看见一个沙拉钵，触发对未来女儿3岁时会被这个沙拉钵砸到的记忆。相比前边"非零和游戏"术语事件中相对正面的情感体验，这一段的情感体验显然不愉快，但女主人公"伸手从货架上取下那个沙拉钵，自然而然，一点儿也没有被迫的感觉"。女主人公预知了未来这个场景，却没有去改变它。

之后小说也给出了关于消除自由意志与预知未来矛盾的补充：人因为预知未来某一事件，做出了某些行为，反而导向这一未来事件的发生。

小说的第三十五、三十六段落就是一个例证。第三十五段落，女主人公反复做一个噩梦。梦里"我"背着3岁大的"你"攀岩，不料"你"

爬出背包坠落下去。紧接着我梦到未来场景：太平间里勤杂工掀开罩单，露出"你"的脸。梦是记忆和想象的结合体，这个梦的特殊之处在于，它是女主人公未来记忆的想象性加工。女主人公因同步并举的意识，感知到了未来女儿因攀岩意外身亡的记忆，因此做了这个噩梦。接下来第三十六段落，可知女主人公总是想保护女儿，反而激发了女儿执拗的天性，使女儿养成了对攀岩的爱好，最后导致女儿攀岩发生意外。这里，过去与未来形成了闭环，消除了预知未来与自由意志之间的矛盾，这样也就使得预知未来成为可能。这让我想起俄狄浦斯王，也是预言使得故事里的人们采取各样行动，结果反而导致了预言的实现。

七

关于自由意志与预知未来的悖论，小说中还有一段重要解释，在第三十九段落：

> 自由并不是一种虚幻的假象，在先后顺序模式的意识中，它的的确确是真实的存在。在同步并举式的意识中，自由这种观念却没有多大意义，但同时也不存在"被迫"。两种意识不一样，仅此而已。这就好像在哈哈镜前，看不见照镜子的人，只能看到镜中形象。镜中出现的也许是个绝代佳人，也许是个鼻子上长着大瘤子的小丑，下巴长到胸口。两种形象都是合理的阐释，没有"对""错"可言。但是，镜子中一次只有一个形象，你无法同时看到两个。

这段话是理解小说核心内容的关键，前边部分意思不难懂，但后边部分关于哈哈镜的内容，我第一次读时就没能理解，只是当时没有细究。

这次细读的时候，发现这段话确实不好理解。这段话意思似乎是说：同一个人照哈哈镜，可能在镜子里显示成一个绝代佳人，也可能显示成鼻子长着瘤子的小丑。但这种理解也不太符合逻辑，哈哈镜只是扭曲比例，为何把绝代佳人照成鼻子长瘤的小丑呢？况且，就算有这样的哈哈镜，那它显然是相对更加错误的，而不会没有对错可言。

　　解读失败后，我忽然想到，会不会又是中文翻译有误？于是我搜索小说英文，发现原文是这样的：

> It's like that famous optical illusion, the drawing of either an elegant young woman, face turned away from the viewer, or a wart-nosed crone, chin tucked down on her chest. There's no "correct" interpretation; both are equally valid. But you can't see both at the same time.

翻译成中文是：

> 就像那个著名的视错觉图画，要么是一个优雅的年轻女人，脸背对着观众，要么是一个鼻子长瘤的老妇人，下巴埋在胸前。没有"正确"的解释，两者同样有效，但是你不能同时看到两者。

我在网络上很快找到相应的视错觉图片，如下图。

　　果然是中文翻译的问题。小说原文意思是说，就像那张图画可以看成少女也可以看成老妇人一样，世界可以用先后顺序的意识看待也可以用同步并举的意识看待。两者都是正确的，但不能同时存在。

　　也就是说，女主人公不会同一时刻具有先后顺序意识和同步并举意识。当她处在先后顺序意识中时，她的意识缓慢地、连续地向前爬行，不会去看未来记忆。而当她在同步并举意识中可以轻易看见"未来"时，又不会关注事物的先后顺序，也不会想去改变未来。未来在被预知的一瞬，已与自由意志融为一体。

八

在解释了预知未来与自由意志的冲突问题之后，小说又面临了一个新问题：如果未来已经被预知，且连过程都被准确清晰地预知，那么一切还有什么意义？

小说第四十段落讨论了这个问题，还是从语言的角度切入。语言不仅用来传递信息，也可能是一种行动。正如婚礼上证婚人说的话，人人都知道会有那些话，但又必须说出，仪式才得以完成。

紧接着的第四十一段落，小说举了未来女主人公给女儿读故事的例子。女儿明明早就知道书上的故事，但还是要女主人公念给她听。这是一种过程本身带来的愉悦感。就好像我们有时也会去看一部看过很多遍的电影，哪怕对故事情节再熟悉，当下的观影体验是不可替代的。人生也是如此，预知是一回事，实现是另一回事。再清晰的记忆，也无法代替正在经历时的鲜活体验。

当然，体验并不完全是愉快的。不仅有一时的困难挫折，还会有持续的痛苦，甚至是至爱之人的死亡。而欢乐与痛苦是紧密相随的，不管是从因果论角度还是目的论角度来看待世界，都不可能去除痛苦只留下快乐。

小说科学主题的建构和哲学主题的阐释，最终导向一个情感主题：女主人公如何面对预知的女儿之死？

九

小说中，女主人公知道女儿 25 岁会发生意外去世，但她怀着坦然和迫切的心态，以完成仪式一般的庄严与虔诚，选择迎接未来的一切。"选择"一词用得并不准确，从小说设定上来说，对此刻的女主人公而言已经不存在选不选择。她已经预知到的未来，已经融入了她的自由意志。未来将要发生的事情，都是她必然的选择。

现实中，人们无法预知未来，但都会遇到一些无法避免的结果。如同新冠疫情之后，人们一直面临的问题：如何看待疫情带来的痛苦、死亡和种种变化？再极端一点，人的死亡都是预先知道确定会发生的，无法避免。对亲人和自身的死亡，我们当如何面对？

重读这篇小说的时候，我在想一个问题：如果抛开小说本身的设定，女主人公是否愿意接受这样的未来？

从未来那些记忆片段来看，女主人公应该也是愿意的。尽管未来会有许多烦恼、痛苦和悲伤，但是从字里行间看到最多的，还是母亲对女儿深切的爱。小说以"to make love, to make you"结尾，其终极主旨就是爱。爱是人们选择的最大动机，是自由意志的核心内容。再多的烦恼、痛苦与悲伤，在爱面前都黯然失色。

未来某个时刻，也许你遇到了一些无法改变却又不愿接受之事，你想起了这篇文章，你重新翻开了特德·姜《你一生的故事》。

作者简介

何庆平，编剧，北京师范大学文学院博士生。文章发表于《光明日报》《中国作家》《中国文艺评论》《文艺报》《文艺论坛》等刊物。参与编剧多部一线卫视电视剧，剧本《锦衣夜行》入围国家广电总局"扶持青年优秀电影剧作计划"，编剧电影《我没有恐犬症》在中央电视台电影频道播出。

黑暗怎能焊住灵魂的银河

——读《乡村教师》

◎ 吴　霜

卡尔维诺在《为什么读经典》中提到，经典作品是一些产生某种特殊影响的书。它们要么以难忘的方式给我们的想象力打下印记，要么乔装成个人或集体的无意识，隐藏在深层记忆中。

这让我想起了刘慈欣的科幻小说《乡村教师》。

《乡村教师》的主线并不复杂。一位贫困山区的老师得了癌症。他平日收入微薄，大多贴补给了学生，自己却无钱治病。病死之前，他把牛顿三定律教给了自己的学生。宇宙的高维文明为了阻止宇宙维度战争，对一些"障碍星球"（包括地球）制定了规则：凡是文明程度较低的星球一概需要被毁灭。学生们的复制体接受了测试，用三定律拯救了地球。而这一切，地球上的所有生物（包括学生本人）都不知晓。黎明来临，"李老师之墓"的小小墓碑，消失在了贫瘠山村的晨雾中。

先说说第一层面，想象力。《乡村教师》里建构了许多硬科幻作品独有的不可思议的奇观。

银河系的边缘出现一条长达一万光年的红色光带来……如同一道一万光年长的血潮，向碳基联邦的疆域涌来……那生机盎然的海洋中漂浮着由柔软的长藤植物构成的森林，温和美丽、身体晶莹透明的绿洋星人在这海中的绿色森林间轻盈地游动，创造了绿洋星伊甸园般的文明。突然，几万道刺目的光束从天而降，硅基帝国舰队开始用激光蒸发绿洋星的海洋……绿洋星变成了一口沸腾的大锅，这颗行星上包括五十亿绿洋星人在内的所有生物在沸水中极度痛苦地死去，它们被煮熟的有机质使整个海洋变成了绿色的浓汤。最后海洋全部蒸发了，昔日美丽的绿洋星变成了一个由厚厚蒸汽包裹着的地狱般的灰色行星。

这是以举例的方式描绘宇宙战争的惨烈。从小说戏剧结构上来说，为了增强故事高潮部分的危机感，作者也确实需要先举一个例子，警告读者：如果地球没有被拯救，也是类似的下场。

此外，硬科幻特有的"维度战争"概念，也被描绘得栩栩如生。很多科幻作品都提到过"虫洞""超时空跃迁"的概念，但能够考虑到跃迁后给宇宙留下千疮百孔影响的作品，却不多见。

当时，双方数量多的难以想象的战舰群为了进行战术机动，进行了大量的超短距离时空跃迁……飞船一旦误入这个区域，可能在一瞬间被畸变的空间扭成一根细长的金属绳，或压成一张面积有几亿平方公里但厚度只有几个原子的薄膜，立刻被辐射狂风撕得粉碎。但更为常见的是飞船变为建造它们时的一块块钢板，或者立刻老得只剩下一个破旧的外壳，内部的一切都变成古老灰尘；人在这里也可能瞬间回到胚胎状态或变成一堆白骨……

除此以外，对孩子们的复制体出现在虚构的空间中的描绘也充满了想象力。读者得以精确目睹牛顿三定律在一个虚构的极端理想情况下成立的可能性。

十八个孩子悬浮在一个无际的空间里，那空间呈现出一种无法形容的色彩，实际上那不是色彩，虚无是没有色彩的，虚无是透明中的透明……孩子们感到了难以形容的恐惧……孩子们惊奇地看着脚下突然出现的大地，它是纯白色的，上面有黑线划出的整齐方格，他们仿佛站在一个无限广阔的语文作业本上。他们中有人蹲下来摸摸地面，这是他们见过的最光滑的东西，他们迈开双脚走，但原地不动，这地面是绝对光滑的，摩擦力为零，他们很惊奇自己为什么不会滑倒。这时有个孩子脱下自己的一只鞋子，沿着地面扔出去，那鞋子以匀速直线运行向前滑去，孩子们呆呆地看着它以恒定的速度渐渐远去。

他们看到了牛顿第一定律。

刘慈欣说过，主流文学描写上帝已经创造的世界，科幻文学则像上帝一样创造世界再描写它。

在想象力的层面，《乡村教师》以宇宙战争为背景，构建了许多高级文明才能使用的技术场景，想象合理扎实，气势恢宏，展现了科幻作品独有的视觉奇观。

第二层面，我想谈谈这篇小说对"教师"这个词的解构，也就是对人物的挖掘。

这篇小说对"教师"的定义，最初是传统"师德"层面的，是无私奉献层面的，是人性层面的。

李老师因为从小被自己的老师从狼口中救下，为了实现老师的遗志，大学毕业后回到贫瘠的山村教书育人，然而却被村民排挤，痛失爱情，最终被愚昧落后的环境吞没。即使这样，他在生命的最后一刻，仍然奋力地让小学生们背诵着他们本来一生都可能接触不到的初中物理知识——牛顿三定律。

他惊奇自己的头脑如此清晰，思维如此敏捷，他知道，自己生命的蜡烛已燃到根上，棉芯倒下了，把最后的一小块蜡全部引

燃了，一团比以前的烛苗亮十倍的火焰熊熊燃烧起来。剧痛消失
了，身体也不再沉重，其实他已感觉不到身体的存在，他的全部
生命似乎只剩下那个在疯狂运行的大脑……他产生了一个幻象：
一把水晶样的斧子把自己的大脑无声地劈开，他一生中积累的那
些知识，虽不是很多但他很看重的，像一把发光的小珠子毫无保
留地落在地上，发出一阵悦耳的叮当声，娃们像见到过年的糖果
一样抢那些小珠子，抢得摞成一堆……这幻象让他有一种幸福的
感觉。

"春蚕到死丝方尽，蜡炬成灰泪始干"，至此，"教师"这个词的结构，
仍然是十分传统的，充满了人性的美感。

　　然而，到小说的后半段，"教师"这个词的结构，被提高到了文明
发展层面、宇宙进化层面。

　　　　"上尉，你是个白痴吗？！"舰队统帅大怒，"你是想告诉我们，
一种没有记忆遗传，相互间用声波进行信息交流，并且是以令人
难以置信的每秒 1 至 10 比特的速率进行交流的物种，能创造出 5B
级文明？！而且这种文明是在没有任何外部高级文明培植的情况下
自行进化的？！"

　　　　"但，阁下，确实如此。"

　　　　"但在这种状态下，这个物种根本不可能在每代之间积累和传
递知识，而这是文明进化所必需的！"

　　　　"他们有一种个体，有一定数量，分布于这个种群的各个角
落，这类个体充当两代生命体之间知识传递的媒介。"

　　　　"听起来像神话。"

　　　　……

　　　　"他们叫教师。"

　　　　"教——师？"

"一个早已消失的太古文明词汇，很生僻，在一般的古词汇数据库中都查不到。"

在这里，教师的位置被定义为"文明进化的传递者"。这远远超出了传统文学对教师的定义范畴。小说中借高等文明的口吻来说，有种回望文明进程的气质，增强了可信感。

这种认知无疑是十分深刻的。小说中所提到的众多高等文明代代相传的文明传播，大多是以"打包传递"的方式进行的。

这其实也不难理解。如同计算机或者说人工智能的进化和知识传递，都是可以"全面复制、瞬时传输"的，对比硅基文明，我们人类这样的碳基文明只能通过"教师"这种原始的中间人来传播文明，似乎确实属于"野蛮原始"状态，显得十分低效。这也呼应了小说中地球文明整体水准在宇宙文明大家庭中等级不高的设定。

然而，我不认为作者对教师这两个层面的解构是割裂的。这两者之间呈现出一种有趣的互文关系。它们的联系与对比，恰恰呼应了《乡村教师》最深层次的主题。

刘慈欣曾说，科幻作品中的"人"，更多是以种族形象和世界形象出现的，"个人"的属性被大大削弱了。但《乡村教师》中的李老师，刘慈欣却着重描写了他身上的"师德"，展现了其人性层面的光辉。

这只是为了增强人物魅力和戏剧冲突吗？我不这么认为。

这就来到了我想探讨的第三个层面：个人与集体的无意识。

"教师"在文明发展层面起到了传递者的作用。他们传递的是什么呢？

韩愈《师说》曰："师者，所以传道授业解惑也。"首先被提出的最重要的"传道"，是要求老师在传授知识的同时，培养学生的人格品质。也就是说，老师除了传授知识，也要传授一些其他的能够塑造人类品格的东西。

这是什么呢？或者说我们能不能从另一个角度提出这个问题：宇宙中

发表《乡村教师》的《科幻世界》
2001 年第 1 期

什么是最重要的，什么是永恒的？什么是千万年间留在人类群体中的集体无意识，是我们万万不能忘记，涉及我们人生甚至宇宙文明终极意义的呢？

《乡村教师》已经做出了回答：是言出必行的坚韧，是不计报酬的牺牲，是绝不放弃的斗志，是万难毁灭的希望。

小说中，地球的文明等级较低。这不但是通过与高级文明的比较得出的结论，作者甚至不厌其烦地费了许多笔墨，以地球上最贫瘠最落后的区域为切入点，去论证人类文明的落后，去论证人性层面的愚昧。但正是这样一个地方，却依旧有人类，保留着最珍贵也最难以解析的高贵品德，简单而纯粹。这种品德，看起来是那样的笨拙、脆弱，会轻易被肉体与病痛击溃；却又是那样的智慧、坚韧，能够以一己之力令高级文明崇敬，拯救大地众生。

人性之美与人性之恶在小说中并存，呈现出一种意味深长的禅意。

许多人类哲学家都曾问过：灵魂是什么？在此，我试图大胆地提出自己的理解。

在《乡村教师》中，高级的文明形态以移山倒海的气势向我们论证了文明进化的力量，然而在对资源无尽的残酷争夺中，宇宙已被战争伤害得千疮百孔。

如果一种文明形态（即使比较高级）的行事原则永远是趋利的、利己的、精确计算的、衡量收支比的、不做任何"傻事"的，那么不同文明种族之间的战争几乎是不可避免的；因为对同一个文明等级来说，资源是有限的，必须争夺（当然，也存在文明进化到更高层级，不需要再争夺资源的可能性。这是我不认同《三体》"黑暗森林法则"的一点）。文中，宇宙高级文明之间的资源争夺，对地球教师的惊讶与崇敬，恰恰说明了在他们的文明层级中，"李老师"身上的那种特质或者说灵魂，虽然是原始的，但同时也是稀缺的。

《乡村教师》中，李老师是一个被理想化的人类教师，不仅仅被赋予了师德，还被赋予了人类灵魂层面的最高美德。所以，他传递的绝不仅仅是知识，还有我们人类——一支碳基文明的代表身上独有的强大的灵魂力量。正是这些独属于人性的品质，拯救了地球。从这位有姓无名的教师身上，我们看到了地球文明依然保留着原始却有效的文明传播方式，依然保留着最珍贵的情感，有着不计任何代价牺牲的人性。这位乡村教师，用灵魂和生命在宇宙间，写下了一个大写的"人"字。

通过小说中"拯救世界"这一最终戏剧目的的完成，刘慈欣也表达了自己的心声：最高等级的文明进化方向，不仅仅是科学智慧，还必须要融合爱、牺牲、奉献和希望。

在文明的进化过程中，那无尽的黑暗永远与光明共生。

然而，黑暗又怎能焊住灵魂的银河？

"假如一间铁屋子，是绝无窗户而万难破毁的，里面有许多熟睡的人们，不久都要闷死了，然而是从昏睡入死灭，并不感到就死的悲哀。现在你大嚷起来，惊起了较为清醒的几个人，使这不幸的少数者来受无可挽救的临终的苦楚，你倒以为对得起他们么？"

"然而几个人既然起来，你不能说决没有毁坏这铁屋的希望。"

《乡村教师》引用了《呐喊》。

小说在贫瘠乡村的晨雾中结束了。李老师仿佛淹没于人类历史的尘埃之中。只要一场雨，他小小墓碑上粉笔字书写的"李老师之墓"就会消失。

然而，时隔十九年，我似乎仍能听到刘慈欣与鲁迅在跨越百年的时空中，遥相呐喊。

我相信在一切美好的人类文学作品中，这种呐喊的精神永远不会消失。

作者简介

吴霜，更新代科幻作家、编剧、译者。世界华人科幻协会会员。曾获全球华语科幻星云奖科幻电影创意奖金奖、最佳中篇小说银奖。在《克拉克世界》《银河边缘》《科幻世界》等刊物发表小说、翻译作品四十余万字。出版个人科幻小说集《双生》《不眠之夜》《龙骨星船》、翻译作品集《思维的形状》。作品被收入日文、英文、中文等三十余本科幻选集。

《萤女》与藤崎慎吾的世界

◎ 赵海虹

二十年前，我在英文版的《日本科幻小说选》中，发现了一篇神奇的故事：矢野彻的《纸飞船》。群山秘境中的竹林，纸飞船在空中优雅地滑翔，飞过雾气深重的池塘，飞过夕阳下的村庄，一个美丽的裸女，追逐着它在竹林中奔跑……这样的场景，让我想到川端康成小说中的意境。随着阅读的深入，矢野彻将日本民间传说的血肉与科幻之骨自然融汇的创作手法，深深打动了我，不仅令我情不自禁地翻译了小说

《萤女》2001 年初版书影

（2001 年发表于《科幻世界星云》），也让我在此后的创作中，多次尝试这种将科幻的硬骨和神秘化的文学表达交融的独特手法。

也许是因为对此类文学式科幻的偏爱，2017 年，当我第一次读到藤崎慎吾的《萤女》，第一章的开头就让我深吸了一口气，主人公池泽亮走入的那片故乡的森林，又让我回到了矢野彻的村庄，那也是川端康成的小说和安房直子的童话中描绘的同一片日本乡土世界。那片被

万物有灵论和神道教深深影响的土地，就这样成为一个前沿科幻设定的舞台。

池泽亮是一位摄影爱好者，在《IT 杂志》工作之余，他经常去东京圈外围的中乡森林露营地拍照。5 月的一次拜访中，他忽然听到林中荒废的小屋里传来了电话铃声，便忍不住好奇去接听了电话。可是，电话的另一头只有白噪声般嗡嗡的声音，身在废屋，望着身边飞舞的萤火虫，他突然产生了被人窥视的强烈感觉，吓得夺门而逃。之后，他一直对那通奇怪的电话念念不忘，于是再次造访露营地，神秘电话又一次响起，这一次，他听到了电话那头的姑娘呼唤他"阿亮"，她说她叫坂下萤子。

熟悉日本推理小说的读者对这样的开头一定有几分熟悉。悬疑，略带惊悚的科幻推理故事由此展开。小说的叙事节奏中有一种不疾不徐、抽丝剥茧、一步步展露真相的坦然，与藤崎之前的推理小说家如松本清张、森村诚一、赤川次郎这些好手们一样，藤崎的故事也牢牢抓住了读者的注意力，用情节，尤其是特殊的科幻设定，将人们一步步引入迷宫的深处。而中乡本地的"萤女"传说，一直在故事背景中扮演一个非常重要的注脚。民间盛传，镰仓时代的武士畠山重忠入山而死，一位爱慕他的女性也追随到山中，化为萤火虫，成为第一代侍奉山神的"萤女"。此后，当地穷苦人家会将女儿送入山中侍奉山神，一年一度，女儿会化作萤火虫回家探望亲人。萤女的传说同时召唤出池泽亮久远的童年记忆，他想起邻居竹本澄子，一位家境可怜的小姑娘，想起她和自己辛酸又温馨的约定："我会变成萤火虫，你可要来接我哦。"这段重要的回忆为小说埋下了重要的伏笔，草蛇灰线，细入无间。

结构上，小说采用了纯熟的双线叙事：池泽亮的故事线外，另一条线从绿源开发项目的负责人、坂下萤子的前男友吉村俊身边展开，绿园度假村与其周边正在开发的滑雪场工地事故频出，机械设备连续故障，工程车出事伤人，工人失踪。这一切都和一种黄色的变形菌（也叫黏菌）的影响有关。变形菌是一种孢子繁殖的真核生物，具有动植物与菌类的双重特性，但"由于它们的细胞本身不会分裂，因此只是单细胞生物"。变形体会隐藏在枯叶或朽木下面，一旦高温湿润便爬上地面，因此它们在林区大量出现并不足为奇。但这些变形菌生长速度惊人，会让读者产生"生化危机"之类的联想。

同一时间，池泽亮邀请了自己的好同学、植物生态学家南山洋司陪同自己共同造访露营地，追查神秘电话的真相。在神秘响起的电话机背面，他们也发现了蕾丝花边状的黄色变形菌，变形菌的一头直通地下。而坂下萤子传来的讯息也越来越明晰：她曾失足坠入山谷，困在武持山中几天后，获得了和森林中各种生物交流的能力，还认识了"山神"——一头雌性黑熊。她在电话中代传山神的意旨，让池泽阻止附近绿园度假村的滑雪场修建工程。更不可思议的是，为了证明自己，她遥控操纵许多萤火虫，在空中汇成光柱，像一个个闪亮的像素点，组成她的模样——萤女。

在掌握了这种奇特技能的同时，坂下萤子还承继了过往萤女的部分记忆，时而会切换成竹本澄子的声音，对池泽亮说话，搅乱了他的心绪。

旁观了萤女现身的奇观后，南方洋司带着学生来到深林，测量树木的生物电位。依据藤崎的设定，植物与人类一样，有视觉、听觉、触觉、嗅觉和味觉，并能根据这些不同的外部环境刺激做出反应，原因在于植物"细胞膜的内侧和外侧产生的电位差，会随着离子通过细胞膜而发生变化。细胞在活跃的时候和不活跃的时候，所产生的电位差不一样"，而自然林中"步调一致但又富于变化的生物电位组合"表明植物们在进行复杂的互动。树与树之间用根部周围的微弱电场传递信息，而距离较远的则可以通过黏菌来连接在一起。于是，"森林就像是一个通过电场形成的巨大互联网"。不仅如此，藤崎的森林是一个包括了树木、其他动植物和菌类的完整系统，它们彼此的生物电场相联，可以用分泌化学物质来传递信息，存在着亲密的互动关系：

　　森林这种超级分散的网络与单纯的互联网是不一样的。它更接近于人的大脑。它将化学性的信息传输与电子的信息传输结合起来，这一点跟大脑十分相似。看到树木呈现出动态的分组变化时，我好像看见了神经元在跳动。

　　随着情节的进一步深入，为了阻止绿园度假区工程对环境的深度破坏，森林网络中那些沉积在底部的"小东西"（厌氧菌）奔涌而出，山在变热，一场对人类的报复行动即将开始，身着重甲的畠山重忠的身影在山上游荡，宣告要将整个绿园度假村和工地"变成墓所"。地缝里喷出的硫黄气息，天空中闪过的红光——在当地民间被称为"天狗的灯笼"的神奇放电现象，都预告着大地震的来临。

　　小说在高潮部分进入了多线程叙述，吉村俊被坂下萤子通过变形菌传达的讯息所刺激，产生了非常严重的幻觉症状，甚至无法正常工作与生活。一气之下，他偷取了老板的来福枪，进山寻找坂下萤子的真身，打算斩草除根；池泽亮求萤子用古老的方式与那些在地底躁动不安的"小东西"沟通，避免巨大的灾难发生；而萤子让池泽阻止进山的吉村俊，保护自己被变形菌覆盖并因此可以与整个森林系统联通的身体；南山洋司步行登山去绿园，向度假村的主客们报告地震将临，劝他们逃生，途中却遇到了畠山重忠幻影的追杀；南山的学生们在撤离观察点时听见了孩子们的声音，那是被幻影引导到山外安全地带的度假村里的孩子，原来"山神"在施以惩罚时，仁慈地先放走了儿童。多线叙述中不断跳跃的视角在大难临头的背景下强化了故事的紧张氛围，情节张力不断提升，直到地动山摇、泥石流与巨大的火球毁灭整片山地的场景，终于达到了故事的顶点。小说终章，与萤子共生的澄子在完成了一季萤女的使命，即将沉入记忆之湖前，与池泽亮勾指约定，永不相忘。

　　掩卷时我不由想到，1997 年，我发表在《科幻世界》杂志并获得当年度科幻银河奖一等奖的成名作《桦树的眼睛》，就是以"如果植物有情感"为预设基点展开故事的。小说中，主人公依据试验基地中白桦林的情感监测装置记录的"桦树情感"信息，让一场谋杀案水落石出；同时以此为基础推出了一种"植物神经兴奋剂"，用它助推了小说高潮时的生死抉择。但大学时代的我缺乏足够的科学基础来解释"植物情感观察仪"的运行原理，也就无法让这个设定拥有足够翔实的技术细节。故事是轻盈的，斗争是激烈的，但在技术上始终不够具体扎实。也许，这就是我对《萤女》格外感兴趣的原因吧。

在类似的设定起点下，藤崎达到了我远未能及的深度和广度，为万物有灵的日本传统世界与现代科学之间搭建了坚实的桥梁。而在电位差、电场等基本概念基础上营造的森林网络，是日本作家科幻民族化的重要尝试。相比小川一水在《时砂之王》中重述日本第一位女王卑弥呼故事的时间旅行，小松左京在《日本沉没》中释放日本国民性中深层危机意识的政治预言，《萤女》的尝试更加艰难，因为对万物有灵论的把握时时有坠入不可知论与迷信的风险，既要用可靠的逻辑、完整的技术解析传说与灵异事件背后的科学原理，又不能破坏生态主义小说中人与自然和谐共生的微妙体验，就像是一场超高难度的走钢索的表演。藤崎不仅完成了这场表演，而且完成得非常出色。

藤崎慎吾，原名远藤慎，1962年出生于日本东京都，是日本新生代科幻小说家、散文家，日本"本格"科幻（也就是正统的硬核科幻）的代表。青年时代他就喜爱科幻，并曾向科幻同人刊物《宇宙尘》投稿，后赴美国马里兰大学学习，获海洋环境科学专业硕士学位。赴美之前与归国之后，他在日本从事过科学杂志编辑、科普文章作者、电视节目制片人等多种职业，是一位相对低产，但每部作品都保持极高质量的优

藤崎慎吾

秀作者。

　　1999 年，藤崎慎吾凭借长篇处女作《水晶沉默》一举成名。这部让柴野拓美赞叹不已的长篇，风格与《萤女》迥然不同。

　　故事启幕的舞台是 2071 年的火星，日本考察队在开采火星北极冠的现场，发现了类似远古地球的甲壳类生物一样的遗迹。考察队的中田教授认为，这种遗迹可能是甲壳生物被食用后留下的残骸，让人联想到日本绳文时代的贝冢，因此他邀请考古学家飞鸟井纱夜去火星，共同研究火星北极冠的生物遗迹。在飞鸟抵达火星后，各国的火星基地周围长出了结晶状的水晶花，其重量会随着时间变化，而基地一个接着一个被引力波形成的"准史瓦西球"——类似黑洞的绝对封闭空间封锁，各国基地突然暴发的疫情使得局面更加复杂。

　　如此谜团重重、险象环生的火星其实只是背景，小说真正的战场在虚拟世界，强大的网络将地球与火星连接在一起，各种全新的赛博格生命运行其中，野蛮生长。而这个赛博朋克世界中最核心的两个人物，以完全相反的方式完成了他们对自身存在的哲学追问：KT 是网络中生成的超强人工智能，他能在庞大的虚拟网络中畅行，并时时进入受自己操纵、丧失大脑自主性的人类身体——"湿件"；西荒公司的总裁束田被作为湿件养大，预备成为计算机或信息处理的生物装置，被拯救后成为有自我意识的人类。

　　KT 是几乎可以在虚拟世界封神的强大存在，却因为他的湿件凯伦和飞鸟纱夜井的关系，逐渐陷入了人类感情，而且在人类的情感羁绊中找到了不同于网络世界的存在意义。为了保护飞鸟，他投身于地球与火星的各个湿件，纵有牺牲也在所不惜，甚至在终极之战中化灭了本体，只剩下一个虚拟态的滴答响的闹钟，与飞鸟相伴。

　　与他相反，束田的儿童时代是一个作为工具存在的湿件，平日几乎一直处于睡眠状态，一旦与电脑相连，就产生了"漂浮在行星的间隙里"的奇妙感受，那时"宇宙就像是蔓藤花纹的壁毯，丝线与丝线交缠在一起的地方会诞生出星星"。——他喜欢那个没有情感的世界，无我无他，没有自然和人类，"只有清静透明的世界，延伸到无穷无尽的地方"，而他鄙弃成为一个有自我意识的人类的感受，因为获得对肉身的掌控，对他来说是悲惨的："我被人强行从那里带出来，塞进了臭烘烘的躯体里，塞进了渺小的自我中……"束田因此面对现实中的生命时全无敬畏，体现了工具人一样的冷酷，无休止地投入虚拟世界中权力的追逐，永不满足。

在这个类似吉布森《神经漫游者》的虚拟世界中，还有一种源自日本传说中各种"妖怪"原型的野生怪物"地精"，它们服从强者的操纵，但又会在网络世界里不断自我膨胀、进化，永远争斗不休，是现实世界最残酷的丛林法则中发展出来的怪兽。

小说中，有许多场贯通赛博朋克世界与真实世界的超限战，读来酣畅淋漓、惊心动魄，能让最挑剔的科幻读者满意。但相比之下，更有新意的是北极冠冰层下隐藏的原住民的秘密。他们显然拥有远超地球文明的技术能力。在小说高潮的战斗中，藤崎用细致入微的描述向读者呈现了习惯于三维世界的人类或人工智能进入四维世界后的奇异体验，极富冲击力。正如刘慈欣的《三体》中也提供了非常丰富的"跨维度"体验，这成为小说的亮点之一；《水晶沉默》中，突破日常感受的"跨维度"描写也是读者阅读体验的高光时刻，该长篇一经问世就被早川书房评为 1999 年日本最佳科幻作品，并被翻译成英文出版，也就理所当然了。

比较《水晶沉默》与两年后的《萤女》，是否存在贯穿两部长篇的发展脉络呢？

日本评论家永濑唯认为，小说开头出现的萨根生物群（远古地区的甲壳类生物遗迹）只是用来抓住读者进入故事

《水晶沉默》1999 年初版书影

的鱼诱罢了，无关小说的真正主旨。

其实，萨根生物群的设定一定程度上是为了将火星文明与日本远古的绳文时代联系在一起。女主角飞鸟对绳文时代的研究虽未进入小说主线，但作者显然对这一旁生枝节的内容有特殊的眷恋。小说中借飞鸟之口感叹，在持续了上万年的绳文时代，依靠狩猎与采集生活的绳文人，过着物质上几乎全无进步的生活，但却与自然和谐共处。也许，只有人与自然拥有密切沟通才能如此。"那一定是如今的互联网或者星际网络之类完全无法与之相提并论的巨大而紧密的网络。"在这样的网络中，"幽灵和妖怪是一种象征，或许表示的是在这个网络中川流不息的某种信息"。

显然，在《萤女》中，代代融入森林的记忆之湖、成为森林一部分的萤女，是沟通人类与"神灵"之间的桥梁，也正是《水晶沉默》中飞鸟想象的庞大自然网络中的"某种信息"。

永濑唯认为，《水晶沉默》通过水晶花的世界和火星原住民的文明在预言这样一种超智能——"将众多个体横向连接起来，在这些个体的并列式协同工作下诞生……这种超智能可以无视阶级的层级关系，由虚拟空间的超次元关联在一起，实现合作。小到一个细胞、一草一木，大到整个行星、银河、宇宙，所有的一切都是平等而不可分割的。这样一种没有支配与被支配关系的存在与生命统合状态，即由引力波构成的'超网络系统'，才是'原住民'们已经实现或者想要实现，但最终化为泡影的未来。"

这样的超网络系统，结合作者对绳文时代的想象，成为《萤女》中那个万物有灵的自然世界。山林、湖泊、花草、动物，以及与山川一样久远的深沉记忆，在生物电场中共同构成一个生命网络。这个故事在《南与那国岛》中得到了进一步的延伸与扩展，这部描写冲绳发生地球力学异变的长篇小说"在日本科幻史上留下浓墨重彩的一笔"，同时也暗合《水晶沉默》中飞鸟关于"绳文文化在冲绳的森林里还有遗存"的预告。

詹姆斯·冈恩（James Gunn）在《科幻之路》中说，科幻小说"把整个人类看作一个种族"。因此，科幻小说可以是超越民族性的最国际化的文本。多年前，我读到刘慈欣的短篇《思想者》："源于太阳的那次闪烁可能只是一次原始的神经元冲动，这种冲动每时每刻都在发生，大部分像蚊子在水塘中点起的微小涟漪，转瞬即逝，只有传遍全宇宙的冲动才能成为一次完整的感受。"将宇宙类比人类的大脑，而太阳的闪烁是一次神经元冲动，这样强烈的美学震撼，属于科幻小说所独有的宏大宇宙美学，既是阿瑟·克拉克所长，也是刘慈欣小说最动人之处。这样的美无涉民族性。但是，从《水晶沉默》中绳文时代的畅想，到《萤女》和《南与那岛国》营造的自然网络世界，却是属于藤崎慎吾的特殊世界，充满了丰沛的山林气息，与久远的日本民间传说和万物有灵的日本神道教文化共生。因此，小说尤其适合对日本文化有兴趣的读者，《萤女》也就成了一篇能跳出科幻圈，进入大众文化领域的"森小说"。

《萤女》中，十一二岁便化为白骨的竹本澄子，血肉没入林间大地，却借着飞舞的萤火虫与儿时的池泽亮重逢，大鸦桥上阴阳相隔的爱人相拥的一刻，成为日本科幻中闪闪发光的独特意象。藤崎慎吾，也因为他创造的独特世界，成为日本科幻"新本格的旗手"（日本科幻元老柴野拓美语）。

作者简介

赵海虹，科幻作家、译者。艺术史博士，浙江工商大学副教授。曾获中国科幻银河奖一等奖、特等奖，宋庆龄儿童文学奖新人奖，全国优秀儿童文学奖等奖项。代表作为《伊俄卡斯达》《蜕》《世界》等。出版长篇小说《水晶天》、作品集《桦树的眼睛》《灵波世界》《月涌大江流》、译著《群星，我的归宿》等。此外，在 *Asimov's SF Magazine* 等杂志发表三篇英文小说，并有多篇小说被译介到海外。

石黑达昌与他的《冬至草》

◎ 石黑曜

发表《冬至草》的《文学界》
2002 年 5 月号

石黑达昌的《冬至草》最初发表于 2002 年 5 月号的《文学界》，2006 年被收入同名短篇小说集。该小说集于 2014 年被时代文艺出版社引进出版，但这并非其第一次被译成中文。早在 2008 年，《科幻世界·译文版》就在"日本幻想文学专辑"中将这篇小说介绍给了国内读者。

第一次读到此文，我的创作之旅尚未真正开启。然而放下杂志时，来自《冬至草》的某种特质清晰地触动了我，带来仿佛第一次阅读科幻时所感受到的兴奋与战栗的双重体验。尽管它并未推翻我过去的阅读经验，却仍然具备与其他科幻小说截然不同的、全新的可能性。假如说，科幻小说让我明白了"原来小说还可以这么写"，那么《冬至草》便让我明白了"原来科幻小说还可以这么写"。

石黑达昌 1961 年出生于日本北海道深川市，毕业于东京大学医学部，现任得克萨斯大学 MD 安德森肿瘤中心副教授，曾被多次提名"芥川赏"。在东京大学附属医院担任外科医生的时候，他就已经发表了多部以纯文学为主的中短篇小说。1989 年，小说《最终上映》令他获得第八届海燕新人文学赏。

1994 年，以非虚构的生态学报告为形式创作的关于虚构架空动物"跳鼠"的无题小说《"平成 3 年 5 月 2 日，因后天免疫不全症候群急逝的明寺仲彦博士，暨……"》第一次使他获得了"芥川赏"提名。这篇小说不仅证明了石黑达昌的实力，也全面表现出了他融合生物学、医学和文学的创作特征。

《冬至草》同样如此。

小说虽然将背景放置于 2001 年，以研究者"我"的视角对虚构架空植物冬至草标本的来龙去脉展开了一系列调查，然而真正的故事其实发生在几十年之前的昭和时代。石黑达昌用他擅长的非虚构式手法，书写了冬至草发现者半井悲剧性的一生。自幼被弃、身体残疾的半井在孤儿院长大，从小受尽歧视却聪慧异常，尤其对植物学颇有热情。然而遗憾的是，命运并未垂青于他，半井毕生未能接受正规教育。为了追求植物学的美好幻梦，他最终来到了北海道最寒冷的小镇泊内，在一所学校里担任勤杂工。也是在这里，他发现了冬至草。

石黑达昌是学生命科学出身。在小说里，他为冬至草设计了一整套自洽且诡谲的生物学基础。它是一种异养生物，根系深且发达，依靠动物尤其是人的遗体汲取营养物质。由于缺乏叶绿素，冬至草通体发白，没有叶脉，"茎上生出的叶片犹如羽毛一般娇嫩欲滴，简直像是马上就要飞起来一样，给人一种强烈的透明感"。

冬至草拥有放射性。伴随着新陈代谢，来自周边土壤环境的铀元素会

小说集《冬至草》2006 年初版书影

逐渐富集到它体内，完成浓缩过程。这项特殊的本领令其在夜间能发出迷幻的荧光。而最诡异的是，当被人血——尤其是虚弱、营养不良的人的血滴灌，冬至草的光芒会由弱变强，色彩也会由绿变红、变蓝，最终"整株冬至草都放出白光……宛如白天纷纷扬扬的雪片……闪亮耀眼……"

正是这自然界本不应存在却奇异惊人的美，令主人公半井深陷其中，无法自拔。为了获得最瑰丽的冬至草，他不惜主动绝食，以自己的鲜血浇灌，最终不可避免地走向死亡。

作为一种类型文学，科幻小说总是聚焦于科幻元素，即通常使用的"设定"上。不同于人物驱动、贯穿始终的爱情罗曼史，也不同于围绕案件相伴而生、时刻挑战侦探型角色和读者的谜题与谜底，科幻元素总是有机地渗入叙事进程当中，成为不可或缺的一部分。作为一种叙事成分，科幻元素同时拥有陌生化和认知性两种属性。前者负责营造出现实不存在的、惊诧性的奇异景观，引发读者在多个层面的审美体验，后者则通过符合常识逻辑的、科学性的阐释，将其与现实连接。与其他类型文学相比，科幻小说的类型特征在故事中的比重往往很大，很多时候甚至成为核心叙述对象，以至于背景、人物、情节等其他叙事成分被压缩、忽略，极大程度上被脸谱化，也难怪科幻小说常被称作"点子文学"。

围绕科幻元素，通常可以抽离出"登场—阐释—效果"的叙事模式。"登场"对应陌生化，即描写科幻元素是什么，它看起来是怎样的，与我们熟悉事物的区别是什么，距离现实世界有多远。"阐释"对应认知性，即对科幻元素所表现出的异常提供符合现实认知逻辑的解释，描述它为什么能够如此运行，可能依托的原理是什么。"效果"则对应于科幻元素参与叙事、推动情节发展和人物变化的方式，即它究竟有什么用。绝大多数故事里，科幻元素都表现得十分主动，通过制造一系列可被观察的反馈，参与主人公的冒险之旅，影响角色的一举一动。

虽然由于创作手法上的区别，并不一定严格遵照以上的顺序，有的故事甚至会有意缺失一个或几个环节，营造迷离之感，但在绝大多数科幻小说中，诸多科幻元素都依照这一模式，环环相扣。以刘慈欣的《流浪地球》为例。故事首先设想了一场四百年后的灾难，其表现是灼烧的高温汽化地球表面、摧毁一切生命，原理是太阳不可阻止地快速演变成红巨星，最终带来的结果便是新的科幻元素——地球派的逃亡计划。该计划的内容是用两个半世纪的时间，将地球推离太阳系，抵达四光年之外的比邻星系。占据计划核心位置令其得以实现的，是一万两千台强大推力的行星发动机。而该计划的结果，便是剧烈变化到不可居住的地表环境。由此，又衍生出一系列新的科幻元素，包括重元素聚变技术、地下城、冰原奥林匹克，以及长期旅行所带来的自我质疑和内乱。正是如此众多的科幻元素相互配合，才将故事一步步推向高潮，带来如同交响乐般的复合式体验。

但是石黑达昌选择了另一条路，来自核心科幻元素的"效果"被大大削弱了。

这并不是说占据标题位置的冬至草并未参与叙事。事实上，《冬至草》的整个故事都围绕着它构建而成。石黑达昌运用娴熟的技巧，将冬至草的种种奇异特性、生物学原理、猜想与研究历程娓娓道来，线索环环相扣，如同一出精彩的侦探故事。但是和其他科幻小说相比，它既没有衍生出新的科幻元素，也几乎没有推动情节向前发展。

冬至草拥有能够诱发幻梦的放射性，迷惑主人公半井坠入深渊的美，以及作为石油替代品甚至武器化的巨大潜力，但另一方面，它只是一种甚至连自身命运都无法左右的植物。在小说后段，日本战败的消息传到泊内，担心美军报复的村民们将周遭分布的冬至草全部挖出，烧成灰烬，导致其彻底绝种。即便后来的研究人员偶然中发现了一株夹在旧刊物里的标本，运用现代技术搞清楚了其生物学基础，也无法令它复活半分，于是它只剩下长埋历史深处、被人遗忘的结局。

故事中，冬至草参与叙事的方式是被动的。石黑达昌摒弃了绝大多数科幻小说会采取的策略——着重于描写具象化、物理性的效果，而是选择聚焦于更为微妙的、社会性的影响。他没有花费大量篇幅书写冬至草如何塑造了周围的世界，而是着眼在那些研究它、痴迷它、利用它、摧毁它的人们身上。他没有依靠层出不穷、眼花缭乱的科幻元素帮助作品在读者心中留下一席之地，而是将自己对历史、民族以及人性的深刻洞见融入其中，塑造出不输主流文学的经典意蕴。

在《冬至草》里，人回到了核心。

主人公半井的一生是场悲剧。一直以来，他都希望能够证明自己并非他人眼中残疾的怪胎。发掘出对植物学的热爱后，半井便如飞蛾扑了上去，然而遗憾的是，无论是将他养大的孤儿院，还是唯一支持他的老师石川都没有能力支付他求学的开销。除了简单的形态学研究，半井不具备任何专业素养。尤其在石川为了发表论文，不得不以自己的名义取而代之后，半井的进取心渐渐演变成自我保护式的自负。他不再寻求专业性的支持，沉迷于让冬至草发光的研究，以鲜血滴灌、喂养，甚至和助手张本展开了不惜自残的竞赛，以生命为代价只为了见证谁的冬至草能够发出最强最美的光。

半井的行为诚然过于极端，石黑达昌却并未简单地对其进行批判或否定，而是选择用克制的笔触细致描摹，给予强烈的叹惋与反思。通过融合历史与虚构的双重想象，《冬至草》的人物塑造比主流文学更进一步，在作者建构的现实世界不可能存在的情境下，角色将接受超乎寻常的考验，而那些来自内心的羸弱、彷徨与偏执，将被尽可能地放大，与科幻元素一起成为对现实世界的另类审视与复调式的隐喻。

根据半井的描述，冬至草存在独特的在短暂的繁荣期后个体数量锐减的现象。而在几十年后，研究员"我"发现在冬至草根部存在二甲醚DME。这是一种易燃同时具有毒性的物质，能够阻碍周围植物发育。而随着DME浓度升高，甚至连自身的种子也会因此中毒。倘若冬至草极力排除其他植物的生存，仅仅繁荣自己的种群，最终将无可奈何地踏上灭绝的道路。这无疑是石黑达昌借助生物学对法西斯主义的绝妙阐述。

半井的悲剧是时代性的。他费尽心力完成了冬至草的生态学报告，权威学术杂志却只愿意刊登学阀而非民间学者的论文。随着不利的战争形势逐渐影响国内，即便是不会伤害任何人的研究也面临着被叫停的威胁。抱着"为了实现最终的目标，用些权宜之计也没关系吧"的想法，半井做了一场或许包含欺诈的公开燃烧演示，结果和所有人一起沉迷于冬至草释放出的力量。被特许批准的植物学研究摇身一变，成了发明"祖国的新武器"的秘密实验。哪怕最初只是对功成名就有着畸形的渴望，半井也很快被盲目狂热的民族主义吞噬，榨干了自己的身体。看到半井和张本瘦骨嶙峋、面容枯槁，着魔般盯着一盆盆发光的冬至草，村民们发出的竟是"他们是在为祖国献身"的感慨。就连半井弥留之际，满脑子里想着的也只剩下了"哪儿能输呢"的念头。没有人意识到，那由他自己亲手构建的渴望是建立在死亡与骨骸上的，倘若一直追索下去，在终点等待着他的也只有死亡与骨骸。

如果说，那些外貌柔弱的、雪一般洁白优美的冬至草是法西斯主义与日不落帝国的幻梦，半井便是那个穷兵黩武、妄想征服整个东亚的日本。石黑达昌为小说赋予的反战性由此可见一斑。

故事的后半段，石黑达昌花了不少的篇幅塑造助手张本。一开始登场的时候，他看起来只是一个没有背景的脸谱化角色，仅仅是半井生平的见证人，暮年住在老人医院，记忆混成一团，就连喝口粥都会莫名哭泣。直到临近尾声，他的真正身份才突然揭晓。原来张本本名朴洪道，曾经是一名老师，却在二战时期被强掳到了日本，成为被奴役的朝鲜劳工之一。他们和同样命运的中国劳工一道被强行带到泊内修建大坝，在过度劳动、体温过低、营养不良、肺结核病的四重折磨下纷纷死去，甚至"活生生的人……埋进水泥里……全被压碎了……"他们的尸体被随便地埋进大坑，堆成后来的乱葬岗。而那里，就是半井发现冬至草的地方。换而言之，冬至草是生长于张本同胞的死亡基础上的植物，而想要让它开花结果、繁衍生息，甚至成为帮助日本赢得战争的武器，不仅还要继续压榨张本的鲜血，甚至还要搭上全体日本人的鲜血。这么荒唐的结局，怎么可能实现呢？

即便知道这一切的代价，身处 2001 年的"我"仍在寻找残存的冬至草种子，甚至试图用克隆技术复活冬至草的种群。石黑达昌在结局处明确写道，冬至草的研究或许和 731 部队的生物武器研究一样，被归于绝密资料，731 部队从未承担战争责任，半井也是一样。尽管他们已经被今日的日本忘记，却时刻都会被招魂复苏。甚至就在故事的开篇，国立博物馆还在"自然科学宝库展"中大张旗鼓地展出了唯一的"冬至草"标本。那是 2001 年 9 月 11 日，另一场死亡、战争的开始。一切由此构成了无法打破的回环、无法逃离的噩梦。

在日文在线杂志 Anima Solaris 的访谈里，石黑达昌提到自己写作最重要的主题之一便是探讨人类互相斗争的原因，以及如何在斗争中走向毁灭的道路。他认为科学和文学具有很大的相似性，既包括世俗的欲望，也有追求真理的高尚，甚至历史上许多事件都受人类最丑陋的动机驱使。这一非精英化的叙事思想令《冬至草》具备了超越时代的价值。半井的悲剧只会发生在二战时期的北海道，冬至草却仿佛能够超越时间和空间。它根植于我们过去的历史，并将一直生长至文明尽头。

事实上，在后疫情时代的今天，新的冬至草或许已经开始生长。当全球化带来的分配不均加大了贫富分化、某些国家罔顾国内疫情急于推诿责任挥动制裁大棒，冬至草的根系正在深入地下，寻找腐肉与尸血。当右翼思想在世界各地开花复苏、民族主义掀起一阵又一阵的热浪，冬至草的枝叶正在舒展成型。当人们不再谈论团结、和平、包容的梦想，而是忙着呼喊口号、鞭挞异己，冬至草的种子正像雪花般飘向更远、更广、更不确定的未来。与不曾面对和很有可能到来的不安年代相比，我们曾经拥有的那些可以安安稳稳地待在实验室、图书馆，还有其他任何地方醉心于那些不会伤害任何人的研究的日子，反而成了奢侈。或许对所有人皆是如此。

我们的世界正在加速变化，每一天，都有更多的人被悄无声息地甩在后面，成为新时代的边缘人。这是我们终将面临的命运。石黑达昌笔下的半井，终将有一天成为我们可能的未来。这是文学性科幻小说存在的意义，也是《冬至草》教给我最宝贵的东西。

作者简介

石黑曜，科幻作家。曾获全球华语科幻星云奖年度新星银奖、豆瓣阅读征文大赛奇幻组首奖、未来科幻大师奖一等奖等奖项。著有小说《莉莉娅我的星》《仿生屋》《异域惊奇》《武汉巫婆》《朝圣》，改编绘本《流浪地球：向地下城出发》等。

伊藤计划和《屠杀器官》

◎ 梁清散

十分惭愧地说，知道伊藤计划，是在他去世之后。

甚至不是因为所谓的"伊藤计划三部曲"第二部《和谐》得了当年日本星云奖而关注到这位天才作家，而是因为我所喜爱的一位极为著名的游戏制作人——小岛秀夫。

2010 年《潜龙谍影：和平行者》在索尼的 PSP 平台上发布后，在游戏结尾有"这部《和平行者》献给伊藤计划先生"的献词。直到那时，我才意识到这位伊藤计划先生一定是一位了不起的人物。随即发现，原来《潜龙谍影 4：爱国者之枪》的官方小说，便是伊藤计划所写。在此之前日文版的游戏系列小说，都是由一位名叫野岛一人的作者执笔。因为野岛一人从未出版过其他小说著作，这个名字更未在"潜龙谍影"系列游戏之外任何情况下出现过，众人都认定这位"野岛一人"正是小岛秀夫的马甲（虽然小岛秀夫自己抵死否认）。直至系列游戏的第四代，官方小说换人，新作者显然是小岛秀夫相当看重的作家。

当我读完《潜龙谍影 4：爱国者之枪》的官方小说，确实为之一惊。正如几年后小岛秀夫在《我所爱着的 MEME 们》（MEME 译为"模因""迷因"指通过模仿来复制传播，即网络上常说的"梗"）一书中写道："向玩过游戏的人、没玩过游戏的人、对 MGS 不了解的人，传达了相同的 MEME。"仅此一点已经相当了不起。特别是在有对比的情况下，更觉得伊藤计划的版本更佳了。同样是《潜龙谍影》官方小说的英文版，由 007 系列的官方小说作者雷蒙德·本森完成。虽然雷蒙德·本森也对游戏做了相应的取舍，比如减少了大量潜行的游戏操作部分描写，增加了斯内克的内心独白，但相较之下，伊藤计划的切入点和处理高明了许多。他没有用游戏小说惯用的上帝视角或者游戏主角第一人称视角，而是选择了 Otacon 这个角色的视角作为第一人称叙事。由于 Otacon 和斯内克合作多年（《潜龙谍影》第一代、第二代还有本作，全是两人合作完成任务），是战友，更是相互信任、知晓一切的密友，从 Otacon 的第一人称视角出发，既可以合理避开文字描写游戏操作的尴尬和枯燥，又能通过他之口了解更多关于斯内克甚至整个世界观的信息。可以说，成就了超越游戏描述的游戏小说。

因为这一部官方游戏小说，我更加想去看看这位伊藤计划的原创小说，于是看到了《屠杀器官》——这一部伊藤计划完全彰显出自己天才一面的处女作长篇。

只可惜，我发觉这一切的时候，他已经去世，享年 34 岁。

《屠杀器官》果然令我惊叹，甚至让我有了如果先看的是《屠杀器官》而非后来的游戏小说就好了的遗憾之感。之所以这么说，主要是因为伊藤计划的这部处女作长篇从头至尾都有那种我一直渴望的游戏感。

《爱国者之枪》本身就是游戏小说，伊藤计划做了相当聪明的处理，使小说更容易表达游戏所传达出来的东西，细节对话和故事与游戏一模一样，天然便有游戏感。而《屠杀器官》则不同，作为完全原创的小说，能由始至终充满了游戏感，是难能可贵的。

作为潜行游戏鼻祖《潜龙谍影》的 MEME 继承人，伊藤计划在自己的处女作长篇中就做了相当多贴近游戏的设计。小说的主角设计为情报部队的特工，故事情节设计为完成一次又一次潜行暗杀任务，甚至连情报部队的名字都叫作"食蛇者"，这些都是表面上的游戏化设定，相当直接。但如果仅仅如此，《屠杀器官》也只不过是一个普通游戏小说而已，更令人喜爱的是在小说行文之中所带有的游戏感。

暗杀、潜行、任务，确实就是游戏式的设定，而在事件描写上有趣得很。

可以说，这是一本可以操作的小说。类似的在游戏之外还激发了强烈的操作欲望的，是电影《敦刻尔克》。可以说《敦刻尔克》里80%都是游戏视角，一方面表现在故事都是任务型，一个任务完成再接下一个任务，另一方面则是三线三个场景三种玩法，一个飞机空战，一个开船，一个潜行。而且，因为视角和解决矛盾的方法都是可以直接转换成手柄操作的，让人更有想拿起手柄来看电影的冲动。

而这种冲动落实到小说中，因为没有真实存在的影像辅助，变得难上许多，正因如此，我才会更加惊讶于伊藤计划的手法。在小说里，潜行任务每转换一个场景，都会描写清楚。这种细致的场景描写，让伊藤计划的挚友、一同出道的科幻作家圆城塔羡慕不已地说是"把细节描绘到可媲美真实场景"。媲美真实场景，并且可以做到一步一景，是非常重要的，因为只有这样才能让读者在主角完成任务的过程中有足够的预想，再加上每一个动作都是可操作性的——和《敦刻尔克》一样，每一个动作都是可以让游戏迷们在脑中转换成手柄操作来应对的，游戏感自然就有了。

极度细致的描写，同样是一种公平的做法，这就像是本格推理小说，一定要把犯罪现场描写得细致入微，不能落下任何一个线索，不然就是不公平的表现。在潜行过程中也一样，需要的正是把环境细节都写清，希望靠脑力完成任务的读者得到的是信息的公平，这样他们才会满足，才会跟着场景的转换继续完成现有的任务。"公平"，正是游戏的根本，当读者看到有可能开始游戏的描述，就会有进行游戏的期待；小说不让读者们的期待落空，完成任务后的这种满足便是发自内心的畅快。

大概这正是伊藤计划自己所说，他追求的就是小说的爽快感的另一层表现了。

《屠杀器官》确实更有作为小说应该有的样子。它像游戏，有相当的游戏感，但它仍旧是小说，而且是真真正正的小说，而非游戏剧本。《屠杀器官》的文体本身，在表现出游戏感之余，没有把小说写成任务说明书。贯穿所有任务之间的更富有哲思的文字和对话，才是这本小说的主体，让读者在脑内完成任务的时候，有足够的信息量去理解这些任务的真正意义。这一点又在某种意义上继承了小岛秀夫的 MEME。因为

《屠杀器官》2007 年初版书影

《潜龙谍影》游戏从第一代发售开始，就被玩家们嘲讽为"播片流"，特别是风格改变的第二代发售之后，批评之声更猛烈。不过，小岛秀夫还是坚持了自己，他从不否认自己就是一个狂热的电影爱好者，在游戏里毫不回避地放进去大量过场动画，播片时长合计甚至能达到四五个小时。然而，如果真的上手去玩，认真去体会，就会发现并不像批评中所说，漫长的过场动画一播再播，并不会影响到它的游戏性，因为整款游戏的玩法就基于游戏的设定，二者融为一体，而非一部可以操作一些动作的互动电影。重新回到《屠杀器官》，伊藤计划运用了同样的方法，用基于整个世界观设定的哲思贯穿所有文字任务，让小说阅读变得和谐舒适并且爽快。

这样的处理办法，恐怕也是小岛秀夫所看重的伊藤计划从小岛身上继承下来的 MEME。而继续探讨下去，就会发现这个从小岛秀夫传承到伊藤计划的 MEME 并没有停下来。伊藤计划的哲思，包括他所创造的"语言也可以杀戮"的核心概念，又被小岛秀夫在《潜龙谍影 5：幻痛》中继承了。在《幻痛》里，小岛秀夫为了让"语言也可以杀戮"这个概念更适合游戏的具象化，将"屠杀语法"改成了更直观的"声带寄生虫"。只可惜那时伊藤计划已经去世，小岛秀夫只好在书中写下"伊

藤聪成了小岛秀夫，然后小岛秀夫又接收了伊藤计划的 MEME 这个奇迹般的故事，我会永远记得其中的这份感动"，来为他们之间 MEME 的传承中断而叹息。

小岛秀夫与伊藤计划之间 MEME 的传承和接力，因为跨越小说、游戏、电影多个艺术媒介，反倒使他们所运用的各种手法变得清晰。其中《屠杀器官》作为小说，为作者们提供的是一种完成度很高的游戏感小说示范。

如果不是伊藤计划英年早逝，他们还会擦出更多传承中的艺术火花，为其他人做出示范。如今却只剩下惋惜。

作者简介

梁清散，科幻作家。曾获全球华语科幻星云奖最佳网络原创科幻作品奖金奖、最佳评论奖金奖、最佳短篇小说金奖、最佳长篇小说金奖、最佳中篇小说银奖等。出版《不动天坠山》《新新新日报馆：魔都暗影》《厨房里的海派少女》《新新日报馆：机械崛起》《文学少女侦探》等多部长篇小说。中短篇小说《济南的风筝》《烤肉自助星》《广寒生或许短暂的一生》已译介至海外出版。

想象力能改变一切

——简评《来自新世界》

◎ 陈梓钧

在品类繁多的科幻作品中，"硬科幻"是一个不可不提的标签。提到"硬"，读者们往往会想到浩瀚的宇宙、穿梭的飞船、神奇的外星文明以及庞大、晦涩、严谨的科学设定。诚然，《2001：太空漫游》《与拉玛相会》《环形世界》《三体》等硬科幻作品，的确用严谨的科学设定为读者营造了一个个神奇的宇宙。但在本文中，我将斗胆为大家介绍一部独特的"硬科幻"作品《来自新世界》。

该作品为 2008 年第 29 届日本科幻大赏获奖作品，作者贵志佑介。

这里所说的"硬科幻"是指具备一个典型特点，即"剧情由一个科学设定／点子展开"的科幻作品。科学设定／点子就像一粒种子，被投进想象力的土壤，在人物动机和剧情逻辑的推动下生长，最后独木成林。因此，一直以来"硬科幻"都有"点子文学"的别称，无论是褒扬还是批评，都反映出这一类作品的典型创作思路。刘慈欣《三体》的种子是作"三体运动"的三颗恒星，以及"黑暗森林法则"；哈尔·克莱蒙特（Hal Clement）《重力使命》的种子是一颗重力巨大的行星；罗伯特·福沃德（Robert Forward）《龙蛋》的种子是"中子星物理学"；克拉克《与拉玛相会》的种子则是一艘神秘、巨大的圆柱形飞船。

这种创作思路很像数学的逻辑推导。"种子"就是不加证明的公理。

读者期待着这样的公理足够少、足够简洁，而据此推导演绎出的无数定理、公式和结论则足够丰富、足够曲折离奇、足够引人深思。

《来自新世界》的故事也发源于一个"公理"：在未来的某个时间，人类中的 0.3% 获得了被称为"咒力"的超能力。

"超能力"的设定似乎与"硬科幻"风马牛不相及。作者也没有解释"咒力"的科学来源，而是从这一不证自明的"公理"出发，严谨地推导演绎了未来长达千年的人类社会演变的"伪历史"，并含蓄而深刻地反思了人性与社会制度的缺陷。它的"硬度"并不是来自科学知识，而是来自对人性冷酷又严谨的演绎。

一、剧情

故事从千年后的一个小村庄开始。千年以后，人类放弃大部分科技，在风景如画的田园中日出而作，日落而息。虽然看似落后，却人人都有名为"咒力"的超能力，维持着不逊于现代的电力和物质生产。这个社会没有货币，没有犯罪，繁重劳役都交给名为"化鼠"的低等智慧动物去完成，每个孩子都能得到免费的教育，并且可以凭兴趣、能力公平地规划人生。

然而，在这看似完美乌托邦的"新世界"中，却屡屡发生着诡异的事件。某些孩子会神秘失踪，而其他孩子们却在同伴消失后忘记了他的存在。女主角渡边早季和她的三个朋友都察觉到了隐约的不对劲。

为了找出孩子失踪的真相，主角一行展开调查，并在夏天野营中拾获了据说"储存着一切历史"的记录机器人拟衰白，得知了千年以前咒力诞生之初的部分历史真相。此时，一个僧人出现，毁坏了机器人，并称主角一行人已经严重违反规定，封印了他们的咒力，准备将他们带回村里严厉处置。然而，在途中众人遭到野生化鼠的袭击，僧人死亡，主角陷入了重重危险，所幸机缘巧合之下解开了咒力的封印，在归顺于人类的化鼠部落的帮助下，回到了家乡。在这段冒险中，他们结识了化鼠领袖奇狼丸和斯奎拉，发现化鼠部落的生活、生产、政治和战争都与人类很像。

众人回到家乡后，立刻被大人们篡改了记忆，抹消了接触到的历史记录。但一个叫瞬的孩子因为天资聪颖，依然保持着记忆，并识破了历史的真相。由此，慧极必伤的他渐渐化为"业魔"，无奈地走向了自我毁灭。早季眼睁睁地看着心上人离去，却无能为力。

随着众人的成长，早季渐渐发现孩子消失的秘密：凡是咒力水平不佳或是思想反叛的孩子都会被名为"不净猫"的怪物吃掉，而这怪物，竟然是学校授意放出来的。

早季的朋友伊东守咒力水平不佳，听到不净猫的传闻后，更加惊慌恐惧，在一个早上惊慌出逃。像姐姐一样关照他的真理亚得知后也追了出去，两人就此失踪。早季等人向最高权力机关——伦理委员会发难。于是，委员会的最高长官告诉他们派不净猫"清理"不合格孩子的原因，以及关于"愧死机构"与"恶鬼"的真相。

"愧死机构"是为了抑制人与人的攻击而存在的。咒力具有极强的攻击力，却无法防御，每个人都相当于一颗核弹，徒手便可屠杀他人甚至毁灭世界。为了避免咒力毁灭人类文明，千年前的科学家利用咒力开发了"愧死机构"，并根植于所有超能力者的遗传基因中：若人用咒力攻击他人，那么自己会先因咒力反噬而受到同等伤害。也就是说，杀人者必先自杀，因此无人可以杀人。

但既然是人类设下的机关，"愧死机构"也有失效的可能。"恶鬼"便是"愧死机构"失效的超能力者。他可以杀人，但别人因为"愧死机构"的限制而不能反抗他。一旦"恶鬼"出现，那就像鸡舍中的狐狸一般，转眼间就会酿成全村、全国甚至全人类灭亡的惨剧。为了防止这种悲剧，人们不得不对所有孩子严加筛选，凡是咒力不可控的、思想不合格的都会直接抹杀。

早季得知真相，心中虽感愤怒悲怆，却也无可奈何。她决定和朋友觉一起，去追回真理亚和守。在追查途中，他们再次遇到了化鼠领袖斯奎拉。斯奎拉承诺帮他们一起追查，但告诉他们，一旦追到了真理亚和守，两人必然会被伦理委员会抹杀。于是早季央求斯奎拉伪造了两人的遗骨带回村庄，谎称他们已死。故事由此告一段落。

转眼间就到了十几年后。早季已经毕业，成为异类管理司的公务员。她得知在两个化鼠部落的战争中，有疑似使用咒力的痕迹，而化鼠是没有咒力的。有人怀疑是当年走失的真理亚和守在帮化鼠打仗，但伦理委员会会长说，遗骨已经经过 DNA 鉴定，确是那两人的遗骨，真理亚和守早已确认死亡。

几天后，在村里举行的祭典突然遭到化鼠叛军的突袭，带头的正是当年帮过早季的化鼠斯奎拉。斯奎拉率领大军闯入村庄，但在咒力的超强威力下，很快溃不成军。这时，一个"恶鬼"出现了。她是真理亚和守的女儿，被化鼠抚养长大。小真理亚不受"愧死机构"限制，毫无顾忌地屠杀，转眼间人类几近灭绝。

在最后关头，主角早季突然意识到一个事实：小真理亚不是"恶鬼"，她只是自以为是化鼠，而不会将人类看作同类罢了。她忍痛利用仍然效忠人类的化鼠朋友奇狼丸，用计谋骗得小真理亚失手杀死了他。于是，针对化鼠的"愧死机构"发作，小真理亚倒下了。斯奎拉反抗新人类奴役的战争最终落败，他也作为战犯被押上法庭受审。他愤怒地喊出"我们才是真正的人类"，只遭到所有人的鄙夷和嘲笑。

然而，故事并未结束。主角早季最终发现了惊人的事实：化鼠真的是被改造的人类。千年前，新人类为了继续以咒力奴役旧人类却又不触发"愧死机构"，索性将所有旧人类改造成了丑陋的化鼠。人性的黑暗和历史的残酷让早季感到无比悲怆。

许多年后，早季成了村子的掌权者。迫于"恶鬼"的危险，她只好继续养不净猫"清理"不合格的孩子。但她心中清楚，虽然自己无力改变，但这一切必须改变。历史已经走过一个又一个轮回，而希望唯有寄托在下一代身上。

《来自新世界》（上、下）2008 年初版书影

二、技法

《来自新世界》是一部卷帙浩繁的长篇科幻小说。对于此类作品，"世界观呈现"的技法是非常重要的。如果诉诸铺天盖地的名词和连篇累牍的设定，不仅读者看着烦，还会失去悬念；如果仅靠人物的所见所闻来呈现，读者也会一头雾水：在架空世界里，人物为什么要这样做，为什么不那样做？这样做有什么后果？哪些地方我可以用现实生活的常识去思考，哪些地方不能用常识？

因此，在创作"硬科幻"时作者往往需要思考：如何巧妙而有条理地呈现信息，揭示信息间的关联；如何在呈现世界观的同时，解释人物的动机或埋下悬念；世界观是通过叙述、环境描写、对话还是战斗来呈现；世界观呈现时，如何通过类比利用读者心中现有的概念知识，而不是啰唆地解释新概念……总之，世界观的呈现是非常需要技巧的。

在这一点上，《来自新世界》做得极为出色。

作品通过主人公渡边早季的视角代入，通过"探索世界秘密"的套路逐步展开世界观。起初，我们看到的是一片"古代式"的田园风景，作者却告诉读者"这已经是千年以后",人们具有了"咒力"。儿童不断神秘失踪,大人却对此不闻不问,令人感到这社会和谐的外表下隐藏着不安的阴谋。这自然在读者心中产生了巨大的悬念。幼年的早季也和读者一样,对这世界的神秘一无所知。于是,她与朋友们对世界展开探索,通过日常的学校活动、野营游玩、遭遇拟衰白、解读被埋没的历史、逃亡、误入化鼠部落等经历,逐渐向读者展现了这千年之后"新世界"的林林总总。

当然,如果仅仅做到这一点,这部作品只能在无数科幻作品中拿到及格分。真正让《来自新世界》脱颖而出的,是它呈现世界观的三个层次与"立场转换"的技巧。

所谓"立场"是指读者阅读时的代入感。一般而言,读者代入的主角立场当然是正义的,而与主角对抗的力量自然是邪恶的。但在《来自新世界》中,这种立场转换了三次,而每一次转换都让读者站在另一个视角下重新认识了这个"新世界"。

第一个层次,是主角(渡边早季)童年时期,从故事开始到她与町长见面为止。在这段时期,主角的敌人是"大人们",使命是探索世界的秘密,揭开被"大人们"隐瞒的事实——那些神秘消失的孩子们的真相。最终他们发现了真相,但同时也理解到"清除"孩子的暴行实则是不得已而为之,因为一旦有一个孩子是"恶鬼",全人类都要因此毁灭。

于是,主角的立场转移到第二层次:主角(渡边早季)青年时期,从她入职异类管理司到她审判斯奎拉为止。在这段时期,主角站到了曾经的敌人——"大人们"的立场上。她理解了"清除"孩子的理由,想找到两全的办法,却无能为力。阻碍她的敌人是化鼠。这些化鼠用卑劣手段培养了"恶鬼",试图推翻人类的统治。在与化鼠的战争中,主角失去了朋友、父母,心中饱含绝望和愤懑,舍命与化鼠头目斯奎拉决战,并艰难取胜。但最后,当人类审判斯奎拉之时,故事迎来了第二次"立场转换"——斯奎拉声称,化鼠才是真正的人类!

最后，主角的立场来到了第三层次：如今的新人类为了没有愧疚地奴役、屠杀旧人类，而用基因技术将旧人类改造成了化鼠。当得知这一点时，读者的立场瞬间发生了 180 度大转换，也瞬间脑补了那一千年间未曾明说的、从化鼠视角看到的历史——新人类对旧人类的屠杀、旧人类对拥有"愧死机构"的新人类的复仇、数百年的战争以及最后新人类对旧人类的鼠化改造。

其实，原作中并未详细描写这些剧情。但在现实中发生过太多类似的惨剧。曾经的奴隶贸易，今天仍存在的种族屠杀、道貌岸然的阴谋、伪善的战争……

于是，作者不需要在此做更多的世界观呈现了，因为读者都明白，人性是相通的。

从《来自新世界》同名动漫的观众反馈来看，这种立场转换的技巧效果是立竿见影的。在第一次立场转换时，观众发出的"弹幕"多在感叹唏嘘，也有不少好事者争吵辩论；到了第二次立场转换时，无数争论吵闹的"弹幕"瞬间停歇了，大家没有料到自己原先一直嘲讽的化鼠竟然正是屏幕前的自己——旧人类。于是，在反转的震撼中，读者和观众不得不开始思考，思考虐心的剧情是否合理，因为不想出个理由的话，恐怕真的要"抑郁"了。

这种思考，就引向了作者想要传达的、《来自新世界》的主题。

三、主题

小说作者贵志佑介曾提到，他在上大学时读过康罗·洛伦兹（Konrad Lorenz）的《攻击与人性》，印象深刻，这是他创作这部小说的灵感源泉。在《来自新世界》中，他并没有着重探讨洛伦兹的"人为何会攻击人"，而是将侧重点放在"如何让人不再攻击人"的主题上。

日常生活中我们常见这样的感叹："人性就是这么黑暗""防人之心不可无""这是国人的劣根性"……对于人性的恶，大家都深恶痛绝。因此，道德的教育、法律的威压，现实中的人类为了对抗恶念付出了巨大努力，但恶行依然屡禁不止，人类一直在互相伤害。

有没有一种办法能根除人性的恶呢？

在《来自新世界》中，贵志佑介给出了一种方案：愧死机制。一旦人类攻击他人，自己也会遭到同等程度的反噬；如果杀了人，那么凶手的心脏也会自动停止跳动。这其实是一套写入每个人基因的法律，并且会立即公正无私地执行，可谓终极正义的化身。再加上"攻击抑制"杜绝了恶念、"倭黑猩猩的亲善基因"营造了友爱和睦，这个社会应该是个理想的乌托邦吧？

然而，在这一似乎完美无缺的设定之下，却产生了一个病态的社会：大人们不得不为了提防"恶鬼"而不断地"清理"小孩；强者为了继续奴役弱者而将旧人类变成化鼠；主角和朋友们遭遇了一系列让人唏嘘的别离、背叛以及死亡；而旧人类的英雄斯奎拉则被永远投入无间地狱的折磨中。到了故事结尾，本性善良的主角虽然已是当权者，却也找不到一条两全其美的路，无奈地成为"清理"小孩的大人。她心中明白，即便在如此强硬的措施之下，人性的恶依然无法被根绝，只好怀抱着希望继续在黑暗中摸索下去。

值得一提的是，这部小说是以主角渡边早季"给未来的一封信"的形式写就的。全书第一句便是"致千年后的你"，主角希望未来的读者能给出回答：人性的恶究竟能否根除？社会究竟怎样才能变得更美好？

无疑，这也是作者透过稿纸向读者发出的锥心之问。

作者对此的态度也许是悲观的。从小说的剧情可以看出，作者笔下的人物们在思考、在努力、在挣扎，代表着作者在设定好的故事迷宫中寻找答案，却不断陷入越来越大的两难抉择中，不断走入愈发黑暗的真相中。《少数派报告》《心理测量者》等科幻作品也曾探讨过人性与社会，同样给出了悲观的答案。但在《来自新世界》这部作品的结尾，作者却不拘泥于悲天悯人，而是为读者给出了一个朦胧的希望、一簇在黑暗中燃烧的篝火，那就是全书的最后一句话："想象力能改变一切。"

书中的基础设定"咒力"，其实是人类"想象力"的化身。《2001：太空漫游》中有过细腻的描写：原始人接触黑石方碑后，产生了对美好生活的想象，从而产生了对现实的不满，这是进化的动力。由此来想，洪荒之初的人类先祖产生的智慧，难道不也是一种"咒力"吗？想象力的确改变了一切，让茹毛饮血的猿人演化成了今天的我们；而在如今的世界中，那些被强者强行歪曲、被丑化从而被歧视、被践踏的弱者，也许就是作为进化代价的"化鼠"。

其实，我们每个人都生活在神栖66町，都来自那个"新世界"。

一部文学作品，能深刻地揭露人性的黑暗已着实可贵，但更可贵的是能激励读者面对黑暗勇敢地生活。这就是全书结尾"想象力能改变一切"存在的意义。作者依然相信，即便智慧产生了罪恶，智慧也能改变罪恶。读者也因此从绝望、压抑的剧情中走出来，点燃那簇黑暗中的篝火，更加勇敢积极地面对现实生活中的"人性黑暗面"。从某种程度上，这与《三体Ⅱ：黑暗森林》的结尾异曲同工。

由此，《来自新世界》的立意上升到了一个相当的高度，以一个架空幻想故事的形式，精彩地呈现了一个宏大、悲悯而具有现实意义的主题。

四、总结

评价一部科幻作品的指标有很多：故事性、娱乐性、世界观、思想性……而《来自新世界》不仅在这些指标上完成得出色，在科幻设定的结构美感上尤为突出，成为一部很少见的基于人文主义展开的"硬科幻"作品。

就个人感受而言，《来自新世界》并非没有缺点：前期剧情略有拖沓，日式的冗长行文有时让人感到疲倦。但最后该作带给我的震撼程度几乎与《三体Ⅱ：黑暗森林》相当。究其原因有二：

一是科幻设定的结构美感。在小说中，作者从"人类中的0.3%突然产生超能力"出发，推导出"愧死机构"，再由"愧死机构"对人性的考验推导出"化鼠"，然后由"愧死机构"的漏洞推导出"恶鬼"，接着由人类对"恶鬼"的防范推导出千年后未来社会的形态，最后由"新人类""恶鬼"与"化鼠"的对抗演绎出曲折离奇的故事。这不是哪个作家都能写出来的。有个玩笑，说普通科幻作家写"未来有汽车"，优秀科幻作家写"未来有堵车"，而宗师级科幻作家写"未来有车辆限行和导航"。《来自新世界》整个设定体系非常严谨，几乎没有大的逻辑漏洞，宛如数学上的几何公理体系；而且只用寥寥几个设定便演绎出荡气回肠的故事，就像欧几里得用几条公理撑起了几何大厦一样，有种代数的结构美感。

二是故事中饱满的感情。这感情既是剧中人物的悲欢离合，也是作者真挚的悲悯。故事中瞬的自我毁灭、真理亚写给早季的信、早季认出"恶鬼"真实身份时的惊愕、奇狼丸的自我牺牲、结局时斯奎拉的独白，都饱含着无奈、苍凉与悲怆的古希腊悲剧式宿命感，也就是所谓的"虐点"。而作者在写下这些故事时，并不是为了虐而虐。读者能感受到，作者在写下这些悲欢离合之时，想的并不是"这么写读者会不会喜欢、书会不会大卖"，而是"请告诉我，我该怎么拯救他们"。在写下那些读者为之流泪的段落时，也许作者眼中也隐约泛着泪光。

结构美感与饱满的感情，就像博尔赫斯所说的"代数和火焰"，是《来自新世界》最令我赞叹的。"硬科幻"不一定非要有穿梭太空的飞船，科学家也不必总是冷冰冰；思想性与娱乐性不一定矛盾，架空幻想和现实关怀也可以兼具。从这些方面来看，《来自新世界》是一部不可不提、值得学习更值得力荐的科幻佳作。

作者简介

陈梓钧，科幻作家。曾获中国科幻银河奖最佳新人奖、最佳短篇小说奖、最佳中篇小说奖，冷湖科幻文学奖中篇小说一等奖，全球华语星云奖最佳短篇小说银奖等奖项。代表作为《闪耀》《海市蜃楼》《对抗样本》等。

同构和自指的交响
——简析《呼吸》

noc

　　第一次读特德·姜的《呼吸》是在大学时。我还记得，当意识到作者在写什么的那一刻，我几乎是屏住了呼吸，小心翼翼地继续往下读，唯恐自己的气息会扰乱那些精巧的思绪涡流。我预感到自己即将目睹某种重大的、从未见过的东西。语句一行行映入双眼，语义渐次相连，并铰接至头脑中已有的概念框架，拓展出未曾存在过的认知空间。

　　"原来是这样！"

　　"原来还可以这样！"

　　领悟的快感驱使我往下读，但我又不得不放慢速度，担心任何疏漏都会影响我完整地理解全篇。直到最后一行字被舔舐殆尽，我才得以再次顺畅地呼吸。我被一种深切的感动击中，这种感动既不同于奇观带来的震撼，也不完全是人物引发的情感触动，它很陌生，却又直抵内心。

　　很多年后，当我自己也开始写科幻，并了解到了"概念突破"（conceptual breakthrough）这一主题，我才真正意识到那种感动源于何处。

　　概念突破可以类比成科学哲学中的范式转换，即原先人们用来观察和诠释世界的根本假设被新的假设取代，例如，日心说取代地心说就是一种范式转换。在科幻小说中，它常表现为主角发现了关于自己或世界的真相。

特德·姜曾在一篇访谈中提到，中学时他读了阿西莫夫的"基地"三部曲和《阿西莫夫科学指南》，发现从中获得的乐趣非常相似。他认为，科幻带来的惊异感和科学带给人的敬畏是紧密相连的。科幻能以戏剧化的方式展现科学发现的过程，并模拟那个顿悟时刻带给人的昏眩。

特德·姜短篇集《呼吸》
2019 年初版书影

《呼吸》正是这样一篇将概念突破运用到淋漓尽致的作品。不过，与同类小说相比，《呼吸》走得更远一些。概念突破不单单被用作某种写作要素，而是成了情节本身。作者以极其精妙的手法演绎出了概念突破的内容，于是作为读者的我得以近距离同步体验这一过程，因而获得了前所未有的感受。

我想把《呼吸》里的演绎方法称为"同构演绎法"。

侯世达在《哥德尔、艾舍尔、巴赫》中这样写道："认识到两个已知结构有同构关系，这是知识的一个重要发展……正是这种对于同构的认识在人们的头脑中创造了意义。"

可以说，《呼吸》在身为读者的我的脑海中完整地复现了这种"创造意义"的过程。这一过程展现得如此清晰而完整，以至于我几乎是被作者指引着、不由自主地去一次次反观和重新认知它，于是整篇故事——连同其中同构（以及自然而然诞生的自指）的意味——在回味中愈加熠熠生辉。

故事从"我"的自白开始，勾画出氩气星人日常生活的形态。显然，作为生命体，氩气星人与地球人在诸多层面上一致：都需要以特定途径摄入能量来维持生命；具备社会性；有好奇心；害怕死亡。即便氩气星人拥有铝制的双肺和金属身躯，上述共通点也足以成为"确定性的岛屿"，让我能毫无障碍地理解和同理文中的主角。

解剖课堂上对手臂内部形态的描述，可看成作者架起的"同构阶梯"的第一级。显然，氩气星人和地球人的身体有相似的运作机理，这样的映射让我开始预期更多类似的阶梯，并好奇这整座梯子通往何方。

第二级台阶是基于生理学的记忆理论。故事中的铭刻学派认为，人的所有经历都刻在颅骨下方极其轻薄的金箔上，由记忆探针读取；"我"所支持的反对派则认为，记忆储存在类似于构象的动态媒介中。两种理论都能找到对应的地球版：前者对应的是神经可塑性被发现之前的学界主流看法，即认为神经元类似硬件，只储存信息，本身不会改变；后者对应的则是当前神经学界的共识，即记忆储存在神经元集群的动态结构中，例如突触数量或形态上的变化。"我"猜测中的大脑内部的构造则让人想到差分机（有趣的是，《分子神经科学前沿》上有篇论文提出了网格编码 [MeshCODE] 理论，称记忆可能是以物理二进制编码的方式储存在蛋白质的构象中，由此构成的有机超算机"以二进制格式提供动态和持久的信息读写存储"——看起来几乎是故事中机械大脑的翻版）。

完成了前两阶的铺垫，故事的华彩乐章才真正展开。凭借解剖学者的专业知识、精心制作的自助解剖装置以及过人的智慧和勇气，"我"成功地看到了自己大脑的内部，并一直深入能辨认出思绪之流的微细层次。"我"意识到，思绪的栖身之所不是齿轮或金叶，也不是催动金叶的气流，而是持续运动着的气流的模式。联想到环境气压，"我"领悟了关于宇宙和生命的真相，开篇的悬念终于得解，同构阶梯中最精彩的第三阶也昭然若揭——"我所思考的每一个想法，都加速了世界末日的到来""总有一天，我们将被静止的空气所围绕，无法从中获得半点能量"正是"生命以负熵为食"和"热寂说"的翻版。

至此，我已完全明白氩气星人的故事就是人类的故事，或者说，是一切所谓"智慧生命"的故事。如果个体、种族、文明乃至宇宙的死亡都无可避免，接下来的问题必定是如何面对这有限的生命，如何赋予其意义。这是整座阶梯的最后一级。

从认知身体，到认知意识，再到认知宇宙，最后，由这些领悟导向对生命意义的思考，这四级阶梯并非简单的线性延伸，而是一级接一级的概念突破，中间穿插着对诸如感官拓展、永动机、虫洞等概念的同构指涉。故事的结尾精妙而感人至深，如同那个在跃升了的维度上、令纸带成为莫比乌斯环的关键扭转，作者用"我"的临别赠言完成了故事最后的闭环，把身为读者的我直接带到这些文字被刻下的时刻。此时，手中的书本仿佛也真的成了某种神圣的载体，将"我"直面命运的勇气、对存在本身的感激和对遥远而陌生的同舟人的善意悉数传抵心中。

以我有限的阅读经验，《呼吸》的这种内在架构是前无古人的，而文字的血肉亦与骨架有机融合。作者用具体场景刻画出抽象的概念：金叶的涟漪对应大脑中神经信号的传导，网格结构对应神经通路；带压力的空气对应负熵；铬墙汇合成的穹顶对应热力学第二定律中的孤立系统。细想之，构建出这样一套既自洽又富有艺术美感的表征系统实属不易。它要能足够精准地对应所指涉的概念，还必须具备一定的"可编程性"和延展性，以便能提供舞台，以这种具象化的方式持续地演绎出"我"的整个领悟过程。小说的笔调也非常契合学者的叙述风格，尤其这位学者属于一个近乎永生的种族。总之，一切都融合得刚刚好。

《呼吸》的另一个独特之处，在于"认知"。主角的探究内容有很大一部分在于记忆和意识，整个故事某种程度上是一种关于认知的认知，颇有一丝元小说的意味。主角与场景的互动是认知过程的同步外显，而由于读者本就了解作者所指涉的概念，所以阅读时能获得双倍的认知快感。认知是丝线，贯穿点子、情节和主旨；认知又是镜子，映照着故事中的主角和故事外的读者——正因为这可贵的认知能力，故事才得以发生，读者才得以获得领悟的乐趣。

先前我提到，《呼吸》带给我的感动，和我以往在其他小说中感受到的不同，但这种说法或许并不精确。《呼吸》中确实有奇观带来的震撼，只不过那奇观是一种认知上的奇观；它也确实带给我某种和"人"有关的情感触动，但确切地说，那是一种对人类心灵、对小说这一文学形式所能抵达之处的惊叹——这心灵以智慧、以开创性的技艺，展现了自己的部分本质和对生命的领悟，由此谱写出的故事如同一首曲式独特的交响乐，在被拥有相同本质的其他心灵所聆听的同时，也召唤着它们理解、审思自身，从而成为这美妙和声的一部分。

在当下的后新冠时代，人类正被迫面临几乎全方位的范式转换，既往的叙事和理念已不再坚固，集体意识时常被由不确定性所唤起的恐惧裹挟。我们亟需更多理性和同理心，去思考与自然、与其他人、与这个世界的关系，而阅读《呼吸》这样的经典或许能带来一些启迪。

作者简介

noc，推想小说作者和禅修者。曾获第七届豆瓣阅读征文大赛幻想组二等奖，作品主要发布于豆瓣阅读。

漫漫的下山之路

——再读《软件体的生命周期》

◎ 顾　适

一

　　人人都爱特德·姜，但在提及他的作品时，大家更多想到的往往是《呼吸》和《你一生的故事》，却少有人提及获得星云奖和轨迹奖的《软件体的生命周期》（*The Lifecycle of Software Objects*）。再次阅读这篇小说之前，我专门去搜索了一下国内的书评——虽有颇多赞誉，负面评价也并不少，如结构和篇幅"冗长"，点子也"并不新颖"。然而这个故事，却是我写科幻小说的过程中，给予我启发最多的特德·姜小说。

　　《软件体的生命周期》讲述了一名失业的动物饲养员安娜，在"蓝色伽马"公司找到一份培训虚拟生物"数码体"的工作——这些数码体拥有特殊的"基因组引擎"，具有一定的学习能力，是提供给大众娱乐的一种虚拟宠

《软件体的生命周期》
2010 年初版书影

物。蓝色伽马公司希望它们能够成为人们的情感寄托。故事中的两个人类主角：安娜和她的同事设计师德雷克，陪伴了数码体的整个生命周期——他们用近十年的爱与坚持，抚育它们从幼年个体成长为"青少年"，乃至于有自己独立观点和决断的成年数码体；两人也见证了数码体的整个商业和社会周期——从蓝色伽马公司最早的融资成功，数码体上市为大众提供各种服务，到公司倒闭后剩余数码体社区的艰难维持，甚至于当数码体依托的虚拟世界"数据地球"都消失后，他们还继续找寻各种办法来养育它们，让它们能够在社会中继续成长。同时，故事中间也穿插着安娜和德雷克若隐若现的感情线，他们相遇，各自有对象，在心动后隐忍，又都恢复单身，试探，又争吵，最终，特德·姜并没有给这条感情线一个结果，但两个人类之间无结果的纠缠，却如同压秤的砝码，让这个科幻故事有了现实的重量感。

比起早年《你一生的故事》中用丰富的时间线搭建的绚丽结构，作者在这个故事里，采用了最为简单的线性叙事——每一段的开端，基本上都是"过了一年""又过了两年""两年过去了"……这样的描述，文字朴素得近乎笨拙。而在如此安静而稳定的时间推演过程中，作者的思考也随着软件体的成长而逐渐变化，逐渐充实，其中穿插着非常丰富的议题——人工智能的心智、女性在社会中的角色、儿童教育的方法、在困境面前的坚持和抉择……如同每一篇特德·姜的小说一样，这些观点都闪闪发光。例如文中关于女性的这一段描述，我个人非常喜欢：

　　和动物打交道的女性总是能听到这种言论：她们对动物的爱一定是来自她们对于抚养孩子的冲动的升华。安娜早就厌烦了这种把人脸谱化的言论。她确实喜欢孩子，可孩子并不是唯一的标准，不应该把一切成就都用孩子来衡量。照顾动物这件事本身就是非常有意义的，干这一行不需要任何借口或辩解。

这是一段非常"特德·姜"的哲思叙述，简洁、清晰、有力，又没有说教的意味。难得的是，作为一名男作者，他依然能够准确、得体地表达女性心理。当然，在描述男性的心理和行为时，他也能恰到好处地找到性别之间的微妙差异，比如德雷克对心智的这一段叙述：

> 他们忽略了一个简单的事实：复杂心智不可能自动产生，不然也不会有狼孩了。而且心智也不像野草，无人照看也能茂盛生长，不然孤儿院里的每一个儿童都应该能茁壮成长。只有接受了其他心智的栽培，一个心智的潜力才可能被完全开发出来。而这种栽培正是他一直努力带给马可和波罗的东西。

这两段内容，事实上在交错着描写相似的主题——教育与心智。从女性的视角，对幼儿日常的照顾，就可以是意义本身，而并不需要强加一份"母性"的刻板概念在其中；从男性的视角，培养幼儿心智的潜力，则需要教育者持续的栽培。而事实上，这种通过不同性别角色来表达故事主旨的写作方法，只是特德·姜切入主题的一个层次，如同两个音乐声部的交替演奏一般，旋律句的每一次回响，都需要新的变化：或是节奏和调性上的变化，或是新的声部加入，进而诞生了新的趣味。这样的写作方式，不仅增加了视角的丰富度，也赋予这些观点更高的完成度。

贯穿于人工智能、性别、教育等等议题中的，则是无私的爱。安娜对数码体的态度，从最初的略带抗拒地完成工作，逐渐变为家人之间的难以割舍。在她的爱滋养下生长的数码体，也开始像人类一般拥有人性。在这里，特德·姜对爱表现出的信仰，显然要超越他对科技的信仰，比如在提及"技术升级"时，他这样写：

> 在安娜看来，这一连串的升级就像是向着地平线奔跑，虽然让人产生不断前进的幻觉，实际上却一点都没有离目标更近。

而反过来，当他从安娜的视角来描写爱的重要性时，是这样的字句：

她想告诉他们，蓝色伽马那时甚至都不知道自己有多么正确：经验不仅是最好的老师，而且是唯一的老师。如果说她在抚养贾克斯时学到了什么东西的话，那就是没有捷径。如果你想创造出二十年的生命所带来的常识的话，那你就得投入二十年。你无法在更短时间内建立一个同等价值的探索体系，经验这个算法的时间复杂度是不能被压缩的。

时间变成了衡量爱的尺子。如果故事仅仅推进到这个位置，特德·姜对爱的重要性还停留在理性说明的层面上；在故事的最后，通过安娜和德雷克面对"零一欲望"和"幂极器械"这样两种试图绕过"爱"的代价而只去生产"爱"的成果的公司，他用了更加直接的方式来定义"爱"：

没有羁绊的爱，正如同零一欲望想卖的东西一样，纯属空想。爱一个人就意味着为他作出牺牲。

在这个故事里，爱胜过了技术，也超越了资本，成为数码体存在的根本支点。这种思考在当下这个科技飞速发展的后疫情时代，可能尤为重要。我时常感觉到，虽然科技的发展让人类彼此之间的连接更容易了，但是群体与群体之间的分隔却更明显了。我们几乎很难去思考和推演，一种新技术究竟会给我们的生活带来什么，甚至在这种思考发生的时候，技术已经"升级"了。每一个人都在精疲力竭地追赶技术，但逐渐地，我们却失去了生活的支点。正如特德·姜所说的那样，"虽然让人产生不断前进的幻觉，实际上却一点都没有离目标更近"。确切地说，可能有些时候，我们连目标本身都开始忘记了。

而重新去思考技术，通过科幻的方法来推演技术，再一次反思对于人的生活而言什么才是更重要的——可能就是科幻存在的最大意义吧。

二

如果让我用一种饮料来形容《软件体的生命周期》，或许会是"温水"。它没有非常激烈的口感，也没有很复杂的层次，只是柔和地流淌、漫开。这是一个润物细无声的故事，它超越了现实，但又太像我们每天生活的世界——"冗长"，结构"不清晰"，甚至点子也"不新颖"。但我个人认为，这个故事是作者的成长脉络上非常重要的一个节点。

特德·姜常被人提及的一点，就是他的作品非常少而获奖非常多。作品少这个特点，也让读者和科幻作者们可以更清晰地看到他创作过程中每一步的成长脉络。他的每一篇作品都在努力创新，同时又有着超高的完成度。但他的两本中文短篇小说集《你一生的故事》和《呼吸》相比，写作技术还是有着较为明显的差异。相对而言，早期《你一生的故事》合集里的中短篇作品，故事的切入点更新鲜，结构更完整，在提出精彩观点的同时，作者会更多关注故事本身；而对于其他作者而言，这样的写故事技术是可以去研究和学习的。而到了《呼吸》这本合集，特德·姜笔下的故事和观点开始有了更高的融合度，他也开始尝试去用观点的推演来引导故事的发展。这些中短篇悄无声息地提升了阅读门槛，不再像原先那么好入口，但哲思的趣味却能让喜爱他的读者得到更大的满足。

在这种探索的过程中，特德·姜在短篇小说《呼吸》中实现了故事与观点的完美平衡，我个人认为这部作品几乎达到了天衣无缝的境界。但同时，对于其他科幻作者而言，《呼吸》是一篇很难学习的作品，它就像是《三体》中过于光滑的"水滴"一样，毫无创作痕迹，根本无从下口。我相信在完成这篇小说之后，即便是特德·姜自己，想要再一次做到创新和自我超越，也无疑是难上加难。而《软件体的生命周期》正是写于 2010 年，也就是特德·姜发表《呼吸》的第二年。这个特别的时间点，让我理解了这个故事对于写作者的另一种意义。倘若把写作之路比作爬山，那么上山的过程固然无比艰辛，可山顶的风景总能让人得到最大的满足——但是，一旦作者完成了自己能拿出的最佳作品，登上山顶，虽然仍然能看到更远处的高山，脚下能踏足的却都是下山的路。此时，是选择停留在原地，还是原路返回？又或是去往山的另一边，去探寻谷底的美景？

我个人认为，《软件体的生命周期》所展现的，正是作者在下山途中的自我调整。通过这篇故事，特德·姜在对抗自己已经拥有的写作技术，因为当技术纯熟到一定程度之后，文字就会变得不诚恳；而当技术的复杂性超过某一个临界值之后，作者和读者之间的联系就会断裂开来，炫技就会变成另一种媚俗。顶级的作家在攀登到巅峰状态之后，在创作中面对的不仅是如何创新，更多是如何取舍。于是，特德·姜在《软件体的生命周期》这篇小说里，选择了和同为长中篇的《你一生的故事》全然不同的叙事节奏和方式，来探索一个科幻点子可能到达的完成度。这个点子不需要新奇，也不需要有激烈的矛盾，作者只需要安安静静地，把未来的每一种可能，都认真、平和地推演到极致就够了。

因为这种推演本身，已经是科幻的最大价值。

作者简介：

　　顾适，本名顾宗培，科幻作家。中国科普作家协会会员。曾获中国科幻银河奖最佳短篇小说奖、最佳中篇小说奖，全球华语科幻星云奖最佳中篇小说金奖、年度短篇小说金奖等奖项。代表作为《嵌合体》《赌脑》《〈2181序曲〉再版导言》等，出版个人中短篇小说集《莫比乌斯时空》《为了生命的诗与远方》。多篇作品被译为英文、德文、西班牙文、日文、韩文、意大利文、罗马尼亚文等。

文化与历史

——我读《纪录片：终结历史之人》

◎ 昼　温

刘宇昆是当代科幻界十分重要的华裔作家之一，独特的人生轨迹赋予他多重身份，使其得以以独特的视角为世界贡献了数量众多且质量上乘的科幻小说。2011 年收录于 *Panverse Three* 的《纪录片：终结历史之人》是刘宇昆自认最好的作品，但是这篇科幻小说却在完成之后好几年都无法发表（王侃瑜）。在这篇作品中，一位美国华裔历史学家试图借用一种可以穿越时空、见证历史的技术，将侵华日军 731 部队的受

2011 年科幻小说合集 *Panverse Three*

害者家属送回过去，将侵华日军的历史赤裸裸地揭露于世人面前。然而，结局却是主人公在多方的压力之下黯然自尽。尽管这篇文章由于篇幅和政治原因推迟了发表，但发表之后获得了 2011 年的星云奖提名和 2012 年的雨果奖提名，备受中外读者赞誉。这篇小说集中体现了刘宇昆的移民背景和创作特色，他用英语和美式思维向世界读者展现了中国文化。

在本文中，我将着重探讨刘宇昆如何将多重元素做好平衡：一方面，将中国元素用一种可以令外文读者欣然接受的方式融入英文小说中，起到了传播中华文化的作用；另一方面，将人文情怀与科学构思融合在一起，让读者读罢虚构小说后，对现实产生深入的思考。这些优秀特质，从各个方面对我的科幻写作之路产生了很大的影响。

一、英文写作与中国符号

刘宇昆在其童年时期就移居到了美国，受到的是系统的英文写作训练和美式教育。但是，童年的经历和血脉的羁绊，促使其不断研究、探索中国文化。因此，他得以站在异国的角度，选取适当的中国符号，用适当的表达方式，潜移默化地将中国文化融入小说，自然而然地展现在美国读者面前。

1. 华裔角色的美国身份和中国血脉

华裔作家笔下的华裔形象和中国文化符号是在随着历史更迭的，他们选取的角度和元素也随之不断变化。19世纪末20世纪初，受排华法案的影响，华裔作家为了赢得主流社会的认可，通过美化将亚洲描绘成一个充满魅力的地方；二战之后几部经典华裔作品则旨在塑造华裔美国人的模范少数族裔形象；六七十年代的华裔作家很多在向刻板印象宣战，但是个别作品却走向了另一个极端——完全脱离甚至否定了中华文化（刘增美）。在《纪录片：终结历史之人》中，对华裔角色的塑造避免了东方主义和西方主义，并没有刻意为了什么目的描写人物，既不描绘刻板形象迎合西方人的期待，也没有失掉中国符号，而是通过把人物回归于人物的方式，将角色的美国身份和中国血脉自然地融合在一起，同时，也没有忽视其身份具有边缘性的现实。

例如，在文中，男主角埃文·魏是一位美籍华裔历史学家，他同时拥有美国的教育背景和成长经历、中国的血脉继承和同胞共情。

在刻板印象中，华裔要么是西方人无法同化的"他者"，要么是胆小而未开化的野蛮人，要么是阴险的"黄祸"，要么是温顺的模范移民（薛伟中）。但是，在小说中，埃文·魏却不属于其中任何一种。他拥有美国人的浪漫和大胆，在见到心仪的女生时主动搭讪，在遇到重压时奋起反抗，甚至引起了社会的变革。其中，为中国在二战中受苦受难的人民发声时，他拒绝了中国政府的帮助，以一个独立美国人的身份进行研究。这固然出于埃文对于研究公信力的考虑，但也体现了他对美国个人主义精神的信奉，他把每一个受难者个体的声音和回忆摆在首位。

当然，埃文·魏并没有走向另一个极端，他的身上还是有着中国的烙印。作为战争的受害者，当埃文·魏头一次接触到 731 部队的暴行时，他与当时的苦难者感同身受，并将接下来的人生贡献到了让同胞能够目睹亲人当年的遭遇、让发生在故土上的血淋淋的战争暴行被揭露于世人面前、让暴行的实施者道歉和赎罪上：

> 渐渐地，731 部队的恐怖行径开始日夜纠缠埃文，令他终日不得安宁。然而过往的无知又不断痛斥和鞭策着他不得放弃，因此他决不能让那些受难者遭受的苦痛就此被遗忘，他也决不能让那些残忍的刽子手逍遥法外。

此外，作者对于边缘性也做了一定的探讨。这是一篇科幻小说，科幻文学本身具有一定的边缘性，是人类学的试验场。而埃文·魏与作者一样，作为一个美籍华人，既不是纯正的美国人，也不是纯正的中国人，本身就具有一定的边缘性。小说的结尾，主角自杀，技术被封存。由此，作者借助人类对于新技术和新思想的抵触，表达了人类与他者共存之难。

美国身份和中国血脉的融合，塑造了埃文·魏这一有血有肉、自然不做作的角色，同时小说也没有忽略其本身的边缘性。

2．中国文化在剧情中的自然融入

《纪录片：终结历史之人》通过描写一些与剧情密切相关的、看似很简单的中国元素，向读者展现了蕴含其中的博大的中国文化。

汉字名字就是其中反复出现的意象。

第一个例子，对于自己的结发妻子桐野明美，埃文·魏最先爱上的是她的名字。在他们第一次见面时，埃文将桐野明美的名字解释为"独立于田野里的泡桐树，明亮而美丽"。埃文·魏认为，名字的发音无法体现出一个人的特点，只有文字可以。埃文·魏凭借对名字的阐释，瞬间俘获了桐野明美的芳心。

在谈到女主人公的名字时，作者同时给出了现代汉语拼音和汉字：

> Evan always called me Tóngyě Míngměi, or just Míngměi, which are the Mandarin readings for the kanji that are used to write my name（桐野明美）.
>
> "A paulownia tree alone in the field, bright and beautiful," he said to me, the first time we met at a Graduate School of Arts and Sciences mixer.

在欧美国家，认识现代汉语拼音和现代汉字的普通读者不多，而能够理解这几个简单汉字所蕴含的意义的就更少。再加上，这里说的是一位日本人的名字，所以还出现了日文的罗马拼音：Akemi Kirino。也就是说，文中女主人公的名字先后出现了四种形式：日文的罗马拼音形式（代表了该名字在日语中的读法），中文汉字（代表了该名字的写法），汉语拼音（代表了该名字在中文中的读法），暗指含义（代表了组成该名字的汉字在中文中的意思）。

这种做法有点冒险，因为欧美读者可能会搞不清楚这几种形式之间的关系。毕竟，在大多数文本中，中国人或者是华裔的名字多以不带调号的拼音出现，而日本人的名字则多以罗马拼音出现。但是，这却是一种推介中国文化的好方法。在翻译理论中，异化有一个好处就是培养读者的阅读习惯。在这里，中国文化的异化处理也可以看作在培养欧美读者对于汉语拼音、汉字的阅读习惯。

另一个例子来自目击者莉莲·C.张维斯的证词。她姑姑的名字叫畅怡。Chang Yi 在中文中也有幸福快乐的意思。因此，为了纪念姑姑，Lillian C. Chang-Wyeth 选择了"长忆"作为她的 biǎozì，即"表字"。表字和姑姑的名字是异字同音，意思不是"欢乐"，而是"永不忘记"。一方面是父母对于孩子的祝福蕴含在名字中，另一方面则是纪念的意义。

以上两个例子，共同体现了博大精深的中华文化在名字中的缩影。几个小小的汉字，在文化中却有丰富的意象、深刻的含义。

此外，汉字、中国农村长姐如母的传统、中国童谣的出现，也在服务剧情的同时恰到好处、潜移默化地展现了中国的文化。

二、空灵想象与厚重现实

《纪录片：终结历史之人》要更好地体现中华文化，让读者更好地接受中华文化，首先要让读者有兴趣读下去。兼顾文学性与科学性，使其成为一篇优秀的科幻小说；虚构性与记录性的结合，赋予其一定的现实意义；对于运用未来技术探索历史的探讨，则提升了其思想性。

1. 科学性与文学性

对于科幻文学，到底是科学性更重要还是文学性更重要，曾经有过著名的"鸟兽之争"。科幻文学刚在中国兴起时，著名科幻作家郑文光曾经谈到，科学文艺既是科学又是文艺，科学界认为它是文艺作品，搞文艺的又认为它是科学，结果就成了童话中的蝙蝠——鸟类说它像耗子，是兽类，兽类说它有翅膀，是鸟类，弄得没有着落（吴岩）。实际上，二者的融合才构成了科幻小说独有的魅力，而平衡二者的能力也是科幻作家功力的体现。这篇小说很好地平衡了科幻中的科学性和文学性。

　　首先，《纪录片：终结历史之人》有经得起推敲的科幻内核。其核心科幻概念是"玻姆-桐野粒子"。其中，玻姆确实是现实生活中存在的科学家，有过很多量子力学方面的成就，但是，作者在此基础上展开了瑰丽的想象，即我们周围的世界无时无刻不在向外激射一种新形成的亚原子粒子，这些粒子成对出现，其中一个粒子会跟随产生它的光子，以光速离开地球，另一个粒子则留在其产生的位置附近振荡。因此，只要测量还在地球上振荡的这种粒子，人们就能窥视过去。然而，测量机会只有一次，测量完之后，信息就永远消失了。对于大多数读者来说，这种程度的科学叙述在既有理论基础上做出了精巧的假说与推论，不与大众广泛已知理论冲突，在后来的剧情中可以自圆其说，并且大力推动了剧情的发展，正是科幻小说所需要的"硬核"，或者说"点子"。这一科幻概念使得《纪录片：终结历史之人》实现了科幻小说的"science"部分。

　　同时，《纪录片：终结历史之人》并不是一篇乏味的科学论文，在科幻内核的基础上，作者用优美的文笔构建了精巧的故事。小说中运用暗喻、类比、举例等修辞手法，将本该晦涩难懂的理论向读者娓娓道来。

　　例如，当叙述由于光的传播需要时间，所以我们看到的星星实际是好几十年前的星星时，文中用了一个优美的暗喻：

> Every night, when you stand outside and gaze upon the stars, you are bathing in time as well as light.

接下来就是举了一个具体的例子：

> For example, when you look at this star in the constellation Libra called Gliese 581, you are really seeing it as it was just over two decades ago because it's about twenty light years from us.

然后，作者同样运用与读者生活更贴近的例子，详细解释了这项技术的应用。

这种一步一步对科学内核的解释，能够很清楚地让读者理解和接受，为下文情节的展开提供了良好的基础。

作为一篇小说，科幻小说有时会被称作"点子文学"，也就是说，作者只想抛出一个科幻构思，却不在意基本的小说要素。而这篇小说遵循了读者最容易接受的故事的经典设计：围绕一个主人公构建故事，主人公为了追求自己的追求，与主要来自外界的对抗力量进行抗争，通过连续的时间、在一个连贯而具有因果关联的虚构世界里，达到一个变化不可逆转的闭合式结局（罗伯·特麦基）。埃文·魏为了让侵华日军正视历史，与多方反对势力进行抗争，在小说的虚构世界里，经过一段时间的努力，最终走向了自己生命的终结。情节几番反转，令读者的情绪也跟着埃文·魏的命运起伏。

优美的文笔和经典的情节设计，使得《纪录片：终结历史之人》做到了科幻小说的"fiction"部分。

2. 历史性与未来性

科幻文学是科学和未来双重入侵现实的叙事性文学作品（吴岩）。与主流文学作品翻来覆去地描述缠绵的爱情和死亡的恐惧相比，科幻文学能在更广阔的空间中做出种种有价值和创作力的思想实验（吴岩）。然而，想要作品有深厚的人文内核，一个好的作家同样不能忽视历史。科幻小说一般着眼于未来，这篇小说同样也是发生在未来，或者说是近未来。文中出现了现实社会中还未出现的技术——穿越时空见证历史，并且使用未来学领域"趋势外推"（trend extrapolation）的方法，探讨了社会中对于这一技术的反应。

时间是一个很抽象的概念，从古至今，各个民族都在用比喻的手法来表达时间，比作金钱、流水、一条前后都看不到尽头的路等。而小说中出现的技术，则将"过去／历史"变成了一种可以挖掘的一次性资源。既然是"资源",那么必定会有归属权的问题:如果有了真正看一眼历史的技术,那么历史是归于谁的?领土几经易手,究竟谁应该拥有这片领土过去的控制权?历史是否应当由联合国作为全人类的财富来保管?

如果历史是沉默的,那么正如小说中阿奇博尔德·伊扎里——哈佛法学院、东亚研究所联合主任所说:

> "独立"一旦宣称,过去瞬间遗忘;"变革"一旦发生,往事血债就一笔勾销;条约一旦签订,历史便被深埋,化为尘土。

但是一旦历史活生生展现在了人们的眼前,那么过去就不可能真正过去。这带来了两个问题,一个是如何看待历史。

小说中阿奇博尔德·伊扎里教授认为历史还是由当代的人说了算,而天津索尼分店总管认为过去的就应该过去。对埃文来说,不了解历史,尤其还是一段各方面都与自己息息相关的历史,无异于犯罪。因此他绝不能让那些受难者遭受的苦痛就此被遗忘,也绝不能让那些残忍的刽子手逍遥法外。这带来了各个观点的激烈碰撞,也是现实的一个缩影:到最后也没有人能说服彼此。作者并没有给出一个答案,只是将各方视角尽数呈现。

最终,埃文·魏博士被逼自尽,也可以算是他的理想的终结。而直到他自尽,他的妻子也没有敢告诉他自己的父亲正是当年侵华日军的一员。这也体现了人类面对历史时的脆弱性。每个民族都有不堪回首的过去,人们希望历史能够过去,能够将自己犯的错误一笔勾销。

另一个是如何看待挖掘历史。

对埃文的决定,也存在着道德层次的争论:受难者的不幸遭遇归根结底不都属于个人的痛苦吗?还是说我们应该首先将其视为人类共有的历史?这也是考古学所面临的核心矛盾,当我们挖掘遗址做研究之时,必然无可奈何地要将其毁灭。在小说中,人类颁布了"时间旅行全面中止令"，选择了回避历史、尘封历史。一方面，这避免了历史被破坏；另一方面，这也使得现存的受害者再也无法亲眼看到历史。

科幻小说能够成为一条路，通过它，我们得以从一个不同以往的视角去思考过去、现在和将来；它又是一个方便的模拟系统，通过它，我们得以对科学、社会和经济方面的新思想进行思考，也可以重新检验那些旧思想（崴斯特福）。而刘宇昆也通过这篇科幻小说，向我们抛出了上述两个问题：如何看待历史，如何看待挖掘历史。这两个问题，是小说中的人物面对的问题，同样也是现实中的人面对的问题。也许很难有解决的办法，但这篇小说在翔实资料的基础上深刻地剖析了一段血淋淋的历史，唤起了人们对历史的责任感。

推演来看，这篇小说教会我们勇敢面对的不仅是"历史"——现实中可能只有考古学家和历史研究者等少数人真正关心历史——而是"现今"。每时每刻，我们经历的"此刻"都会变成"历史"；而所有"历史"都笼罩在无法穿透的薄纱中，让每个人看到不同的形状。

作者简介

昼温，科幻作家。曾获全球华语科幻星云奖最佳中篇小说金奖、中国科幻读者选择奖（引力奖）最佳短篇小说奖、地球人奖等奖项。代表作为《沉默的音节》《猫群算法》《偷走人生的少女》《解控人生的少女》等。多篇作品被译为英文、日文等。

超越了故事的漫游
——我读《火星照耀美国》

◎ 刘慈欣

    作为一个有三十多年科幻阅读和十余年科幻写作经历的人，我现在读科幻已经离欣赏越来越远了。每读一篇小说，特别是长篇，我能够感觉到作者写作时的思维，感觉自己移魂到作者身上，在重写它；作者在什么地方写得自我感觉良好，什么地方遇到了障碍和困难，什么地方面临绝境，我都能感觉到。在读与自己风格相似的小说时尤其如此。比如在读《宇宙过河卒》时，早早就为安德森担忧如何让飞船越过坍缩后的宇宙奇点（不得不说他给出了一个很敷衍的答案）。近年来甚至在读一些与自己风格差异很大的小说时也有这种对作者的代入感，如《发条女孩》，看着作者像搬运工那样一条一条地增加线索，而手中的书没看的部分越来越薄，对他如何了结这些线索的担忧越来越重，故事内容本身倒退居其次了。

    这种阅读状态很累，也很无趣。我一直渴望有这样的科幻小说，让我找回三十年前读科幻时的感觉，韩松的小说做到了这点。读韩松的小说时我无法代入作者，我不知道他的小说是怎么写出来的，像三十年前读克拉克和阿西莫夫一样，他的世界对我仍是那么幽深和神奇，永远无法预测他的思想脉络下一步会伸向何方，我只能跟着他走，深一脚浅一脚地在他的世界中领略神奇和诡异。

我无法解读韩松的作品，真正有深度的文学作品都是无法解读的，只能感觉。像卡夫卡，现在相当一部分评论家都承认他的小说无法解读，而我们都能感觉到许多许多。

《火星照耀美国》2012年初版书影

但说到解读，在韩松的小说中，《火星照耀美国》貌似是最容易解读的，它结构明晰，叙事流畅，故事性很强，但这种可解读性也只是——貌似。

最直观简单的解读就是认为《火星照耀美国》是强国论坛上的那类小说，特别是这部小说写于中国驻南斯拉夫联盟大使馆被炸的那段时间。但这显然是一种误解。小说中对未来中国着墨不多，但从所勾勒出的轮廓看，那时的中国虽然强大，却不是一个理想社会，甚至不是一个正常的社会。国家和人工智能"阿曼多"控制了一切："我们离群索居。大部分人在国家分配的信息室中度过一生。""一切都不用自己操心。一切都是安排好了的。……我们被告知，人不用思考生活的意义。只有觉得生活没有意义的人才会去思考生活的意义。那是一件犯傻的事情。""人从小就要接受专业训练，去做他那唯一的事情，根本没有玩耍的机会。"有一个一闪而过但值得注意的细节：那时有"情绪控制局"，像控制天气那样控制社会，这显然是反乌托邦小说中才有的东西。这样的崛起显然是非正常的。

另一种解读认为，小说中的美国其实是中国的镜像，反映的是现实中国的问题、困境和危机。这种看法初看有些道理，书的题目本身就对应着《红星照耀中国》，那个美国的许多细节中确实有现实中国的影子。但全面观察韩松笔下的美国，无论是它衰落和崩溃的原因，还是它充满末世色彩的社会场景，与现实和"近未来"的中国社会并没有太多可对应之处，这个美国不是镜子里的中国，甚至是不是美国本身都可疑，因为美国的文化元素在小说中被有趣地扭曲变形，比如借一个人物之口，说美国的建立以及其后的一切最本源的目的是性自由。最后还是那个中国老人说出了最本质的答案：一切都是命运的轮回，强盛本身就意味着其后的崩溃不可避免。《火星照耀美国》不是一部隐喻和批判现实的作品。

所以，《火星照耀美国》同韩松的其他作品一样，同样是难以解读的，我们需要的只是去感觉。我们像主人公一样漫游在末世的美国大地上，在天空中硕大火星诡异的红光中充满迷茫和恐惧，在洪水中幸存，在城市的废墟中战斗，在尘土飞扬的难民潮中结识异类的朋友，在尸横遍野的战场上长大成人。

韩松是一个超越了故事的作家，他不是像我们一样在故事中跋涉，而是在故事之上，飞行在自己那色彩斑斓的诡异世界中。在《火星照耀美国》里，韩松试图做一个说书人，而且做得很好，他流畅地讲述着精彩的故事，眼睛却并没有看着聚精会神的听众，而是梦游般游离在无限远的地方，那里才是他真正看到的世界，那个世界中鬼魅游荡，火星拖着烟尾洒下血光，金门大桥化为赤龙腾空而去，湿雾弥漫尸横遍野的战场突然之间变成了最旖旎的美景，现实腐烂到极致，怒放为最妖艳的花蕾……

这就是韩松，中国科幻因他的存在而具有丰富的色彩，他给了科幻文学一个新的维度。与对科幻前景谨慎观望不同，我对韩松的创作是完全乐观的，即使科幻再次消失，他的作品仍将具有不可抗拒的生命力。

作者简介

刘慈欣，科幻作家。中国作家协会科幻文学委员会主任。曾获雨果奖最佳长篇小说奖，中国科幻银河奖一等奖、特等奖、特别奖，全球华语科幻星云奖最佳长篇小说奖金奖、最佳科幻作家奖、最高成就奖等多种奖项。代表作为《流浪地球》《三体》等。

珍贵的末日体验

——《逃出母宇宙》序

◎ 刘慈欣

　　人类面临的灾难是多种多样的，前年欧洲著名的科学传播杂志《新发现》曾经推出过一个专题：世界末日的二十个版本。如果按照灾难的规模分类的话，大体可以分为三类：局部灾难、文明灾难和末日灾难。局部灾难是指人类社会的局部地区和部分成员面临的灾难；文明灾难是指涉及人类世界整体的灾难，这种灾难可能使人类文明全面倒退甚至消失，但人类作为一个物种，总能有足够的数量幸存下来，并重新开始恢复或重建文明的历程；末日灾难是灾难的顶峰，在这样的灾难中没有人能活下来，人类作为一个物种将彻底消失。

　　迄今为止，人类社会所遇到的灾难绝大部分都是局部灾难，包括自然灾难如地震和大规模传染病，人为灾难如战争和恐怖袭击等。这些灾难虽然惨烈，但影响的范围十分有限，地理上的影响范围一般不会超过地球陆地总面积的十分之一，受灾人口一般不会超过三亿。

　　回顾历史，人类文明诞生以来，几乎没有经历过文明灾难，《圣经》记载的大洪水按今天的视野看只是局部灾难，历史上有确切记载的比较接近文明灾难的灾难有两次：1438 年的欧洲黑死病和 20 世纪的第二次世界大战。但这两者也算不上真正意义的文明灾难。黑死病杀死了当时三分之一的欧洲人口，但没有影响到世界的其他部分。正如一部科幻小说《米与盐的故事》所描述的，即使当时欧洲人口全部死于黑死病，文明也将在世界其他地区发展。第二次世界大战几乎波及全球，战场之广阔和伤亡之大，史无前例，但由于二战发生在核时代之前，技术水平限制了它的破坏能力，二战中所消耗的炸药的TNT当量总和是500万吨，仅为战后不久出现的最大核弹的十分之一。不管哪一方在这场战争中获胜，人类文明都将延续下去。迄今为止几乎发生的唯一一场真正的文明灾难是20世纪北约和华约的核对峙，全面核战争一旦爆发，破坏力足以摧毁文明世界。如今这个可怕的阴影已经远去，使我们对人类理智已经几乎丧失的信心又恢复了一些。

至于末日灾难则从未发生过，目前也没有明显的迹象和可能性。现在基本上可以确定，在地球上可能发生的灾难都不是末日性质的。我们所能够想到的在地球范围内可能发生的灾难，如环境恶化、新的冰期、自然或人为的大规模传染病等，都只能导致人口数量的大量减少或文明的倒退，不太可能在物种级别完全消灭人类。幸存的人类将会借助于灾难前留下来的知识和技术，逐步适应灾难后的世界，使文明延续下去。

末日灾难只能来自太空。

宇宙中充满了难以想象的巨大力量，有些我们看到了但难以理解，有些我们根本还未觉察，这些力量可以使恒星诞生，也能在瞬间摧毁任何一个世界。我们的行星只是宇宙中一粒微小的灰尘，在宇宙的尺度上小到可以忽略不计。如果地球在一秒钟内消失，太阳系所受到的影响，也就是其余七颗行星的轨道因地球引力消失而进行一些调整，这样的调整主要发生在小质量的类地行星水星、金星和火星上，而大质量的类木行星的轨道变化微乎其微。当这一在我们看来惊天地泣鬼神的灾难发生后，从太阳系的邻居比邻星看来，相当于上万公里外的一个蜡烛边上的一个蚊子掉进烛苗里，根本觉察不出什么；甚至在木星上，用肉眼都很难看到太阳系有什么明显的变化，除了太阳方向的太空中那个微弱的亮点消失了。

与地球上的灾难相比，来自太空的灾难更难预测。以目前人类的技术水平，对太阳突然灾变、近距离超新星爆发等太空灾难很难做出预报。而另一类太空灾难则从物理规律的本质上就不可能预测。如果太空中有某种灾难以光速向地球运动，由于宇宙中没有信号可以超过光速，也就不可能有灾难的信息赶在灾难之前到达地球，换句话说我们在灾难的光锥之外，绝不可能预测到它。

《逃出母宇宙》2014年初版书影

末日灾难在科幻文学得到了充分的表现，正如爱情是主流文学永恒的主题一样，灾难也是科幻小说永恒的主题。《逃出母宇宙》就是一部表现来自太空的末日灾难的作品。

《逃出母宇宙》的构想十分宏大，末日灾难的来源是整个宇宙，是真正的灭顶之灾。与其他类似题材的作品相比，本书的科幻设定有其十分独到的地方。在大部分末日题材的科幻小说中，末日像一堵墙一样轰然耸立在人类面前，一切都清清楚楚；但《逃出母宇宙》中的描述更符合人类的认知规律，小说多层面多角度地表现了人类对于灾难的逐步认知过程，真相一步步揭开，曲折莫测，峰回路转，在巨大的绝望中透出希望的曙光，然后又迎来更大的绝望，走到最后悲壮的结局。小说带着读者不断地从希望的顶峰跌入黑暗的谷底，经历着只有科幻文学才能带来的末日体验。同时，与传统的科幻小说中经常表现的太空灾难不同，《逃出母宇宙》中的宇宙灾难是一种全新的灾难类型，涉及物理学和宇宙学最前沿的知识，展现了宇宙演化的总体图景和时空最深处的奥秘，这种想象是终极的，具有无可比拟的广阔视野和哲学的高度。

王晋康曾经说过：年轻的科幻作者是从未来看未来，像我这样的中年科幻作者是从现实看未来，而他自己则是从历史看未来。这话准确地说出了包括《逃出母宇宙》在内的王晋康科幻小说的特点。正是由于从历史看未来这一深远的视角，《逃出母宇宙》具有了凝重而深刻的内涵。作者用深沉的理性遥望想象中的人类末日，描述出一幅末日灾难中人类社会的图景。正如这一作品系列的总题目《活着》所表现的那样，在作者的世界设定中，人类的生存和延续是压倒一切的目标，为了实现这个目标，末日社会产生了与超级灾难相适应的价值和道德体系，像人的卵生、一夫多妻和极端专制这类在传统社会中大逆不道的行为和体制，在《逃出母宇宙》的世界设定中变得合理了。

前不久，加拿大科幻作家罗伯特·索耶来国内访问，在谈及国内科幻小说描述末日题材时所表现出的黑暗与严酷时，他认为这同我们民族和国家在历史上的遭遇有关，而他作为一个加拿大人，对人类在宇宙中的未来就持一种乐观的态度。我完全同意他的观点，历史的烙印不可避免地出现在对未来的想象中。但反观地球文明在宇宙中的地位，人类作为一个整体，在宇宙中不像现代的加拿大，倒更像五百年前欧洲移民到来之前的加拿大土著人。当时，由不同民族组成并代表至少十个语族的上百个部落，共同居住在从纽芬兰省到温哥华岛的加拿大。设想当时如果有一位土著科幻作家，也用同样的乐观设想他们的未来，现在回头看看显然有些太乐观了。在不久前出版的由加拿大土著作家乔治斯·伊拉兹马斯和乔·桑德斯所著的书《加拿大的历史：一位土著人的观点》引起广泛关注，其中对此有着刻骨铭心的叙述。

正因为从历史看未来，王晋康的作品具有鲜明的中华文化色彩，即使在想象中的未来和想象中的末日，这种色彩仍然那样鲜明和厚重。《逃出母宇宙》虽然对传统的价值体系进行了大胆的颠覆，但其深层的思想是中国的，其中主要人物的思想和行为方式也具有鲜明的中国文化印记，书中反复出现的忧天的杞人形象就是这方面生动的象征。这部作品给人留下的一个深刻命题是：包括中华文明在内的古老的东方文化和价值体系，是否在未来的末日灾难中具有更大的优势？

当然，《逃出母宇宙》展现的只是一种可能性，科幻的魅力就在于把不同的未来和不同的选择展现在人们面前，我们当然期待能出现另一类描述末日的更加乐观的科幻小说，展现一幅完全不同的末日图景，比如在其中人类传统的核心价值得以保留。

回到太空灾难的话题上。对于这些来自太空的难以预测的灭顶之灾，人类社会无论从理论上还是在现实中都没有做过准备。对末日的研究大多停留在宗教中，没有上升到科学高度。思想家们对人类社会的思考，大多着眼于现实层面，即使思考未来，也是局限于现实的直线延伸，很少考虑末日灾难这样的突变。所以，从启蒙时代思想家的经典著作，到今天学派纷繁的理论，对末日灾难下的人类社会的政治、经济、法律、伦理和文化的研究都很少见。

在现实层面，几乎没有一个国家的宪法和法律涉及末日灾难，这显然是人类政体中的一项重大的缺失。我曾经与一位学者讨论过这个问题，他认为现有的法律体系对于灾难已经有了比较完善的架构。这位学者其实没有注意到局部灾难与文明灾难和末日灾难的区别，其最大的区别是：局部灾难发生时存在外部的救援力量，而且这种救援力量一般都很强大，往往是整个社会集中力量救援只占国土一小部分的灾难地区和人群。但对于文明灾难和末日灾难，人类世界整体同时处于灾难中，外部救援力量根本不存在。那时现有的法律和道德体系将无法适用。对于末日灾难，在法律和道德上的核心问题是：如果集中全部社会资源只能使少数或一部分人幸存，该怎么办？迄今为止，现代的法律和伦理体系对这个问题一直模糊不清。不可否认，在现有的社会价值观中对这个问题的讨论是十分困难的，会出现激烈的争论和多种选择。可以选择让部分或少数人幸存，也可以选择坚守人类的传统价值观，让所有人平静地面对死亡。这些选择孰是孰非，可以见仁见智地讨论，但不管选择哪一种，最后在法律和伦理上都必须明确，这是一个文明世界对自己应负的责任。否则末日到来之际，世界将陷入一片恐惧和茫然中，在最后的大混乱中，人类会既失掉尊严也失去未来。

在这种情形下，《逃出母宇宙》所带来的震撼的末日体验，更彰显了科幻文学独特的价值。

星海中的蜉蝣

——《天年》序

◎ 刘慈欣

在原本空无一物的湖面上方，不知从何时开始渐渐聚集起一大片模糊不清的东西，氤氲如烟。

那是蜉蝣！

这种孱弱的生命正在拼命挣脱水的束缚冲向天空，它们相互拥挤、推攘甚至倾轧和构陷……阳光下的飞翔就是它唯一的追求，烟云般的蜉蝣之舞就是它全部的宿命！

黄昏不可遏止地来临了……

一个错误出现了，又一个，又接着一个。像沾染了灰尘的雪片般，蜉蝣们的尸体越来越密集地坠落。挂在树枝间，落在草尖上，更多的是飘荡在水面，然后葬身鱼腹。在大地的这一面即将进入夜晚的时候，蜉蝣们的一切便已沉入永恒的黑暗，它们当中没有任何一只能够目睹下一次晨曦的来临。

这是《天年》中的一段让人印象深刻的描写，这种朝生暮死的小虫，引发过多少诗人的感叹。但人们很快意识到，从大自然的时间尺度上看，人类的命运与蜉蝣没有什么区别。

人类个体生命的时间跨度为八十年左右，这真的是一段短暂的时

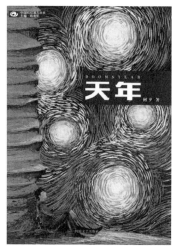

《天年》2015年初版书影

光。即使以光速飞行，这段时间我们也只能跨越八十光年的距离，如果把十万光年直径的银河系以较高的分辨率显示在电脑屏幕上，我们用一生飞出的这段距离比一个像素都小；八十年，大陆漂移的距离还不到一米；即使以生命进化的时间尺度看，一个物种可见的自然进化要两万年左右才能发生，与之相比八十年只是弹指一挥间。与蜉蝣相比更为不幸的是，人类看到了这个图景。

我们有理由对 TA 发出质问，为什么要这样？！ TA 可以是有神论者的上帝或造物主，也可以是无神论者的自然规律。为什么个体生命被设定得如此短暂？现在所得到的最可能的答案是进化的需要，只有不断的死亡和新生才能给自然选择以机会。正是个体不断的死亡和新生才使物种整体得以在进化中尽可能长时间地延续。至于是不是还有什么别的理由，我们不知道。地球上也有极少数近乎永生的物种，如灯塔水母，但绝大多数的生命个体都是一个个朝生暮死的悲剧。

正是个体生命的短暂和物种整体延续时间的漫长，导致了人们对个体和物种的生存状态产生了不同的印象：个体的寿命是短暂的、有终点的，而物种整体则是永生的。我们暂把这种印象称为物种错觉。

物种错觉在中华文化中最为明显。基督教和伊斯兰教文化中都有世界末日的概念，但在中华文化中很难找到末日的蛛丝马迹，我们的文明没有末日意识，它在潜意识中认定自己是永生的。

其实在古代，物种错觉倒是更符合人们的直觉，无论在东方还是西方，在那漫长的进步缓慢甚至时有倒退的时代，作为个体的人在一生中看不到生活和世界有什么本质的变化，一生如同不断重复的同一天，尽管天下经历着不断的改朝换代，但只是"城头变幻大王旗"，城本身是永恒存在的。

但工业革命后，物种错觉被打破了，时间不再是一汪平静的湖水，而是变成了一支向前飞行的箭，文明的进化呈现出以前没有的明显的方向性，过去的永远成为过去，即将到来的也不会再重复。方向性的出现暗示着终点的存在。现代科学也证实了末日的存在，在人的一生中看不到任何变化的太阳其实是在演化之中，在虽然漫长但终究是有限的时间内终将走向死亡。就整体宇宙而言，虽然目前宇宙学还没有最后确定宇宙的膨胀是开放的还是封闭的，但无论是哪种可能性，宇宙都有末日。不断膨胀的宇宙将撕裂所有物质，宇宙最终将成为物质稀薄的死寂的寒夜；而因引力转为收缩的宇宙将在新的奇点中结束一切。现在我们意识到，一个物种和文明，也同一个生命个体一样，有始，也必然会有终点。

面对现代科学，中国文化中的物种错觉也在破灭中，但在文学中这种错觉一直在延续。文学在不断地描写个体的末日，感叹人生苦短，但从来没有正视过物种和文明的整体的末日，即使是中国科幻文学也是这样的。中国科幻自清末民初诞生以来，直到 20 世纪末，很难找到末日题材的作品。1949 年以后，末日题材曾经是一个忌讳，世界末日的概念被当成资本主义文化所专有的悲观和颓废。但人们忽略了一个事实：在这一时期的主流哲学观辩证唯物主义中，末日这一概念恰恰是得到哲学上的认可的。老一辈在谈到生老病死时，总是达观地说道：我是一个唯物主义者嘛。

在国内新生代的科幻小说中，特别是近年来，末日题材开始出现。以长篇小说为例，近年来就有拙作《三体》系列、王晋康的《逃出母宇宙》和何夕的这本《天年》，都涉及末日题材。至少在科幻小说中，我们开始正视这一沉重而宏大的命题。

在我们每个人的生命中，年是一个重要的概念，它是一个由地球围绕太阳运行的天文周期形成的时间单位，同时它也隐含着个体的末日，一般人很难活过百年。年真的像传说中那样，是一个吞噬生命的怪兽。

对于一个物种或一个文明，也存在着一个天年，它同样是由天文周期形成的，天年不仅仅是时间单位，还有更恐怖的内涵。与年相比，天年在时间尺度上要大几亿倍，在空间尺度上则大几十亿倍。天年对于物种整体，比年对于生命个体更冷酷，大部分物种很难捱过一个天年。这就是《天年》的世界设定。

《天年》的背景主要在中国，从来没有想到过末日的中国文化将面对世界末日。书中展示了广阔的社会背景，从政治、经济、军事，直到宗教。

以前在介绍何夕时我曾经说过：我们可以被一部科幻小说中的想象力和创意震撼，然后在另一部中领悟到深刻的哲理，又被第三部中曲折精妙的故事吸引，但要想从一篇小说中同时得到这些惊喜，只有读何夕了。这个评价用在他的第一部长篇小说上更为适宜，科幻小说中似乎很难共存的特质在《天年》中得到完美的结合。

《天年》是系列长篇中的第一部，主要描述危机被发现的过程，故事在多层次多线索中推进，凝重而富有张力。世界设定逻辑严谨，技术细节准确而扎实。同时，整个故事却给人以想象力的超越感。

常有评论说，在科幻小说中，可以把一个种族或文明作为一个整体的文学形象来描述，这被认为是科幻文学与主流文学的一个重大的不同点。以往，这种种族的整体形象是由包括外星文明在内的不同种族的同时存在而建立的，而在只有人类出现的《天年》中，这种"整体形象感"却给人留下深刻的印象。书中有众多形象生动的人物，有科学家、政治家、军人和形形色色的普通人，也有天主教的神父和道教的长老，但我们时时刻刻都感觉到，那双看着这个世界的眼睛不在人群之中，而是高高在上，在它的视野中，地球有一个完整的形状，人类文明是一个整体。这双眼睛的目光扫视着全部的时间，从洪荒初开生命起源直到遥远的未来，将个体生命难以把握的宏大的天年尽收眼底。

一个人，知道自己终将死去或认为自己永生，他相应的人生哲学和世界观肯定是不一样的。一个文明也一样。随着《天年》的诞生，当我们再次仰望星空时，天年的宏大阴影将叠现在银河系的星海上，我们将在想象中把自己在年中流逝的生命扩张到天年尺度，经历一次震撼灵魂的末日体验。

历史巨变与中国科幻的"原力"

——从冈恩的科幻史说起

◎ 飞 氘

詹姆斯·冈恩

一、科幻的"原力"

2020 年即将结束之际，全球科幻迷又听到了一个悲伤的消息：美国时间 12 月 23 日，著名科幻作家、学者詹姆斯·冈恩去世了，享年 97 岁。冈恩编选的读本《科幻之路》启蒙了无以计数的读者，早在 1997 年，该书就被译介成中文，成为许多中国读者了解世界科幻的重要指南。他的另一本著作《交错的世界：世界科幻图史》则系统地述说了科幻文学的由来与演变。该书初版于 1975 年，直到 2020 年才推出中译本。尽管时隔四十五年，仍然令人激动，这并非出于对作者的盲目崇拜，而是因为冈恩的叙述能在科幻迷身上唤起深切的共鸣，正如刘慈欣在序言中所说，翻开这本书后立刻"有一种扑面而来的亲切感和归属感"。

冈恩出生于 1923 年，比世界上第一份专门性的科幻杂志——雨

果·根斯巴克（Hugo Gernsback）创
办的《惊奇故事》（*Amazing Stories*）还
早了三年。他亲历了 20 世纪美国科幻
文化的繁荣昌盛和起伏变迁，对那些重
要的作品、杂志、人物都十分熟悉，与
不少声名显赫的作家、编辑更是交往深
厚，因此能够在讲述历史时如数家珍。
另一方面，冈恩从 1970 年开始在大学
讲授科幻课程。《交错的世界：世界科
幻图史》正是以他的讲稿为基础修订完
成，这使得他的叙述在确保学术水准
的同时又能做到明白晓畅，与之相比，

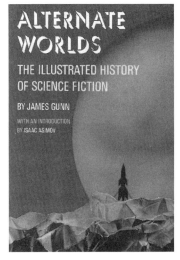

《交错的世界：世界科幻图史》
1975 年初版书影

此前被译介到国内的科幻史类著作多少都带有一点学院派的深奥晦涩。
尤其令人感佩的是，以中译本的出版为契机，已经 90 岁高龄的冈恩，
又在原书的基础上重写了第一章、补写了最后一章，并特别提到了《三
体》英文版获奖等近期事件，不但让这本经典科幻史著作从结构上更为
完整，也让我们能够透过科幻黄金时代亲历者的双眼去审视近四十年
来世界科幻的潮流。这样的视角尤为宝贵，毕竟，与冈恩同代的不少
科幻大师早已谢世（为本书第一版撰写了序言的阿西莫夫早在 1992 年
就已故去），可以说，近一个世纪的科幻风景，在冈恩这里被整合成连
贯而深厚的生命体验。

　　在中文版序言中，冈恩开宗明义地指出："科幻小说是变化的文
学，其本身正是变化的最好例证。"围绕"变化"这一核心概念，冈恩
生动地描述了科幻的历史：尽管古希腊时就已经有了对理想国的描绘、
通过虚构旅行抵达奇异世界的故事，但在漫长的时期里，人类的生产
方式、生活态度、战争模式等都未发生实质性的变化，直到科学革命
和工业革命，整个世界开始发生根本性的、加速式的变化，一种新的
信念确立了——人类不需要依靠超自然力量，而是可以凭借自己的理

性，去探索未知，认识宇宙、自然和自我，通过自己的发明创造改变命运，以获得更好的生存能力。在这种信念下，科技发明日新月异，极大地提高了生产力，不但取得了惊人的物质成就，也重塑了社会生活和人们的精神面貌，"未来"取代了已然失落的"过去"，成为"黄金时代"的新坐标。这个极为重要的历史变化，为科幻小说的诞生提供了基础：

> 也许界定科幻小说的唯一标准是它的态度：科幻小说包含了这样一种基本观念，即宇宙是可知的，而人类的使命就是去了解宇宙，发现宇宙和人类从何而来，如何进化到今天的情形，宇宙和人类又将往何处去，是什么法则在制约它们，最终一切的结局将会怎样，又将如何结束。

换言之，不是先有了一批新颖的故事，世人才懂得了"科学幻想"，而是在一种渴望真理、勇于探索、推陈出新、朝向未来的整体氛围中，科幻小说应时而生。这种因果关系被概括为一句话："科幻小说理应被视为科幻世界的文学"。正因此，冈恩在勾勒不同阶段的科幻发展时，尤其注重说明当时的科学成就及其社会影响。对于广大科幻迷来说，这是理解科幻的关键入口，正是通过展示现代科技带来的神奇变化和未来的无限可能，科幻为读者提供了最主要的乐趣。这种乐趣被刘慈欣喻为"科幻的原力"，它能够将一切幼稚、粗糙的故事催化成魅力无穷的精神食粮。可以说，冈恩的科幻史，正是一部"原力"的消长史。读完这部历史，读者或许无法记住许多有趣的细节，但一定会留下一个强烈的印象：那种不断向上、追求进步的精神在哪里出现，科幻的种子就会在哪里生长。

例如，19世纪层出不穷的新发明，让凡尔纳在欧洲登场。这位法国天才感受到了时代精神的召唤，成功地将科技成就变成小说的主题。他笔下那些令人憧憬的新发明，往往以前人已有的技术构想为基础，能够让读者相信未来确实可能会发生这样的故事。尽管当时还没有"科学幻想"这个概念，但凡尔纳回应了欧洲人面对科学奇迹时的狂喜，也在世界范围内取得了成功。到了 20 世纪，永不满足于现状的科幻精神，在美国这块新殖民地获得了蓬勃的发展。随着美国在经济、科技、军事等方面的崛起，随着世界各地优秀人才向这里聚集和大众对通俗读物的需求增长，热衷在科技时代探索未来奇景的出版人顺应时势，通过图书和杂志将有着共同爱好的作者与读者聚集起来，由此促成了科幻的"黄金时代"。冈恩不无骄傲地写道："科幻小说诞生于法国和英国，却在美国找到了自我。"而到了 60 年代，发源于英国、在美国得到响应的"新浪潮"运动，开始革新科幻的美学面貌，新一代作家广泛借鉴了现代主义、后现代主义叙事技巧，大胆开拓新的题材，包括对人的肉体及其他私密领域的探索。在许多人看来，这些作品为了赢得"主流"文化界的认可而牺牲了故事的可读性。冈恩却指出，老派的科幻迷之所以抵制"新浪潮"科幻，根本原因不在于其晦涩艰深的文学技巧，而在于其视角的转变："新浪潮"作家放弃了此前的科幻文学那种从广袤的时空尺度上审视人类命运、相信理性与科学能够引领我们前进的态度，而将目光重新聚焦于当下的社会和个体的烦恼，并采取了主观主义的、非科学的、"感觉比思考更重要"的视角。"这些作家关心的是个人及其不可分割的价值，关心的是人类的情感和困惑，而非才智。"不论读者对此抱持何种态度，时代精神确实已经发生了变化，这种变化让冈恩在初版的结尾总结历史、展望未来时不无深情地指出，科幻的动人之处在于"一种既高傲又谦卑的哲学"：

> 它是基于这样一种对人的定义：人是一种由于环境的各种压力而具有了智慧、侵略性、占有欲和生存本领的动物，但是人的热情、渴望与理解力给他带来了一种悲剧性的高贵品质——他并不具备神性，但他的狂妄和理解力让他具有了几分神性；他品尝了生命之树和分辨善恶的智慧之树的果实；他梦想着成就伟大事

业，但同时知道那只是一个梦。

可以说，冈恩对数百年科幻史的描述与把握，采用了完全纯正的科幻迷立场，对科幻风尚的变化做出了颇有说服力的解释，所以刘慈欣才称许这本书是"目前国内翻译出版的唯一一部从科幻的视角写出的科幻文学史"。

当然，作为一本完成于20世纪70年代的著作，《交错的世界：世界科幻图史》也有其局限：它所涉及的"是那些影响了整个科幻小说流派，以及在科幻小说发展道路上发挥作用的书和故事，那些凡是对科幻小说感兴趣的人或是可能会对科幻小说产生兴趣的人都应该知道的书和故事"，也就是说，基本上以英美科幻为主体。这或许符合历史的实际情况，但也给今天的中国读者提出了值得思考的问题。书中的一段话令人感慨颇深：

> 到了1840年代，美国和世界上大部分地方的人们都已见证了工业革命的考验和胜利，并接受了这样一种社会理念，即科学会带领人类走向崭新的、更加美好的生存状况。

在美国学者笔下，这是闪烁着金色辉光的历史时刻：科技带来的社会变化正在加速，整个世界都为科幻小说的到来做好了准备。但是，1840这个年份却不可能不召唤起中国人的苦涩记忆。对我们来说，"渴望真理""勇于探索""推陈出新""朝向未来""理性精神的发展"，只是西方主导的现代文明的一层面向；而在故事的另一层面，探索未知疆域与殖民者的暴力征服紧密相连，也正是殖民主义为近代中国带来的剧烈"变化"，促成了科幻在中国的生根发芽，但此后它一直未能得到充足的养料，没有贡献几部影响广泛的力作，更没有成为世界科幻版图中引人注目的风景，直到《三体》的出现。关于这部改变了中国科幻命运的作品，今天已经有太多的讨论。在我看来，要理解"刘慈欣现象"以及中国科幻的当下处境，有必要向冈恩学习，勾勒百年中国科幻的"原动力"。当然，这样的大工程难以一蹴而就，这里只能提供一点基本的思考。

二、"原力"的中国化

任何文明要持续发展，必然要不断经历自我肯定、自我保存与自我质疑、自我革新的往复，以实现延续与发展的统一。新旧文明的激烈碰撞也会带来文学艺术的重要变化。当西方文明对科学技术带来的巨变进行肯定与质疑时，科幻的"原力"也激荡成两个方向——对于"进步力"的赞扬（如凡尔纳）和对于"毁灭力"的忧惧（如《弗兰肯斯坦》），两者的交织贯穿了科幻的历史。

同理，中国科幻诞生于本土文明遭遇空前危机的时刻。19世纪，在"物竞天择"的旗帜下，"文明"人对"野蛮"人的征服与掠夺被视为理所应当。曾经的天朝上国如今颠倒角色，沦为野蛮国度，面临亡国灭种的危险。"西洋文明"中的"进步力"在"东方野蛮"面前恰恰变成了"毁灭力"，这势不可挡的历史动能向落伍者们抛出了自我保存与自我变革的平衡难题。一方面，否定传统和激进变革的意志由此而来。在这场变革中，以现代科学为基础改造国民的人生观、世界观、宇宙观成为重要的文化工作，同时"小说"的功用被拔高，于是"小说界革命"中自然出现了科幻小说的身影。在1902年的《新小说》创刊号上，主编梁启超翻译了法国天文学家弗拉马里翁（Flammarion）的《世界末日记》，讲述了几百万年后人类文明

发表《世界末日记》中译的
《新小说》1902年创刊号

逐渐凋零的故事。结合梁氏当时的宗教思想，可知他翻译这篇科幻小说的目的是要展示天文学尺度上的末日图景，让国人能够改变好生恶死的心态，放下对红尘的贪恋，变得勇猛、刚毅，投身到舍生取义的大无畏事业之中，为拯救苍生而献身，肉身虽会陨灭，地球虽会灭亡，但灵魂和爱会在星空中永生。这种看法，呼应了以身殉道的好友谭嗣同，在后者看来，人与人、人与万物的隔膜造成了世间的不幸，通过"以太"这个物理学家假定的无所不在、遍布宇宙的介质，个人的至诚就能够感动他人，冲破彼此的隔膜。英勇就义之时，他一定在期许自己的死亡可以激起更多人的热血。他甚至还曾设想，既然人类进化不止，总有一天会摆脱肉体的束缚，变成纯精神性的存在，在宇宙中遨游。换言之，正是现代科学促成的三观革命，赋予仁人志士舍生取义的勇气。

另一方面，这种英雄气概又和一种国际主义精神融合在一起：先觉者们不仅要挽救自己的民族，更要为人类的和平共存谋划出路。24岁的梁启超曾这样表白："我辈宗旨乃传教也，非为政也；乃救地球及无量世界众生也，非救一国。一国之亡于我何与焉。"这意味着，不但要以西方文明为鉴革新自我，也以自我的困境为切入点去思考西方文明的弊端，在东西互鉴中为人类文明寻求新的价值与方向。正因此，中国科幻从一开始就深受西方科幻的影响与启发，同时也在模仿与改写的尝试中探索自己的道路。玛丽·雪莱的"弗兰肯斯坦"被梁启超改造成了闻名后世的"睡狮"，饱含"毁灭力"的文学形象竟演变为富于"进步力"的民族寓言，实属阴差阳错（学界早有考证）。吴趼人的《新石头记》则让贾宝玉重生在20世纪初的中国，历尽社会黑暗之后进入科技发达、道德至善的"文明境地"，其中乘坐飞车、驾驶潜艇的部分明显模仿、戏谑了凡尔纳的故事，全景式的乌托邦描写也有着爱德华·贝拉米（Edward Bellamy）《百年一觉》的影子，但作者的意图绝不在于拙劣的模仿，而是要通过科幻小说这一新的文学方法，探讨一个"真文明"世界应有的技术与道德水准，以此映衬和揭露列强在"文明"的假面背后恃强凌弱的本质。对此，曾翻译过凡尔纳的青年周树人也深有感触，后来的他虽然不再热衷科幻小说，但在《破恶声论》中对"黄祸论"的看法，也与同时代中国科幻小说里不时出现的黄种人大败白种人的复仇幻想构成了对比：如果未来中国能够强大起来，不应重走列强的老路，而应去扶助弱小，使他们摆脱奴役、获得自由。

简言之，近代中国虽然饱受欺凌，但在顽强的求生意志下，产生了奋发图强的精神和英雄主义气质，这种精神和气质又受到日新月异的科技进步的激励，化作对美好未来的信念和为信念牺牲的勇气。20世纪初的中国科幻也正是在时代的巨变中，从民族独立、国家富强、人类进步的梦想中汲取了"原力"。当然，科幻文艺的繁荣终究要以综合国力作为坚实基础，法、英、美、苏、日等国的科幻发展都证明了这一点。因此，直到20世纪末，才出现了通过《鲸歌》（1999）登上历史舞台的刘慈欣。2006年，《三体》开始连载。2010年，《三体》第三部《死神永生》出版，开始在科幻圈外引发轰动。从1999年到2010年，是刘慈欣个人成长的阶段，同时也是中国经济快速增长直到成为世界第二大经济体的阶段，是中国高校开始扩招、接受高等教育的人口基数逐年增长的阶段，也是城市化进程持续推进并最终在2011年首次实现城镇人口比重过半的阶段。正是这样的历史变化为中国科幻的蓄力提供了能量，为《三体》的成功奠定了文化土壤和群众基础。在"变化"与"原力"的视角下，我们能够发现刘慈欣的故事里蕴藏着持续了一个多世纪的苦闷与追求，它们挑动着一个民族内心深处的焦灼与渴望。

首先是强烈的进化压力与生存焦虑。多年来，这位长期居住在山西娘子关的工程师小说家一再表达对于科学探索尤其是基础科学取得突破性进展的期待，对于人类不能永远停留在地球而必须进入太空以获得更广阔生存空间的信念，对于在极端条件下为保全整个文明而必须采取诸多反道德直觉之举的拥护。在《乡村教师》里，罹患绝症的老师临终之际仍在要求懵懂的孩子们背下他们不能理解的牛顿力学三定律，出人意料的是，神一般的外星文明在清扫战场时鉴定着沿途行星的文明等级，被随机抽作地球样本的孩子们面对一系列测试题时无动于衷，直到正确答出了牛顿定律，才证明了地球值得保存。以奇异的方式，作家再次道出了文明降级后失去生存资格这一久远的忧虑。《三体》更是设想了一个最坏的宇宙："文明"之间注定竞争、无法互信，除了尽可能先发制人以消灭一切潜在威胁者之外别无他法。有趣的是，早在一百多年前商务印书馆翻译的凡尔纳小说《环游月球》中，就已提到日、地、月的运动属于"三体问题"。在原著的另一个译本《月界旅行》中，译者周树人在序言里曾推测人类如果能够殖民外星，恐怕"虽地球之大同可期，而星球之战祸又起"。从鲁迅到刘慈欣，对生存与灭亡的思考始终位于百年中国科幻的核心。

其次是通过超感官冲击促成三观改造，完成文化的革新。年轻时第一次读完克拉克的《2001：太空漫游》后，刘慈欣感到一种"对宇宙的宏大神秘的深深的敬畏感"："在壮丽的星空下，就站着我一个人，孤独地面对着这人类头脑无法把握的巨大的神秘……从此以后，星空在我的眼中是另一个样子了，那感觉像离开了池塘看到了大海。这使我深深领略了科幻小说的力量。"在他看来，科学描绘的宇宙图景远比科幻小说震撼，科幻作家只是通过小说把这种震撼"翻译"出来，传递给读者。在随笔中，他甚至开玩笑地说要建立"SF教"，让忙忙碌碌的众生能停下匆忙的脚步，仰望星空，感受宇宙的浩渺。在小说中，他试图用现代汉语展示宇观尺度的事件，让我们有限的个体经验和喜怒哀愁在超感官的冲击中得到洗礼。在最极端的《朝闻道》中，科学家甚至愿意以生命为代价，换取认识科学真理的十分钟，因为"当宇宙的和谐之美一览无遗地展现在你面前时，生命只是一个很小的代价"。在历史的参照系里，我们可以清楚地看到，这位经常描写地球末日、太阳系末日乃至宇宙末日的当代作家，和20世纪初翻译《世界末日记》的梁启超一样，也试图通过文学的工作来推动民族精神的新生。

不过，尽管刘慈欣的故事看起来很黑暗，人类在宇宙面前看来微不足道，但又因为能够认识到"真理"而伟大，因进取而崇高，因失败而悲壮。这种悲壮，正是人类生存意志和种族尊严的表达，因此营造了一种英雄主义气氛。这在《流浪地球》中体现得尤为鲜明。太阳系演变为红巨星的灾难，本应几十亿年之后才发生，小说家却让其极速降临，于是在危机和解决危机的手段之间造成了极大的不匹配：人类在地下世界维持最低限度的生存，只为能够驱动地球离开太阳系，以如此笨拙的方式来逃亡。茫茫冰雪覆盖的地表上，巨大的工业体系艰难维持运转，标示着人类的国际合作精神与顽强抗争意志。

总之，刘慈欣小说对生存的焦虑、对进化的执着、对科学的崇拜以及对人类团结合作谋求文明延续的憧憬，正是近现代中国核心命题在星际尺度上的再表达。

三、星空浪漫主义及其后

1949 年以后，中国发生了翻天覆地的变化，其中，城镇人口的比例从 10.64% 上升到 2019 年的 60.6%，仅此一点就足以给在漫长的农耕文明基础上建立起来的价值观念、生活态度、民族性格，带来难以估量的改变。当 14 亿人口中的大多数进入城市，在现代生活带来的快速节奏中，或者干劲十足地为自己憧憬的美好未来努力打拼，或者在高强度的压力之下感到焦虑、迷茫乃至沮丧、抑郁，当超过 9 亿国人开始通过互联网重建自己与世界的关系，同时其中三分之二的网民月收入尚不足五千元，当国际局势风云变幻、中国持续发展的势头遭遇严峻的外部压力，所有这些空前剧烈的变化，都给中国科幻注入了前所未见的"原力"。刘慈欣的故事正是通过借力发力，击中了读者的神经，尤其是他笔下的国际主义与英雄主义，在相当程度上满足了中国读者长久的期待。

中国历史上出现过许多了不起的人物，留下了可歌可泣的事迹，通过历史记载和文学艺术的演绎，成为代代相传的集体记忆，塑造了人们对于中华民族的理解和情感。比如"风萧萧兮易水寒，壮士一去兮不复还"，这是壮士悲歌；比如"安能摧眉折腰事权贵，使我不得开心颜"，这是盛唐气象中的文人风骨；比如义薄云天、不畏豪强的关云长，是普通人对于忠义的寄托；比如"一条大河波浪宽，风吹稻花香两岸"，是为了保卫家乡而不惜流血牺牲的勇气，是为了建设家乡而改天换地的气魄，也是敞开家门迎接四方来宾的气度，更是对世界和平的美好期待。所有这些故事浇灌着我们的精神世界，培育着民族自豪感，在困难的时代激励我们奋勇前行。刘慈欣小说的魅力之一，就在于把这样一种英雄风骨投射到了未来的时空里。

如果说，在 20 世纪的中国大众文艺谱系里，金庸先生塑造了一系列古代中国的英雄，是一种"历史浪漫主义"，社会主义文艺作品塑造了一系列现代中国的英雄，是一种"革命浪漫主义"，那么刘慈欣就是塑造了一系列未来中国的英雄，是一种"星空浪漫主义"。这个时间链条看起来顺理成章，但在很长一段时间里却残缺不全。说到武侠，人们会想到萧峰、郭靖、杨过，虽然人物是虚构的，武功是超现实的，但他们的故事依然能够打动人、鼓舞人；说到革命英雄，人们会想到李玉和、杨子荣、红色娘子军；但未来的中国英雄却长期缺席，好莱坞更让我们早已习惯了黑白英雄拯救世界的叙述。直到《三体》出现，通过恢宏的设定、庞大的骨架、复杂的情节，刘慈欣摹画了一组未来人物群像，其中有史强这样强悍粗鲁、狡黠命硬的警察，有章北海这样冷酷果决、缜密隐忍的太空军政委，也有触发危机的叶文洁和力挽狂澜的罗辑。这些人物在命运攸关之际的抉择，让读者津津乐道、争论不已，像谈论赤壁之战一样谈论地球的太空舰队如何被三体人的"水滴"探测器轻易摧毁，像谈论荆轲刺秦一样谈论章北海为了扭转未来太空军的发展方向如何精心策划太空暗杀，像谈论萧峰为了宋辽息兵而自尽于雁门关外一样谈论罗辑如何在荒郊独自向三体人喊话并以自杀威胁迫使对方放弃侵略以免两个物种同归于尽。正如金庸先生的成功不仅是因为他谙熟传统文化，更因为他写出了"侠之大者，为国为民"，刘慈欣的成功也不仅在于他奇异而宏大的技术想象，更因为他写出了中国气派的星空浪漫主义，通过激动人心的虚构时刻，将我们对古代、现代和未来的中国英雄的想象勾连在了一起。人民大众从来不满足于卑琐的日常生活，而总是渴望在故事中获得超越性的体验。由于高等教育的普及与全民科学素养的提升，同时也由于科技的发展使得不少过去的科幻场景正在变成现实，今天的人民大众对科技话题的兴趣日益浓厚，对太空时代的人类命运也更加关心，刘慈欣为这样的读者讲述了古老农耕民族的觉醒和新生，谱写了人类在太空时代的光荣与梦想。

当然，这绝不是说，刘慈欣的作品是完美的。相反，如果以最高的艺术标准来衡量，他的小说有着显而易见的不足。这很正常。在由远古的神话、庄子的寓言、屈原的赋、李白的诗、东坡的词等所构建的华夏文学长河中，伟大而浪漫的心灵虽然一次次奏响过生命的律动，创造了众多不朽的篇章，但如何用现代汉语去表现科学革命之后的时空之广袤、探索之艰辛、定律之奥妙、技术之恢宏，抒发现代中国人的豪迈和悲悯，则是一个多世纪前才出现的全新任务。刘慈欣的作品，只是中国作家在经历了一个世纪的探索之后取得的阶段性成绩，有其里程碑式的意义，但也映衬出中国科幻整体实力的相对单薄。以《交错的世界：世界科幻图史》为例，冈恩在介绍每一时期重要的美国科幻作家和作品时，有时仅仅是罗列人名就占去了一两页的篇幅，这是令人震撼的丰盛景观。毫无疑问，我们在向世界科幻学习、借鉴的基础上不断成长的道路仍很漫长。

尤其是，在 2020 年之后，"世界百年未有之大变局"又将如何引发科幻艺术的新变？数个世纪的历史告诉我们，科技成果带来的富足与繁荣从来没有均等地惠及地球的每一个角落，当人类已经能够登上月球、探索火星、编辑自己的基因时，却仍然有人死于饥饿。理性精神的发展从未驱散过非理性的冲动，人类在提升了生存能力的同时也完成了整个物种自我毁灭的技术准备，小说家描绘过的乌托邦仍然距离我们十分遥远，在共同的灾难面前全人类放下分歧、团结一致的科幻场景在残酷的现实面前依旧显得过于天真……在科幻与现实的对照下，中国的科学幻想该如何理解自己的当下处境，思考未来的出路？下一个能够切中时代脉搏、道出人们内心深处的忧患与憧憬的作品会是什么样子？当开阔的胸怀、进取的豪迈、大无畏的勇气、为追求真理和为人类福祉而奉献的决心等等曾经推动科幻走向辉煌的核心精神在全球诸多角落呈现凋萎之态时，我们是否还能充分汲取现代文明成就中的"原力"，实现民族精神的茁壮成长，进而在人类进步的道路上贡献自己的一份力量？即便是最大胆的科幻作家，经历了2020年之后，也不敢对任何未来之事妄加断言。在这个充满了不确定性的时代里，在忧虑与希望交织的心态下，我们只能勉力前行，并用冈恩的这段话不断提醒自己：

科幻小说就像是来自未来的书信，写信人是我们的后代，敦促我们小心保护他们的世界。

作者简介

飞氘，科幻作家，文学博士。现为清华大学中文系副教授。著有短篇小说集《中国科幻大片》《去死的漫漫旅途》等，出版学术专著《"现代"与"未知"：晚清科幻小说研究》。作品被译成英文、意大利文、日文等。荣获"全球华语科幻星云奖""中国科幻银河奖"等奖项。